{南方吸血鬼}之八

From Dead to Worse

攻其不备

Charlaine Harris

[美]莎莲·哈里斯 著

高琼宇 译

人民文学出版社

著作权合同登记号:图字 01-2010-3232

图书在版编目(CIP)数据

攻其不备/(美)哈里斯著;高琼宇译. —北京:
人民文学出版社,2011
(南方吸血鬼系列:8)
ISBN 978-7-02-008473-9

Ⅰ.①攻⋯ Ⅱ.①哈⋯ ②高⋯ Ⅲ.①长篇小说-美
国-现代 Ⅳ.①I712.45

中国版本图书馆 CIP 数据核字(2011)第 024419 号

特约策划:徐曙蕾
责任编辑:苏福忠
封面设计:董红红

攻其不备

[美]莎莲·哈里斯　著
高琼宇　译

人民文学出版社出版
http://www.rw-cn.com
北京市朝内大街 166 号　邮编:100705
山东临沂新华印刷物流集团有限责任公司印刷　新华书店经销
字数 240 千字　开本 890×1240 毫米　1/32　印张 8　插页 2
2011 年 6 月北京第 1 版　2011 年 6 月第 1 次印刷
ISBN 978-7-02-008473-9
定价 24.00 元

序　章

　　如果这是《魔戒》的电影场景,而我拥有类似影星凯特·布兰奇那么聪明伶俐的英国口音,就可以用吊人胃口的悬疑手法,叙述去年秋天发生那些事件的背景,你会听得很入迷,竖起耳朵期待故事的后续进展。

　　然而在路易斯安那州西北部这个小角落所发生的一切,并不属于那种可歌可泣的感人史诗,发生在吸血鬼之间的战争本质比较偏向于小国的占领和接管,至于狼人的战役就比较像边界的零星冲突,就算在美国超自然生物年鉴里面——如果真有这方面记录的话——这些事也只会占据小小的篇幅,处于微不足道的地位……除非你本身积极介入超物的占领和冲突事件。

　　如此一来,本来微不足道的小事就变得该死的重要。

　　所有事件的远因都源于卡特里娜飓风的发生,从此灾难就不断地往外扩散,带来悲伤、愁苦和永久性的改变。

　　卡特里娜风灾袭击之前,路易斯安那州本来有一个蓬勃发展的吸血鬼社区,事实上,新奥尔良的吸血鬼人口就像雨后春笋一样蓬勃发展,举凡想要第一手体验吸血鬼的人去那里就对了,很多美国人络绎不绝地跑过去;活死人的爵士乐俱乐部,担纲表演的音乐家都隐身了几十年,少有活人看过他们的公开演奏,现在全都成了特殊的卖点。吸血鬼脱衣舞夜总会、吸血鬼灵媒、吸血鬼情色表演,有的神秘兮兮,也有一些不太隐秘,或者你也可以去那里经历被咬一口当场达到高潮的体验。总而言之,举凡和吸血鬼有关的声色犬马、娱乐表演,只要到路易斯安那州南部,你的欲望就可以得到满足。

至于北部这一带……选择的花样少得可怜,我就住在北部一个名叫良辰镇的小地方,这附近的吸血鬼人口寥寥可数,不过活死人在经济能力和社会地位上都迈大步前进,吸血鬼主导的企业在鹈鹕州①欣欣向荣地发展。

但不幸的是,接下来就发生了阿肯色国王的死亡事件。当时国王和女王新婚不久,国王就在妻子路易斯安那女王举办的宴会上一命呜呼,因为尸体失去踪影,加上所有的人证都是超自然生物——除了我以外,所以人类的执法机关当然不太关注,但其他的吸血鬼族类并没有因此袖手旁观,苏菲安妮·拉克尔女王的合法地位变得岌岌可危。随后卡特里娜飓风又横扫整个新奥尔良市,一夕之间把苏菲安妮王国的财政根基毁得一干二净,但是女王奋战不懈,执意要从灾难中努力站起来,没想到另一个打击又接踵而来,苏菲安妮和她某些最死忠的支持者,还有我这个读心人,苏琪·斯塔克豪斯,竟然在罗兹市遇到一场可怕的大爆炸,一间名叫"吉萨金字塔"的吸血鬼旅馆在一瞬间被炸弹夷为平地,出面自称肇事的是太阳兄弟会的分支机构,虽然这个反吸血鬼组织的主要领袖在公开场合号称他们痛恨并谴责犯罪,可是大家心知肚明,太阳兄弟会一点都不为那些在爆炸中受重伤的受害者一掬同情之泪,当然更不在乎那些终于死得很干净的吸血鬼(这次终于拜拜了),或是追随他们的人类。

历经这桩悲惨的事件,苏菲安妮不止失去双腿,还折损了好几名忠心的随扈人员,其中也包括她最最亲密的战友。及时救她一命的是半魔半人的律师凯特雷先生,不过复原的过程将会是一条漫漫长路,本来

---

① 鹈鹕州,路易斯安那州的别称。

就岌岌可危的地位立刻变得更摇摇欲坠,脆弱到了极点。

话说回来,这中间我扮演的是什么样的角色呢?

金字塔倒塌以后我帮忙拯救了好些人的性命,以致现在担惊受怕,忧虑自己出现在雷达银幕上,不少人都要找我为他们效命,利用我心电感应的能耐来达到他们的私人目的,有些人的动机出于良善,我当然不介意偶尔去参与救援的任务,不过我还是希望拥有自己原来的生活。感谢老天,我得以全身而退,我的男朋友昆恩也活着,对我非常重要的那些吸血鬼全都安然无恙。至于苏菲安妮所面临的难题,无论是那场攻击所引发的政治性后果,或者是残酷的现实面,如不少超自然生物族群对羸弱不振的路易斯安那州虎视眈眈,好似土狼围绕着垂死的羚羊,随时预备啃食一番……那些全都与我无关。

萦绕在我心里的是较私人的问题,几乎超过手指尖以外的范围都不在我思绪的界线内,这是我唯一可用的借口,却万万没想到如此一来,因为自己没考虑吸血鬼的处境,也没去在意另一群超物的现状,结果他们都跟我的未来牵扯在一起,产生重大的影响。

就在良辰镇附近的什里夫波特市,有一个狼人的族群,他们的数目因为巴克斯戴尔空军基地男女军人的加入而激增,过去一年内,这支狼群急遽分裂成两派人马,这让我联想到以前在美国历史课上读过亚伯拉罕·林肯曾经引用过《圣经》的话,谈到家庭分裂的问题[1]。

我愚蠢地假设这两种处境皆会自然而然地迎刃而解,完全没有料到两者的解决方案都和我有关,呃……真是近乎致命的盲点。然而我是读心人,又不是预知未来的灵媒,吸血鬼的大脑对我而言是一片空白(这反而具有舒缓的效果),狼人的思绪也是难以透视,但还不至于完全无法掌握。所以唯一能够解释我为什么对周围酝酿的风暴一无所知的理由,只有一项——

当时我的脑袋瓜究竟在忙什么呢?

答案在于逼近的婚礼和我音讯全无的男朋友。

---

[1] 这是林肯总统在公元 1858 年引用《圣经·路加福音》耶稣的教导所发表的演说。

第一章

当我站在吧台后方细心安排每一瓶酒应该摆放的位置，排得精美又整齐的时候，荷蕾·罗宾森匆匆忙忙地跑过来，平常笑容可掬的脸庞竟然红通通的，还涕泪纵横。顶多再过一小时她就要步入礼堂了，身上居然还穿着牛仔裤和 T 恤，这副模样立刻引起我的关注。

"苏琪!"她绕过吧台抓住我的手，"你一定要帮我!"

我舍弃原本预备要穿的漂亮礼服，换上照顾吧台的制服已经很帮忙了，现在还要怎样？"当然。"我猜荷蕾·罗宾森大概想来一杯特调的饮料——如果我肯稍微花点心思去倾听她的心声，就会先知道这不是她的目标；然而当时我试着遵循应有的礼貌规范，费尽心思地架起精神防御阻挡，毕竟心电感应不像参加野餐那么有趣又好玩，尤其是置身在两场婚礼同时举行的这种高度紧张的场合里。而且原本我是应邀来观礼的宾客之一，谁晓得外烩公司从什里夫波特市找来的酒保竟然在途中发生车祸，本来因为特殊节庆公司坚持要用自己特约的调酒师而失去赚外快机会的萨姆，也临时被招来现场救急。

从参加婚礼的宾客突然变成来打工的服务生，让我忍不住大失所

望,可是这一天新娘最大,谁都得配合她。"要我帮你做什么呢?"我问道。

"我需要你帮忙当伴娘。"她说。

"啊……什么?"

"艾佛瑞先生才拍完第一回合的照片,蒂芙妮就突然昏倒,已经在送往医院的途中了。"

距离婚礼只剩一小时了,摄影师抓住机会先抢拍了一组团体照,伴娘和伴郎都已经准备就绪,荷蕾也应该套上结婚礼服了,结果还穿着牛仔裤,头发卷得乱七八糟,一张素颜,脸上泪水纵横。

谁忍心拒绝新娘的恳求?

"你的身材尺寸刚好合适,"她说,"这时候的蒂芙妮大概在开刀拿盲肠了,你可以套她的衣服试试看吗?"

我瞥向老板萨姆,征询他的意见。

萨姆微笑地点点头:"去吧,苏琪,反正我们要等到婚礼结束才正式开张。"

我跟着荷蕾走进贝尔弗勒宅邸,这是贝尔弗勒家祖传的庄园,最近重新装潢恢复南北战争时期的辉煌风采。木头地板擦得光可鉴人,楼梯旁边镶金的竖琴闪闪发亮,餐厅里头放在玻璃柜当中的银器更是使劲擦得亮晶晶,一身白色制服的侍者忙碌地走来走去,上衣以黑色字体绣出特殊节庆公司的专属标志。这个公司已经成为美国境内第一流的外烩专家,看到那个标志如同有一把刀刺入我的心脏,因为我那音讯全无的男朋友就在这间公司的超物分支企业工作,幸好我现在没时间心痛太久,因为荷蕾简直就像拼命三郎那样把我拖上楼。

二楼第一个房间挤满了穿着金色礼服的女性,围着荷蕾未来的大姑波西娅·贝尔弗勒团团转,荷蕾略过那间房,直接进入左边第二间,这里一样也挤满了女孩子,只是礼服变成深蓝色的。室内一团混乱,伴娘换下来的衣服东一堆西一堆的丢得到处都是,西面的墙边设了化妆和做头发的位置,穿着粉红色制服的化妆师站在那里,手中拿着卷发棒待命。

荷蕾的介绍方式仿佛对着空中丢纸团一样。"各位，这位是苏琪·斯塔克豪斯，苏琪，这一位是我的妹妹菲，还有我的表妹凯莉，我的好朋友莎拉和戴娜，你要穿的伴娘衣服在这里，八号尺寸的礼服。"

我很惊讶在蒂芙妮被送往医院之前，荷蕾竟然还记得剥掉她身上的伴娘衣服，天哪，这些新娘真是冷酷无情。不过短短几分钟的时间，我已经脱到只剩必要的内衣裤，幸好今天穿了新内衣，因为眼前根本没时间顾及面子和害羞的问题，万一刚好穿了破洞的旧内裤肯定要羞到无地自容的程度！伴娘礼服已经有衬里，所以不需要多穿衬裙，这是另一件值得庆幸的事情，我套上丝袜，接着从头上罩下礼服，平常我穿十号的衣服——因此当菲拉上拉链的时候，我只能尽力地屏住呼吸又忙着缩小腹。

只要尽量不呼吸，小两号的衣服应该没问题。

"太棒了！"另一个女孩（好像是戴娜？）兴高采烈地欢呼。"现在穿鞋吧！"

"噢，天哪。"看到鞋子我睁大眼睛，超级高的鞋跟，颜色和礼服相配，我把脚板伸进去，准备要忍受疼痛的折磨，凯莉（或许是这个名字）弯腰帮我扣上带子，我站起来，每一个人都屏气凝神，睁大眼睛看着我跨出第一步，再一步，鞋子至少小了半号，不过那半号非常重要。

"我可以撑到婚礼结束。"我忍痛说道，她们高兴地拍手欢呼。

"过来这里。"穿粉红色制服的女人急忙说道，我坐进椅子里，她再次替我补妆、梳发型，其他的伴娘和荷蕾的母亲忙着为荷蕾套上新娘的婚纱礼服。发型师有很多地方需要处理，因为过去三年里我的头发只小修过一次，现在已经长到肩胛骨的长度，我的室友艾蜜莉亚曾经帮我挑染过，效果很不错，金发的颜色比以前更耀眼。

我站在穿衣镜前面看效果，短短二十分钟之内就整个改头换面，由白衬衫黑长裤的酒吧女招待转眼间成了穿着一袭深蓝色礼服的伴娘——如果一路从头顶算到脚底还长了三寸，感觉像做梦一般。

效果真的非常棒！蓝色的礼服和我形成完美的搭配，轻柔的 A 字形长裙，短短的袖子不算太紧，领口低得恰到好处，不至到放浪的程度，只是就"波"的尺寸而言，如果我不够谨言慎行，浪女的称号还是会出现。

个性务实的戴娜把我从自我陶醉的美梦中拉回到眼前的场景，大声说道："听好，这些是婚礼的重点。"从这一刻开始我就一边聆听，一边点头如捣蒜，看过图表之后，又是一阵点头如捣蒜。戴娜是个很有组织能力的女孩，如果我预备要挥军入侵一个国家的话，肯定要拉拢这个女孩和我联合阵线。

等这群伴娘小心翼翼地步下楼梯的时候（拖地长裙外加三英寸高跟鞋，绝对算不上是安全的组合），我已经听完所有的简报，知道如何走过红毯，担任我生平第一次的伴娘角色。

多数女孩子在年满二十六岁之前都有过好几次当伴娘的经验，偏偏唯一和我有紧密交情也可能邀请我当伴娘的好朋友塔拉·桑顿，竟然在我出城的时候私奔结婚了，让我失之交臂。

另一批新娘的队伍早在我们下楼之前已经在楼下站着，波西娅排在荷蕾之前出场，如果一切按照计划顺利进行，两位新郎和伴郎也应该站在外面了，因为结婚典礼预计在五分钟后开场。

荷蕾的新郎安迪·贝尔弗勒是良辰镇的警探，波西娅·贝尔弗勒是他的妹妹，她和伴娘群的平均年龄至少比荷蕾的大七岁，她选的结婚礼服上半身式样繁复，一层又一层的蕾丝缀满珍珠和亮片，显得硬邦邦的，单单礼服本身就硬挺得足以立在地上当不倒翁——不过这是波西娅的大喜日子，当然有权随自己高兴来打扮，她的伴娘都穿金色的礼服。

幸好两边伴娘的捧花互相搭配，都是白色、深蓝和黄色，这和荷蕾伴娘的选择非常协调，一起组合成美丽的效果。

负责婚礼策划的是一个瘦瘦的妇人，顶着鸡窝般的深色卷发，紧张兮兮地出声数算人头，直到确认预计的人员都在场、没有遗漏后，她才心满意足地推开通往天井的双扇门。外面的观众背对我们，坐在草坪上分列两边的白色折叠椅上，中间隔着长条形的红色地毯。他们面对前方的平台，神父站在祭坛前面，有亮晶晶的烛台当装饰品，波西娅的新郎葛兰·维克站在他的右手边,面对宅第等待新娘现身,他看起来很紧张,但是满脸笑容,伴郎就站在他的侧面。

波西娅穿金戴银的伴娘群率先跨出去,一个接一个地穿过修剪整齐的花园步上红毯。空气中弥漫着鲜花香气,让夜晚变得很甜蜜,即使在十月份,贝尔弗勒的玫瑰依然盛开绽放。

在音乐的高潮中波西娅穿过阳台,站在红毯的边缘,婚礼策划人拉起波西娅婚纱的长裙摆(稍微费了一点力气),以免在砖地上拖行。

看到神父点头示意,在场的观众纷纷站起身来向后转,以便目睹波西娅得意洋洋地进场,毕竟这一刻她已经等了很多年。

她安全地抵达祭坛前面,接下来轮到我们进场,依序经过荷蕾身边的时候,她给每位伴娘一个飞吻,包括我在内,感觉好贴心。婚礼策划人一一送出每一个伴娘,走到前方面向对应的伴郎,和我配对的是来自于蒙罗市、贝尔弗勒的表兄弟,他看到伴娘是我而不是蒂芙妮时似乎吓了一跳。我遵照戴娜强调的方式特意放慢速度前进,双手捧着花束,呈现出完美的角度,刚刚我像一只眼光锐利的老鹰仔细观察其他同伴的步伐,无非是希望能够圆满完成这一桩任务。

在众目睽睽下,我因为过度紧张以致忘记架起精神防御阻挡,众人的思绪立刻蜂拥而入:她看起来好漂亮……蒂芙妮怎么不见了……?哇,真是折腾……婚礼怎么不快点结束,我需要喝一杯……我究竟来这里干吗?都是她拖着我到处去看斗狗比赛……我最喜欢吃结婚蛋糕等等,什么怪念头都有。

一位摄影师闪到前方为我拍了一张照,她是一位美丽的狼女,名叫玛莉小星·古柏,在什里夫波特市著名的摄影师艾佛瑞·坎柏兰的工作室担任助理。我露出笑容,她又拍了一张,我撇开所有的杂念,继续挂上笑脸,一步一步地越过红毯。

片刻之后我才注意到人群当中有空白的点,这意味有吸血鬼在场,葛兰特别要求在晚上举行婚礼,就是为了要邀请他一些重量级的吸血鬼客户出席,波西娅欣然同意的举动让我确信他们是真心相爱的,因为吸血鬼向来不在她交友名单的范围内。事实上,她对活死人是避之唯恐不及的。

一般而言我还蛮喜欢吸血鬼的,因为他们的思绪对我来说等同于一个封闭的资料库,使我的脑袋得以放松休息,当然,说到吸血鬼的其他方面肯定要绷紧神经,不过我的心电感应力至少可以暂时关机。

我终于抵达预定的位置,看着波西娅和葛兰的同伴顺势排出一个倒V字形,特意把前面的空间留给这一对新人。我们这一组当然跟着排队形,直到真正站好位以后,我才放松地吐了一口气,幸好不是首席伴娘,今天的任务就到此结束,接下来只要站住不动,假装心无旁骛就行了,这应该没问题。

音乐来到第二段的高潮,神父再一次颔首示意,观众纷纷起身转而面对第二位新娘。荷蕾一步一步地缓缓走向祭坛,整个人看起来容光焕发,美丽而耀眼,她的礼服样式比较简单,显得年轻又甜美,少说也比安迪小五岁,或许还不止。荷蕾的父亲跟母亲的体格一样属于结实强健的类型,直到女儿走到并肩而立的位置才站出来握着她的手,由于波西娅是独自走过红毯(她父亲已经过世很多年),荷蕾决定要依样画葫芦。

欣赏完荷蕾的笑容,我把注意力转向聚焦在新娘身上的观众。

多数人都是熟悉的脸孔:包括荷蕾任教的学校当中的老师,安迪在警察局的同事,还有几近风烛残年、身体状况摇摇欲坠的老卡萝琳·贝尔弗勒女士的朋友,波西娅的律师同事和法律界的朋友,葛兰·维克的客户和会计师同业,现场简直是座无虚席。

在场只有少数几位黑人和棕色的人种,此外大多是中产阶级的白人,当然啦,肤色最苍白的非吸血鬼莫属,其中一位更是认识很深的熟人,就是我的邻居兼旧情人比尔·康普顿,他就坐在中间偏后的位置上,穿着正式的晚宴服,看起来英俊非凡。其实无论比尔怎么穿都是一副自在悠闲的模样,他的人类女友席拉·庞佛瑞就坐在旁边,席拉是克莱斯的不动产经纪人,一袭酒红色的礼服和她深色的秀发相得益彰。在场大约有五位吸血鬼是陌生的脸孔,我猜应该是葛兰的顾客,他或许一无所知,但是出席的宾客当中还有一些不完全是人类(或多或少不是）。

我的老板萨姆是货真价实、非常罕见的变形人，可以随心所欲地变成任何一种动物，摄影师和他的助理都是狼人，在普通宾客眼中，他看起来就像矮胖的非洲裔美国男子，穿着高级西装，带着专业照相机；但在月圆的时候，他和玛莉小星都会变成狼的外形。观众席里面还有他们的同类，不过我只认识红头发的阿曼姐，她大约三十来岁，在什里夫波特市经营狗毛酒吧，或许酒吧的账目就是由葛兰负责处理的。

在场的还有豹人凯温·诺瑞斯，很高兴他带了女伴来参加婚礼，但是一发现对方竟然是坦雅·葛利森，我兴奋的心情立刻沉到谷底，见鬼了，她跑来镇上做什么？凯温又为什么会出现在宾客名单里？虽然这个男人还不错，但我实在找不出其中的关联。

我继续在观礼的来宾里搜寻熟悉的面孔时，荷蕾已经走到安迪身边，现在所有的伴郎和伴娘都必须面向前方聆听神父的证道词。

我并没有把感情投入在仪式进行的程序里，忍不住胡思乱想起来，今天由坎普顿·立瑞尔神父主持婚礼，他是圣公会的神父，平常每隔两星期就会来良辰镇的小教堂一次。花园里的灯光照在立瑞尔神父的眼镜上闪闪发亮，强光让他的脸失去血色，变得有点像吸血鬼。

仪式按照标准的计划进行着，天哪，幸好我习惯在酒吧久站服务客人，否则站这么久又穿着高跟鞋还真是辛苦。我很少穿高跟鞋，三英寸高的更是少之又少，瞬间变成五英尺九英寸的感觉很奇怪，我试着不要蠕动身体，耐心地等待。

现在葛兰为新娘套上戒指，波西娅低头看着他们交握的手，神情相当的美丽，虽然波西娅不是我喜欢的朋友——她对我也没有好感——我还是祝她幸福。葛兰身材瘦削，深色的头发逐渐稀少，镜片很厚，如果你打电话给演员工会组织，说要找一位传统的会计师角色，他们一定会把葛兰推荐给你。但我可以直接从他脑袋当中得知他爱波西娅，波西娅也爱他。

我稍微变化姿势，把重量放在右脚上面。

接下来立瑞尔神父对着安迪和荷蕾重新再来一遍，我挂着不变的笑容(对我而言这是驾轻就熟,因为工作时训练有素),目睹荷蕾变成贝尔弗勒太太,真幸运啊,圣公会教徒的婚礼可以极端冗长,但是因为有两对新人,个别的仪式反而变成了浓缩版。

婚礼的音乐又呈现出另一段高潮,洋溢着欢欣凯旋的节奏,新婚夫妇一起退场走向宅第,观众的视线反过来跟在他们背后,再度经过红毯的时候,我觉得又快乐又骄傲,在荷蕾需要协助的时候及时伸出援手……而且只要再等一下子就可以摆脱这双鞋了。

坐在位子上的比尔和我四目交接,静静地伸出一只手放在心头上,这个动作非常浪漫,但完全出乎我意料,瞬间让我有些心软,差一点就露出笑容,随即瞥见席拉坐在他旁边,赶紧提醒自己不要忘记比尔是个卑鄙的叛徒,绝不是好东西。我别开脸庞,萨姆就站在距离最后一排座位好几码的地方,穿着跟我原先一样的白衬衫和黑长裤,轻松自在、不疾不徐,这就是萨姆,连他那如同光圈般的草莓金色头发,看起来似乎都很协调很顺眼。

我对他微微一笑,他也用笑容回报,伸手竖起大拇指,虽然要透视变形人的脑袋相当困难,但我看得出来他很欣赏我这一身打扮,晶亮的眼睛一直盯在我身上。萨姆当我的老板已经五年了,大部分的时间都相处融洽,直到我和吸血鬼约会,他有点沮丧,但后来终究克服了。

工作的时间快到了,我追上戴娜的脚步。"我们什么时候换掉礼服呢?"我问道。

"噢,等一下还要拍照。"戴娜笑嘻嘻地说,她的丈夫走过来伸手环住她的肩膀,另一只手抱着他们新生的小宝宝,宝宝身上裹着中性的黄色。

"我应该可以免了吧,"我说,"你们已经拍了很多照片不是吗? 就在另一个人生病之前?"

"蒂芙妮,是啊,但还不够。"

我非常怀疑这个家族会希望我加入,只是少了一位团体照就没办法对称,我发现艾•坎柏兰出现在旁边。

"是的,"他连拍了好几张新郎新娘相视而笑的照片。"我还需要一些照片，所以你还不能换衣服。"

"胡扯。"我的脚痛死了。

"听着，苏琪，我能建议的最佳方案就是先拍你的团体照，安迪、荷蕾！对不起……现在要称呼贝尔弗勒太太！请你们先过来这里拍照。"

波西娅·贝尔弗勒·维克发现他们竟然没有优先拍照，表情有一点震惊，只是还要招呼太多的客人，一时没有发飙的机会。就在玛莉小星抢拍感人画面的一刻，一个远亲推着老卡萝琳女士的轮椅走向波西娅，她弯腰亲了奶奶的脸颊。波西娅和安迪的父母双双过世之后，他们跟着卡萝琳女士住了好多年，因着卡萝琳女士欠佳的健康状态，婚礼的日期至少延期过两次，原本的计划是在春天，因为卡萝琳生病而仓促推迟，当时她心脏病发，所幸痊愈了，过后却又碰到臀部骨折，我必须说就一个历经两次巨大健康灾难的人而言，卡萝琳女士看起来……呃，说实话，就像个曾经心脏病发作和臀骨骨折的老太婆，一身灰褐色的丝质套装，稍微化了妆，雪白的头发梳成劳伦·白考尔[①]的风格，她年轻的时候曾经是个大美女，终其一生的个性都很专断独裁，也是个著名的厨师，一直到最近这几年才退休。

今晚卡萝琳女士宛如置身在第七重的天堂里面，同时有两个孙辈结婚，很多人跟她道贺致意，况且贝尔弗勒宅第又是这么的壮观宏伟，这件事的背后其实应该感谢那位用一种莫测高深的表情凝视着她的吸血鬼。

比尔·康普顿发现自己是贝尔弗勒的祖先，决定匿名赠与卡萝琳女士一大笔钱，她心花怒放地花得很高兴，不知道赠与人就是吸血鬼，反倒以为是某个远亲的遗产。这一点真是讽刺啊，因为我认为贝尔弗勒这一家人更可能对吸血鬼比尔吐口水而不是感谢。但他的确是家族的一份子，能够找到方法出席，我衷心为他高兴。

我做个深呼吸，将比尔幽暗的目光从思绪中抹去，站在安排的位置上配合拍团体照，对着镜头露出灿烂的微笑，躲开那个醉眼惺忪的表

---

① 劳伦·白考尔，美国电影明星兼模特儿。

亲，十万火急地上楼去换穿酒吧的制服。

房间里没有闲杂人等，能够独处让我如释重负。

我脱下礼服用衣架挂好，坐在凳子上解开磨脚鞋的带子。

门口突然有声音，我转头一看，有点吃惊，比尔站在入口处，双手插进裤子的口袋，皮肤微微地发光，尖牙伸长。

"正想抽空换衣服。"我紧绷地说，没必要假惺惺地装害羞，因为他都看过了。

"你没告诉他们。"他说。

"啊？"我的脑袋突然灵转过来，比尔指的是我没告诉贝尔弗勒，说他是他们的祖先。"不，当然没有，你要求我保密。"

"我以为你在怒火当中可能就透露了。"

我难以置信地看了他一眼。"不，你错了，有些人是很有廉耻心的。"我看着他别开目光。"顺便说一下，你的脸恢复得很好。"

太阳兄弟会在罗兹市的爆炸事件中，比尔的脸部曾经遭受阳光的曝晒，景象让人看得触目惊心。

"我整整睡了六天，"他说，"终于醒过来的时候，伤势大部分都痊愈了，至于你说我有无廉耻的问题，这一点我无法反驳……但是苏菲安妮要我追求你的时候……我真的百般不愿意，苏琪，一开始是不想假装和人类女孩谈天长地久的感情，认为那无疑在贬低自己的身份，我一拖再拖，直到没办法拒绝的时候才勉强去酒吧看你一眼，结果当晚事态的发展完全违背我原先的意愿，没想到和榨血人一起离开，事情就发生了，看到搭救的人是你，我开始相信这是命中注定的。一开始的确是遵照女王的命令，但最终自己也落入了不可自拔的陷阱，至今还无法脱身。"

爱、爱、爱情的陷阱，我讽刺地想，可惜他太正经、太平静，让人冷嘲热讽不下去。毕竟我只能用这种泼辣的方式来保护自己的一颗心。

"你已经有女朋友了，"我说，"还是去找席拉吧。"我低头去解开另一只鞋的带子，开始脱掉鞋子，抬头发现比尔的眼睛直勾勾地盯着看。

"我愿意不计代价，只求再一次和你躺在一起。"他说。

我浑身一僵，原本预备脱下丝袜的手悬在半空中。

好吧,这句话让人吃惊有几个不同的层面,第一是躺在一起的字面意义,第二是诧异他把我当成如此难以忘怀的床伴。

或许让他难忘的只有处女。

"今天晚上我没空闲聊,萨姆还在等我下楼帮忙照顾吧台。"我粗声地说。"请你离开。"我起身转而背对着他,套上长裤和白衬衫,把下摆塞进裤子里,接着穿上黑色的球鞋,飞快地瞥了镜子一眼,确定口红还在,就转向门口。

他已经离开了。

我下楼到户外的花园,回到吧台后面熟悉的工作区感觉反而轻松一些,只是两只脚还是不舒服,至于心底贴着比尔·康普顿标签的伤口也在隐隐作痛。

看到我匆匆赶到,萨姆笑脸以对,虽然卡萝琳女士否决了我们摆放小费箱的要求,不过有些顾客已经塞了好几张钞票在高脚玻璃杯里头,我打算将错就错,不去移动它。

"你穿礼服很漂亮。"萨姆一边夸奖一边调配兰姆可乐,我把啤酒放在吧台上,对着点酒的老先生微笑。他的小费给得很慷慨,我低头一看,发现刚才匆忙下楼的途中,跳过一颗钮扣没扣上,稍微多露了一点乳沟,顿时尴尬起来,但还不到淫荡的程度,比较像引人注目,仿佛在说"嘿,我很有料喔",所以就任由它了。

"谢谢,"我希望萨姆没有发现这低头评估的动作。"但愿我按部就班都做对了。"

"那是当然。"萨姆说道,似乎完全没想过我扮演伴娘的新角色有出糗的可能性,就是这样,我才会认定他是我最好的老板。

"呃,晚安。"一个微有鼻音的嗓音说道,我抬头一看,发现站在前面的竟然是坦雅·葛利森,用她的呼吸浪费这里的空气。至于她的男伴凯温则完全不见踪影。

"嘿,坦雅,"萨姆说道,"好久不见,你好吗?"

"哎,我回密西西比去处理一些琐碎的事,"她回答,"最近又回来拜访,正在纳闷你是否需要兼职的帮手,萨姆。"

　　我紧紧地抿着嘴巴，双手忙个不停，坦雅往旁边横跨一步，靠近萨姆那一侧，一位老妇人走过来点了一杯加柠檬的通宁汽水，我递过去的速度快到让她吓了一跳，接着又应付萨姆的下一位客人，萨姆的大脑显示他很高兴看到坦雅，男人真白痴，对吧？但是话说回来，我了解坦雅的底细，萨姆却一无所知。

　　下一位客人是席拉·庞佛瑞，嗳，今天的运气真是好得出奇，没想到比尔的女朋友只点了一杯兰姆可乐。

　　"没问题。"我稍微松了一口气，开始调酒。

　　"我听见了。"席拉静静地说。

　　"听见什么？"我有点心不在焉，一边用耳朵兼用脑袋聆听萨姆和坦雅的交谈内容。

　　"我听到比尔和你谈话的内容。"看我没开口，她继续说下去，"我悄悄地跟在他后面上楼。"

　　"他一定知道你在后面。"我心有旁骛地把饮料递给她，那一瞬间她睁大眼睛——不确定是警觉还是气愤？接着就大步走开，如果心底的愿望能置人于死地的话，我已经命丧黄泉、倒地不起了。

　　坦雅开始转过身体，仿佛躯壳想要离开，心里却依然想和我老板再谈下去，最后才全心全意地离去，我目送她的背影，心底充满晦暗的念头。

　　"呃，真是好消息，"萨姆微笑地说，"坦雅最近有空来帮忙。"

　　坦雅的意图根本是昭然若揭，但我忍住冲动没说出来，"喔，是啊，棒极了！"我冷言冷语，天底下我喜欢的人很多，为什么独独两个让我看不顺眼的女人都在今晚出现？嗯，至少我可怜的脚已经摆脱了小鞋子，可以快乐地欢呼了。

　　我面带微笑地准备饮料，清理空瓶子，再走向萨姆的卡车拿下货物，打开啤酒、倒酒、拖地等等一连贯的动作，感觉自己就像恒久运动的机器人。

　　吸血鬼顾客三五成群地来到吧台，我开了一瓶"皇家珍血"，这是欧洲正统皇室的鲜血和人造血混合的高级品，随时要冷藏保鲜，是葛兰亲自为他的顾客特别安排的招待。(在吸血鬼的饮料当中,唯有近乎纯粹的"皇族鲜血"——只掺了些微的保鲜剂——价格高过"皇家珍血"。)萨姆先排好杯子,才吩咐我倒饮料。我倒得小心翼翼,避免滴出来,每位吸血鬼一杯,包括比尔,各个小费付得很慷慨,满脸笑容地举杯恭贺新婚夫妇。

小啜一口深色的液体,他们那突出的尖牙显示对于饮料的品质异常满意,这样的表达方式让某些人类宾客相当不自在,但是葛兰站在旁边微笑点头,知道不必和吸血鬼握手,我也注意到新任的维克太太几乎不跟活死人对话,即使经过附近,笑容也显得很僵硬。

一位吸血鬼回头加点一杯普通的真血,我先加热才递过去。"谢谢。"他又赏了一笔小费,从打开的皮夹里面,我看到内华达州的驾驶执照,这是因为经常在酒吧查看青少年身份证件的关系,让我对各州的执照相当熟悉,为了一场婚礼,这家伙还真是长途跋涉,因此我特意多看了对方一眼。他察觉我的目光,双手合十微微一鞠躬。我看过一本以泰国为背景的悬疑小说,知道这种合掌的礼仪是佛教徒(或者是一般泰国人?)特有的招呼方式,总之就是一种礼仪。我犹豫了一会儿,放下手里的抹布,跟着模仿他的动作,结果吸血鬼看起来很高兴。

"我叫乔纳森,是改名,"他说,"因为我的本名美国人不会发音。"

他的语气里似乎有一丝傲慢和轻蔑,但我不以为意。

"我是苏琪·斯塔克豪斯。"

乔纳森身材矮小,大约五英尺八英寸左右,有泰国人特有的浅铜色皮肤和深色头发,长得挺英俊的,鼻子小而宽阔,嘴唇丰润,棕色的眼珠,笔直的眉毛,皮肤细致到几乎看不到毛孔,就像一般吸血鬼一样的发出微光。

"这位是你丈夫吗?"他拿起酒杯,朝萨姆的方向点点头。萨姆忙着为某一位伴娘调酒。

"不,先生,他是我的老板。"

这时候安迪和波西娅的亲戚泰瑞·贝尔弗勒走过来再要一杯啤酒。我喜欢泰瑞,只是他的酒品不好,现在似乎又故态复萌了,虽然这位越战老兵想要站在那里针对总统目前的战争政策发表高论,但我护送他走向另一位来自于巴吞鲁日的家族成员身边,确保这位先生能盯着泰瑞的一举一动,以免他酒醉驾车离去。

当我这么做的时候,吸血鬼乔纳森一个劲地盯着我看,原因不明,不过他的姿态和表情没有一点侵犯或情欲的意味,尖牙没有突出来。所以我决定无视于他的存在继续工作,如果他另有用意,迟早会找上我的。等一下再说比较好。

我从萨姆的卡车里搬出一箱可乐,突然发现一位男士独自伫立在西边草坪的大树荫影底下,身材高大清瘦,一身无懈可击的西装显然价值不菲。因着他向前一步,让我看清他的五官,对方显然也盯着我看。他给我的第一印象是长得很漂亮,但不是人类,即使已经有一把年纪了,相貌依然英俊不凡,淡金色的头发跟我的一样长,整齐地扎在后面。他的脸有点风霜,就像一颗香脆的苹果在冰箱存放太久,以致表面有点干皱,不过腰杆挺直,没有戴眼镜,拿了一根金色手把的黑色手杖。

他走出树荫底下,所有的吸血鬼步调一致地转过去看,半晌之后他们点了点头,态度唯唯,他也点头致意,吸血鬼一起保持距离,仿佛他是危险分子或者令人敬畏。

这一幕很怪异,可惜我没有思索的空当,免费的饮料大家都想再喝最后一杯,宴会接近尾声,人们逐渐移驾到屋子前方,预备跟快乐的新婚夫妇道别,荷蕾和波西娅已经上楼去换衣服,预备出发度蜜月。特殊节庆公司的员工勤奋地清理空的餐具和酒杯,整个花园看起来整齐干净。

既然忙碌的状况缓和下来,萨姆终于有话要说,"苏琪,是我感觉有误,还是你对坦雅有意见?"

"我的确对坦雅有意见,"我说,"但不确定是否应该说出来。因为你显然很喜欢她。"我这么说或许会让你以为我喝了很多波旁威士忌,或者被打了让人吐实话的麻醉剂。

"如果你不喜欢和她合作,我想知道理由。"他说,"我当你是朋友,愿意尊重你的看法。"

这句话听起来很窝心。

"坦雅很漂亮,"我说,"聪明又干练。"这些都是优点。

"然后呢?"

"她来这里当间谍,"我说,"波特夫妇派她来追查我是否和他们女儿黛比的失踪有关系,你还记得他们曾经来酒吧找我吗?"

"是的,"萨姆说道,"你真的和那件事有关?"

"非常有关联,"我感伤地回答,"但是出于正当防卫。"

"我知道一定是这样,"他突然握住我的手,把我吓了一跳。"我了解你。"他没有放开。

萨姆的信任温暖了我的心窝,毕竟我已经为他工作了很多年,他的好感对我有很大的意义,我几乎哽咽了,必须清清喉咙才得以说下去。"因此我不高兴看到坦雅。"我说下去,"打从一开始我就不信任她,后来又发现她来良辰镇的理由,更是讨厌她。我不确定波特夫妇是否仍旧花钱雇用她,然而,今晚她和凯温一起出现,更不应该来找你。"我的口气比预期的更气愤。

"噢。"萨姆一脸苦恼。

"如果你想和她约会,那就去吧,"我试着改善气氛,"她不可能毫无优点,很可能是认为来这里帮忙搜寻失踪的变形人也算好事一桩。"这句话说得不错,可能也是事实吧。"反正我不一定要喜欢你约会的对象。"我补充一句,表明自己没有占有他的权利。

"是啊,但是那样我会感觉好一点。"

"我也有同感。"我欣然同意,连自己都有点惊讶。

第二章

因为现场还有宾客流连忘返，我们只能不动声色悄悄地清场收拾，免得打扰他们。

"既然说到约会对象，昆恩到底怎样了？"他问道，"你从罗兹市回来以后就一直愁眉不展。"

"呃，我说过他在爆炸中受了重伤。"昆恩在特殊节庆公司的子公司任职，专门筹划超物世界的庆典活动：包括吸血鬼皇族的婚礼、狼人的成年礼、族群领袖的擂台赛等等，因此昆恩才会在吉萨金字塔旅馆，碰上太阳兄弟会针对吸血鬼高峰会使出的肮脏手段。

太阳兄弟会的成员都是反吸血鬼分子，他们并不清楚吸血鬼只是有如大冰山的超自然世界中公开显露的最上层。这一点只有我和少数人知道，但有越来越多的人如今也知道这个秘密，我确信一旦太阳兄弟会的狂热分子得知还有狼人和萨姆这样的变形人存在……肯定也像痛恨吸血鬼一样地敌视他们。据推测，这样的时机快来了。

"对，可是我以为……"

"是啊，我也以为昆恩和我算是出双入对，"我的语气显得凄凉孤寂,哎,只要一想到失踪的虎人男友就让人心情抑郁。"我一直期待听到他的消息,结果一点消息都没有。"

"他妹妹的车子还在你家吗?"幸好有法兰妮把车子借给我,才让我得以从罗兹市的大灾难当中返回良辰镇。

"不在,有天晚上我和艾蜜莉亚一起出门工作,回家时车子就不见了。我在他的手机上留言说车子不见了,他都没有回电。"

"我很遗憾,苏琪。"萨姆说道,明知道这么说无济于事,可是又能说什么呢?

"是啊,我也很遗憾。"我试着压抑沮丧的情绪,避免落入疲惫的精神状态真的很耗费力气。我知道昆恩绝对不会把他的伤势归咎于我,而且离开罗兹市之前我还特地到医院去探望他,当时他妹妹在一旁照顾他,那时候法兰妮似乎不恨我了,既然没有责备,也没有恨——为什么从此形同陌路?

就好像大地突然开口把他吞进去一样。我摊开双手试着说些什么,但随即放弃,不管怎样,每当担心的时候,保持忙碌就是最好的药方,我们开始把一些设备搬上萨姆停在一条街以外的货车上,比较沉重的物品大多由他负责,萨姆虽然不算高大,但是和大多数的变形人一样很强壮。

十点三十分左右我们几乎收拾完毕,从屋子前方欢声雷动的声音判断,我知道新娘已经换上蜜月套装下楼,抛出捧花,预备出发去度蜜月了。波西娅和葛兰要去旧金山度蜜月,荷蕾和安迪要前往牙买加的度假村,这些我早就知道了。

萨姆说我可以先离开,"我会找道森帮忙卸货,抬进酒吧里面。"今天晚上道森代替萨姆在莫洛特酒吧值班,他身材魁梧,壮得像石头一样,这的确是个好主意。

会后均分小费,我赚了大约三百美元,今天晚上的收获颇丰。我把钞票卷成一大卷,塞进裤子的口袋。幸好这里是良辰镇,不是什么大城市,否则我真要担心在上车之前会被人敲昏脑袋、洗劫财物。

"呃,晚安,萨姆。"今天懒得带皮包,我检查口袋确定车钥匙还在,就从后院的斜坡走向人行道，有些不自在地摸了摸头发，粉红制服的发型师本来要把头发盘在头顶上，后来被我阻止，反而梳成蓬松大卷的法拉·佛西①头，感觉有点傻里傻气。

马路上的车子来来往往，大多是参加婚礼的客人要开车离去，逐渐融入星期六晚上固有的长龙，因为一排排的车子沿着路边停靠，距离拉得很长，因此减慢车辆行进的速度，虽然我的车子违规停放，驾驶座靠近路边，不过这在良辰镇不是大问题。

我弯腰开锁，突然听见背后有杂音，我直觉地抓住钥匙，手握成拳，猛然转身用力地挥出拳头，因为有钥匙当拳头的核心，后方的男人脚步踉跄，摇摇晃晃越过人行道，跌坐在草地上。

"我对你没有恶意。"乔纳森说道。

不只嘴角流血还一屁股坐在地上，却得同时顾及面子与尊严，又不带威胁真的很不容易，不过这位亚洲吸血鬼做到了。

"你吓了我一跳。"这句话一点也不夸张。

"我了解。"他轻而易举地站起来，掏出手帕擦掉血迹。

我没有道歉的打算，现在是晚上，周围只有我一个人，若有人在这种时候悄悄溜到我背后，哈，就算挨了拳头也是活该。不过我重新思索了一下，吸血鬼的脚步本来就很轻盈安静。"很抱歉我误会了，"我说，这算是某种程度的妥协。"我应该认出是你。"

"不，那时候已经太迟了，"乔纳森说道，"夜归的单身妇女当然有防卫的权利。"

"谢谢你的体谅。"我谨慎地回答，望着他背后的方向，试着不要流露出异样的神情，毕竟自己经常从人们脑中听到让人诧异的事情，经年累月的经验训练，我已经很习惯面无表情了。我直视着乔纳森："你有……你为什么在这里？"

"我刚好经过路易斯安那，以汉米尔顿·苔波的客人身份来参加婚

① 法拉·佛西，在20世纪70年代因为热门的电视剧《霹雳娇娃》走红的美国明星，连她的发型都造成一股风潮。

021

礼。"他说,"经由艾瑞克·诺斯曼的同意,留在第五区。"

我不知道汉米尔顿·苔波是何方神圣——大概是贝尔弗勒家的朋友吧,但我对艾瑞克·诺斯曼知之甚详。(事实上,有一度我对他的认识是从头到脚,中间每一寸都摸得很清楚。)艾瑞克是第五区的警长,掌控了路易斯安那州北部一大块区域,我们以复杂的方式连结在一起,许多时候我对这件事厌恶极了。

"事实上,我想问的是为什么现在找上我?"我抓紧钥匙耐心地等待,万一苗头不对,决定先攻击他的眼珠,这是吸血鬼最脆弱的部位。

"出于好奇。"乔纳森终于说道,双手交叠放在胸前,这个吸血鬼让我心生厌恶。

"为什么?"

"我在尖牙同盟听说艾瑞克非常重视一个金发女孩,他那种人精明又能干,普通女人似乎不太可能引起他的兴趣。"

"你怎么知道今天晚上我会来这里参加婚礼?"

他的眼神闪烁,没料到我会锲而不舍地追问下去,或许这一刻他正在施展魔力试图强迫我听命,甚至安静下来,可惜完全不管用。

"为艾瑞克工作的年轻女孩,也就是他的小孩帕梅拉无意间说的。"

骗子、骗子,火烧裤子!我和帕梅拉至少有一两个星期没有通过电话,上一次交谈的内容也不是女孩子之间的闲话家常,更不可能聊到我的社交和工作时间表,当时她在罗兹市受伤,伤口还在痊愈中,她、艾瑞克和女王的伤势状况是我们交谈的主要内容。

"当然,"我说,"呃,晚安,我必须离开了。"我开了车门,谨慎地滑入驾驶座,双眼紧紧地盯着乔纳森以防临时需要采取行动,他静止不动地站在原地,直到车子启动驶出路面时才微微地点头致意。为了防止突发状况,我一直开到下一个停车标志时才敢扣上安全带,锁好车门,并且左顾右盼的确认没有吸血鬼的踪影。真是太诡异了,我心想,回去应该打电话给艾瑞克告知这件事情。

但你知道最诡异的部分是什么吗?这段时间内,金色长发的老先生一直伫立在吸血鬼后方的树荫底下,我们一度四目交接,他英俊的五官表情莫测高深,但我很确定对方不希望我透露他在场,虽然猜不透他的心思——这一点我无能为力——但我就是知道。

最奇怪的是乔纳森不知道他在背后,就吸血鬼那么敏锐的嗅觉而言,乔纳森迟钝的程度让人百思不得其解。

从蜂雀路转向通往我家的车道,一路上穿越树林的时候,我仍然在思索这桩奇特的小插曲。我的家坐落在树林深处,房子的主体是在一百六十年前兴建的,当然啦,原始的结构只有一小部分矗立到如今。漫长的数十年以来,历经了好几次的增建、整修和屋顶重建的工程,起初仅是两房一厅的农舍建筑,现在的规模大多了,但依旧是普通住宅而已。

我的室友艾蜜莉亚·布德威特意留了屋外的安全灯照明,屋子在灯光底下看起来祥和宁静,艾蜜莉亚的车子停在房子后面,我跟着停在旁边,顺手拿了钥匙,以防她已经上楼休息。我进门以后锁上外层的纱门,也把后门锁好,居家安全对我和艾蜜莉亚都很重要,尤其是晚上。

看到她坐在厨房的椅子上等待,让我有点惊讶,一起住上几星期以后,我们之间已经发展出一种相处模式,通常在这时候她已经上楼去了,那里有她自己专用的电视、手机和笔记本电脑,同时她也申办了图书馆的借书证,可以借很多书回来看,此外还有咒语的工作,那一项我从来不过问,因为艾蜜莉亚是女巫。

"事情还顺利吧?"她问道,手指不断地搅动热茶,似乎想在杯子里搅出一个漩涡似的。

"呃,他们结婚了,不像《简·爱》①的婚礼那样横生枝节,中途喊停,葛兰的吸血鬼顾客个个彬彬有礼,卡萝琳女士的翩翩风度席卷全场,而我临时被叫去替代其中一位伴娘。"

"哇!赶快说来听听。"

我叙述其中的过程,两个人笑了好几声。我本来也想把那个老先生的事情告诉她,但临时又改变主意,要我说什么呢?说"他一直盯着

---

① 《简·爱》,十九世纪流传至今的英国文学名著,作者是夏绿蒂·勃朗特。

我看"吗？不过我说了那个来自于内华达州的乔纳森的事。

"你认为他真正的目的是什么？"艾蜜莉亚说道。

"猜不出。"我耸耸肩膀。

"你需要问个究竟，尤其他说的那个人名字你甚至没听过。"

"我要打电话给艾瑞克——不是今晚，就是明天。"

"可惜你没有去买比尔收集的资料库档案，昨天我在吸血鬼的网站上看到广告。"突然改变话题似乎有点奇怪，但是比尔的资料库里面涵盖了他从世界各地收集来的吸血鬼照片和自传，也有一些是耳闻的，总之这份资料替他的女王老板赚进了大笔钞票，甚至超过我想象的范围，不过只限吸血鬼才能购买，而且他们有办法查证身份。

"呃，别忘了一份资料比尔收费五百美元，何况冒充吸血鬼的风险很高……"我说。

艾蜜莉亚挥挥手。"值得冒险一试。"她说。

艾蜜莉亚比我世故很多……至少就某些层面而言。她在新奥尔良成长，多数的时间住在那里，现在住我家是因为犯了大错的缘故，由于经验不足导致一场魔法灾难发生，迫使她必须离开新奥尔良避风头，没想到这么一来反而幸运地躲开一场大自然灾难，也就是卡特里娜飓风的袭击。自此以后她的房客搬到公寓的二楼，艾蜜莉亚原先居住的一楼受到部分的毁损，目前在整修，由她的房客监督，因此艾蜜莉亚没有收他房租。

接下来艾蜜莉亚无法尽快搬回新奥尔良的原因施施然地出现了，猫咪鲍伯走进厨房来说哈罗，惹人怜爱地贴在我的脚边磨蹭。

"嘿，我的小甜心，"我抱起黑白相间的长毛猫，"我的宝贝今天好吗？我好爱你！"

"我要吐了！"艾蜜莉亚说道，但我知道自己不在的时候，她跟鲍伯说的话也一样恶心兮兮的。

"有进展吗？"我从鲍伯的长毛里面抬头询问，它今天下午刚洗过澡——毛茸茸的状况一看就知道了。

"没有，"她的语气颓废又丧气，"今天我在它身上弄了一小时，只变出一条蜥蜴尾巴，最后使出所有的能耐才把他变回来。"

鲍伯本来是个大男人，一副书呆子的模样，黑头发厚眼镜，不过艾蜜莉亚私下告诉我说他有一些突出的特质，遮在衣服底下看不出来。她在鲍伯身上练习变形术，把他变成猫咪其实是违反规定，当时他们一定在进行某种奇特的性冒险，只是我没有胆量追究清楚。

"现在有个问题——"艾蜜莉亚突兀地开口，我立刻全神贯注，她留在楼下等门的真正理由终于要揭露了，其实她向来是个广播电台，我才进门就直接从她大脑收到信号，但只能让她絮絮叨叨，因为人们真的不喜欢你告诉他们不用多说，因为你完全知道；况且他们还费尽心思地铺陈气氛然后切入主题。"明天我父亲要来什里夫波特市办公，想要顺道来良辰镇看我，"她急促地开口，"来的只有他和司机毛利，而且要留下来吃晚餐。"

隔天是星期天，莫洛特酒吧下午才开始营业，不过我刚好休假，我瞥了日历一眼。"我可以去拜访吉比和塔拉，没关系。"

"请你留在家里。"她的表情带着恳求，至于原因是什么没有多说，但我心里有数，艾蜜莉亚和她父亲之间的亲情非常矛盾，事实上，她特地用母姓布德威当自己的姓氏，部分的理由是因为父亲是名人。科普力·卡麦克在政治圈很有影响力，而且家财万贯，但我不确定卡特里娜飓风是否殃及到他的收入。卡麦克拥有一家大木材厂，本身又是建筑商，飓风或许毁了他的企业，不过在另一方面，整个区域迫切地需要木材和重建。

"他几点过来？"我问道。

"下午五点。"

"司机要和他同桌吃饭吗？"我从来没应付过员工的问题，厨房里只有一张餐桌，我也不可能叫他的司机捧着饭碗坐在后院的台阶上。

"噢，天哪，"艾蜜莉亚显然没想到这一层，"毛利怎么办？"

"所以我才问你啊。"我的语气听起来颇有耐心。

"听着，"她说，"你不知道我父亲的个性，你不会懂的。"

从艾蜜莉亚的脑袋里，我了解她对父亲的感情是爱恨交织、非常复杂的,想要在爱、恐惧和焦虑当中挖掘她真正的态度实在很困难,再者我认识的有钱人不多,其中能雇得起全职司机的人更少。

看来这一趟造访将会很有趣。

我说了晚安,径自上楼休息,虽然要想的事情很多,但疲惫的身体还是让我迅速地睡着了。

星期天的天气晴朗,让我联想到两对新婚夫妻平安地展开他们各自的新生活,还有老卡萝琳女士,也在享受她那些表妹们的陪伴(大约都在六十岁左右),顺便关照她的生活起居,直到波西娅和葛兰回家,那些人才能返回他们稍显卑微的住家,或许也因此松了一口气。至于荷蕾和安迪则是搬入小一点的新房子里。

关于乔纳森和那位英俊的绅士,我到现在还觉得纳闷。

我提醒自己晚上一定要打电话找艾瑞克确认。

我想起比尔那一番突如其来的告白。

接着又开始思索昆恩音讯全无的原因,这已经是第一百万次了。

我还来不及陷入愁云惨雾里,就被艾蜜莉亚飓风卷了进去。

她有某些很好的特质,让我很喜欢,这个女孩个性率直、充满热诚,而且有才艺。她了解超自然世界,知道我所扮演的角色,也认为我怪异的天赋很酷,我们几乎无话不谈,任何事都不至于让她厌恶或骇然,但在另一方面,艾蜜莉亚冲动又顽固,不过我也只能接纳,因为有她这个室友真的很不赖。

就实际情况来说,她是个好厨师,不占人便宜,小心地区分我们各自的财物,而且天晓得她真是爱整齐清洁,最大的长处就是爱干净,无聊的时候洗洗刷刷,紧张的时候也是洗洗刷刷,有罪恶感的时候还是洗洗刷刷。我虽然不是肮脏的懒惰鬼,但艾蜜莉亚称得上是世界第一流水准。某天她差点出车祸,回家后就打扫客厅,清洁所有的家具和椅垫;当房客打电话来通知需要更换屋顶,她挂断电话就跑去易利租,扛了一台机器回家,把楼上和楼下的木头地板磨得光亮如新。

我九点起床的时候,艾蜜莉亚因为父亲即将来访的紧张情绪,再度陷入打扫的狂热里,大约十点半我预备出门去教堂,她四脚着地趴在楼下的洗手间大清特清,旧式的厕所铺着八角形黑白相间的瓷砖,立式大浴缸,幸好有新式马桶(这要感谢我的哥哥詹森)。因为二楼没有洗手间,因此艾蜜莉亚只能用这一间,我的卧房在五十年代增建了一间小浴室,所以在老房子里可以看到不同年代的装潢风格并存在一起。

"你真认为浴室有那么肮脏吗?"我站在门口,对着艾蜜莉亚的屁股说话。

她抬起头,戴手套的手拂过额头,拨开挡住眼睛的头发。

"不,还好,但我要一尘不染的程度。"

"我家是老房子,艾蜜莉亚,不可能达到那么高的目标。"我不需要为屋子的年岁和家具老旧道歉,我的能力只能应付到这种程度,已经够好了。

"这是甜蜜的家园,苏琪,"艾蜜莉亚激动地说,"但我要保持忙碌才行。"

"好吧,"我说,"呃,我要上教堂了,十二点半才回来。"

"你可以顺便去超市吗?采购的清单在料理台上。"

我欣然同意,很高兴有晚一点回来的借口。

十月的早晨感觉更像三月天(南方的三月份),当我跨出车子走进卫理公会的教堂之前,仰起脸庞迎向微微吹来的风,空气中弥漫着冬天的味道。小教堂的窗户敞开,我们唱诗班的声音飘扬在草坪和树林之间,树叶随风吹散。

坦白说我不太注意听讲道,有时候来教堂的时间都在思考,探询未来生命的方向,但至少这些思绪都在范畴之内,一旦你看到树梢上缓缓掉落的叶子,思绪的范畴就变得更狭窄。

今天例外,我确实在聆听,科林斯牧师讲到神的东西当归给神,凯撒的物品归凯撒。这一篇似乎比较像四月十五日那种形式的讲道内容,害得我忍不住纳闷牧师是否按季缴税。过了一会儿我领悟到他其实是在提醒众人,有时候我们虽然犯法,心里却没有罪恶感——例如超速驾驶,或者到邮局寄包裹暗地里却夹了一封信,并没有买邮票。

离开教堂时我对牧师露出微笑,每次看到我,他的表情都有一点苦恼。

我在停车场遇见马可欣·弗坦巴利和她的丈夫艾德，大块头的马可欣气势逼人，艾德却是又害羞又安静，简直像个隐形人。他们的儿子霍伊特是我哥哥詹森最好的朋友，现在他就站在他妈妈背后，穿了一套笔挺的西装，剪了新发型，嗯，有趣的迹象。

"甜心，你一定要拥抱我一下！"马可欣嚷嚷，我当然照办，她一直是奶奶生前的好朋友，不过大约和我父亲同样年纪，我对艾德微微一笑，挥手跟霍伊特打招呼。

"你看起来很帅喔！"他笑了。霍伊特很少笑成这样，我忍不住望着马可欣，她也是咧着嘴巴笑。

"我们霍伊特啊，眼下正和你的同事霍莉在约会，"马可欣说道，"她有个小家伙，这一点有待考量，不过霍伊特向来很喜欢小孩。"

"我都不知道耶，"我说道，最近经常不在镇上，消息不太灵通。"太好了，霍伊特，霍莉是个好女孩。"

如果多一点时间想仔细，我或许不会这么形容，幸好我没多想。霍莉身上的确有一些大优点，例如她很疼爱儿子科迪，对朋友很忠诚，工作勤奋认真。她已经离婚好几年，因此霍伊特不会是过渡时期的对象，但不知道霍莉有没有说自己是威卡教徒，不，显然没有，否则马可欣不可能笑得如此开心。

"我们和她约在'时时乐'一起吃中餐，"她说的是州际公路附近的牛排馆。"霍莉不常上教堂，所以我们还在努力说服她带着科迪一起来，我们再不赶紧出发就要迟到啰。"

"加油喔，霍伊特。"经过时我拍拍他的手臂，他高兴地看了我一眼。

每个人都要结婚或者正在谈恋爱，我当然为他们高兴，高兴、高兴、高兴，我一路挂着笑脸去"小猪威利①"，从皮包里掏出艾蜜莉亚的购物清单，项目长得很，不过按照她以往的习性和记录，应该还会再追加才对。我用手机打电话给她，果不其然，她又想到还缺三项东西，害我在

---

① 小猪威利，销售地点主要集中于美国中西部和南部的连锁超市。

028

超市耽搁了好一会儿才离开。

我抱着沉重的塑料袋,费力走上后门的台阶,艾蜜莉亚看了立刻冲出来拿其他东西。"你跑去哪里了?"她质问,仿佛站在门口守候了很久。

我看了看手表。"上教堂以后才去超市买东西,"我辩解地说,"现在不过一点钟。"

艾蜜莉亚抱着东西再次经过时,气急败坏地摇头,发出类似"咳咳"的声音。

整个下午就这样过去了,艾蜜莉亚精心准备,仿佛这是她一生中最重要的约会。

我的厨艺不差,但是艾蜜莉亚只肯让我在旁边打杂,分担切洋葱或番茄等琐碎的工作,噢对,还洗了预备派上用场的碗盘,我本来还纳闷她是否可以像《睡美人》里面的神仙教母念念咒语,盘子就自动洗好了,结果她对我的问题嗤之以鼻。

屋里收拾得很干净,虽然我试着不去在意,但忍不住注意到艾蜜莉亚违背我们约法三章的事情,擅自进入我的卧房大致清洁过地板。

"很抱歉进去你的房间,"她突然开口,把我吓了一跳——奇怪,读心人是我啊,艾蜜莉亚竟然在这个游戏上抢先我一步。"都怪我那种疯狂的冲动,吸尘的时候就想顺便清洁你的地板,还没想清楚就做完了,也把你的拖鞋放在床铺底下。"

"没事。"我不置可否地回答。

"嘿,我道歉了。"

我点点头,继续擦干碗盘收好,艾蜜莉亚选定的菜单是绿色沙拉配番茄和切片的胡萝卜,意大利千层面,热的大蒜面包和烫青菜;烫青菜的部分我不知道,不过生食的蔬菜都由我负责——包括绿皮小胡瓜、彩色甜椒、蘑菇和花椰菜。黄昏的时候,她终于恩准我有资格搅拌沙拉,还分配我铺桌巾、摆盆花,安排四个人的座位和摆盘等等。

我提议让毛利先生和我一起在客厅边看电视边吃饭,可是这个提议在艾蜜莉亚看来好像我提议替毛利先生洗脚一样,让她大惊失色。

"不行，你和我在这里。"她坚持。

"你总得和父亲说说话，"我说，"到某个时段，我还是得离开一下。"

她深吸一口气再吐出来，"好吧，我是成年人了。"她咕哝着。

"胆小鬼。"我说。

"你又没见过他。"

四点十五分整，艾蜜莉亚匆忙上楼去预备，我坐在客厅看书，听见外面碎石车道上传来车声，一看时钟，四点四十八分，我对着楼梯大叫，站起来望向窗口，夕阳逐渐西沉，白天已经接近尾声，但是因为还没有调整回标准时间，屋外的光线可以轻易看见林肯豪华轿车就停在屋子前方，理平头穿西装的男人跨出驾驶座，这位应该是司机毛利，他竟然没戴司机帽，让我有点大失所望，他拉开后车门让科普力·卡麦克下车。

艾蜜莉亚的父亲个子不算高，浓密的灰色短发看起来就像上好的地毯，质地细密平滑，剪裁合宜。他的皮肤晒成古铜色，眉毛很黑，没戴眼镜，没有嘴唇……呃，他当然有，只是嘴唇很薄，嘴巴看起来像陷阱一样。

卡麦克先生四下环顾，似乎在决定如何催收欠税款。

我看着前院的客人完成环境评估时，背后传来艾蜜莉亚噼噼啪啪下楼梯的声响，司机毛利面对房子的方向，显然看到我就站在窗边。

"毛利还是新面孔，"艾蜜莉亚说道，"跟着我父亲只有两年。"

"你父亲向来都有专职的司机？"

"是啊，毛利还兼任保镖。"艾蜜莉亚随口说道，仿佛每个人的老爹都有贴身保镖一样。

他们沿着碎石小径，根本不看一眼小径边缘剪得很整齐的冬青，就走上木头台阶，穿过阳台伸手叩门。

我想起所有走进我家大门的那些超自然生物，有狼人、变形人、吸血鬼，甚至还有一两位恶魔，各个神通广大，几乎像有三头六臂，因此我何必担心这个男人？我抬头挺胸，命令焦虑的大脑冷静下来，径自走向大门，虽然艾蜜莉亚的动作差一点就追上我，但我毕竟是主人。

我握着门把，先挂上笑脸才拉开大门。

"请进。"我说，毛利伸手为卡麦克先生拉开纱门，他直接走进来给女儿一个拥抱，同时借机打量整个客厅。

他的脑波强度不输于他女儿，清晰得如同广播电台。

他心里在想，这栋房子对他女儿来说太寒酸了……艾蜜莉亚的室友长得很漂亮……不知道艾蜜莉亚是否和她上过床……这个女孩或许不怎么样……警察那边没记录，不过她曾经和吸血鬼约会，有个爱惹是生非的哥哥……

当然啦，像科普力·卡麦克这样有权有势的有钱人，肯定会事先调查女儿新室友的来历，有钱人的想法的确和我有很多不同。

我做个深呼吸。"我是苏琪·斯塔克豪斯，"我说得彬彬有礼。"想必你就是卡麦克先生，这位是?"和卡麦克先生握过手之后，我转向毛利先生。

短短一瞬间，这一招似乎让艾蜜莉亚的父亲跌破眼镜，不过他恢复得非常快速。

"他是泰瑞斯·毛利。"卡麦克先生流利地介绍。

司机轻轻地和我握手，仿佛不希望扭断我的骨头，然后朝艾蜜莉亚点点头。"艾蜜莉亚小姐，你好。"他说，艾蜜莉亚一脸愠怒，似乎要他省却"小姐"两个字，随后又改变主意，这些思绪像子弹似的咻来咻去……让我难以专注。

非裔美籍的泰瑞斯·毛利肤色很浅，几乎不像黑色，比较偏向象牙的肤色，眼珠是明亮的淡褐色，发色很黑但不是卷毛，反而有点泛红，这样的长相绝对让人想再看第二眼。

"趁着你和艾蜜莉亚小姐相处的时间，"他跟老板报告，"我想开车回镇上加油，你要我几时回来呢?"卡麦克先生看看手表。"一两个小时吧。"

"欢迎你留下来用晚餐。"我语气淡然地邀请，善尽主人的本分，让每一个人都自在愉快。

"我还有一些差事要处理，"泰瑞斯·毛利的语气一成不变。"谢谢你的邀请，待会儿见。"他径自离去。

好吧，我展现民主制度的企图到此结束了。

泰瑞斯绝对不知道我真的宁愿和他一起进城，远胜于留在家里，现在希望破灭了，我只好打起精神顾及必要的社交礼节。"卡麦克先生，你要喝一杯酒吗？或是其他饮料？你呢，艾蜜莉亚？"

"叫我科普力好了。"他微笑地说，感觉更像鲨鱼不怀好意的笑脸，丝毫没有温暖人心的效果。"嗯，喝一杯也好，什么酒都可以，你呢，宝贝？"

"一杯白酒。"她说，我转身走向厨房时，听见她招呼父亲就座。

我倒了白酒，放入托盘里面，同时预备一些开胃小点心：脆饼干、加热的布里乳酪抹酱、杏桃果酱等等，刚好有一些可爱的餐刀跟托盘很搭配，艾蜜莉亚也拿出鸡尾酒的餐巾纸放在旁边。

科普力的胃口不错，也喜欢抹酱的口味，他小啜一口阿肯色品牌的白酒，礼貌地点点头，呃，至少他没有吐出来，因为我自己很少喝酒，谈不上对酒类有鉴赏力，更不是任何方面的行家，但是一口一口地喝，感觉味道还可以。

"艾蜜莉亚，在你等候房子整修的期间，说说看你最近在做些什么。"科普力的开场白听起来挺合理的。

我很想抢先发言，主动声明她没有和我搞在一起，不过这么说好像太直率了。要我不透视他的思绪实在很困难，我真的可以发誓，有他们父女同在一个房间，两个人的思绪就像看电视一样的清晰。

"我替本地一家保险经纪人公司整理档案，偶尔还去莫洛特酒吧兼职打工。"艾蜜莉亚回答，"帮忙端饮料送餐点。"

"酒吧的工作好玩吗？"我不能说科普力的问话带着嘲讽的意味，然而我确信他已经派人调查过萨姆的底细了。

"还不错，"艾蜜莉亚微微一笑，反应极度地压抑，我探一下她的大脑，发现她非常努力地培养闲话家常的情绪。"小费很多。"

她父亲点点头。"你呢，斯塔克豪斯小姐？"科普力礼貌地询问。

他把我的底细摸得一清二楚，唯一不知道的大概是指甲油的颜色，如果能够事先查出这一点，我相信也会列入档案里面。"我是莫洛特的全职员工，"仿佛他不知道这一点似的。"已经有好几年的资历了。"

"你有亲戚住在这一带吗？"

"噢，是的，我们家族一直住在这里，"我说，"几乎和美国历史一样久远，只是家族人口越来越少，现在只剩我和兄弟两人。"

"是哥哥还是弟弟？"

"哥哥，"我答道，"最近才结婚。"

"或许很快就有另一个小斯塔克豪斯了。"他假装这是一件好事情。

我点点头，佯装自己也很高兴，其实我根本不喜欢哥哥的妻子，他们生的小孩很可能是个讨厌鬼。事实上，孩子已经在肚子里了，如果这一次克里丝塔能够足月生产的话。我哥哥是豹人（是被咬造成的，不是遗传），他太太天生……就是纯种的豹人，要在哈萨特豹人的小社区生活并不容易，如果孩子是混血种又会更加艰难。

"爹地，你还要倒酒吗？"艾蜜莉亚像子弹似的从椅子里跳起来，端着半空的酒杯匆匆走进厨房，棒极了，现在只剩我一个人独自应付她老爹。

"苏琪，"科普力说道，"你让我女儿住了这么久，真的很仁慈。"

"艾蜜莉亚付我房租，"我说，"还负担一半的日常用品，用她自己的方式分摊。"

"然而我还是希望你给我机会，来做一点报答。"

"艾蜜莉亚支付的房租已经足够了，况且她也分担了部分屋况的改善。"

他的眼神突然锐利起来，似乎嗅到什么大问题，难道他认为我说服艾蜜莉亚在后院增建一个游泳池吗？

"她在二楼的卧房安装窗式冷气机，"我说，"又多牵了一条电话线供电脑使用，另外还买了新的地毯和窗帘。"

"她住二楼？"

"是的，"我很惊讶他竟然不知道，看来他的情报网也有疏漏的地方。"我住这里，她住楼上，共用厨房和客厅，不过楼上好像有电视机，嘿，艾蜜莉亚！"我大声嚷嚷。

"嗯?"她的声音从厨房里飘过来。

"楼上的小电视还在吗?"

"有啊,我还装了第四台。"

"只是确认一下。"

我对科普力微微一笑,暗示对话到此换他发球了,他心底闪过好几个问题,衡量要怎么用最好的方式来取得最多的资讯,然后思绪的漩涡中突然冒出一个名字,我大吃一惊,尽力压抑住自己,继续维持礼貌的表情。

"艾蜜莉亚在克罗街的房子的第一位房客——是你的表姐,对吗?"科普力说道。

"是啊,海莉表姐,"我尽量维持平静,点头证实。"你认识她?"

"不,我认识她的丈夫。"他露出笑容。

第三章

我知道艾蜜莉亚已经回到客厅，就站在她父亲的椅背旁边，也知道她整个人僵在原地不动，而我自己则是屏住呼吸。

"我们从未见过。"这一瞬间我仿佛自己走在丛林里，突然掉进一个隐秘的洞穴中。我很庆幸屋里唯有自己是读心人，因为那一天在新奥尔良的银行里清理海莉表姐的保险箱，我并没有把当时的发现告诉任何人。"早在表姐过世之前，他们就已经离婚了。"

"改天你应该花点时间去见见面，他那个人很有趣。"科普力的表情仿佛不知道自己朝我丢了一颗炸弹，其实他心知肚明，正在等候我的反应，他以为我对这件事一无所知，只会大吃一惊。"是个好木匠，我很希望能知道他的下落，再一次雇用他。"

他那张椅子的椅垫用的是乳白色的布料，上面绣着绿色蜻蜓的枝茎和蓝色小花，即使有些褪色，图案还是很漂亮，我专注地盯着椅垫，不愿意在科普力·卡麦克面前泄露自己心中的怒气。

"无论他是否有趣，对我已经不具有任何意义，"我的语气平板冷淡。"他们的婚姻关系结束了，我相信你也很了解，海莉过世的时候已经另有新欢了。"她是被谋杀的，然而政府对吸血鬼的死亡通常置之不理，除非其中牵涉到人类，所以吸血鬼自己想办法维持治安。

"我以为你会想看小孩。"科普力说道。

谢天谢地，我赶在这句话真正说出来之前，提早一两秒钟先从他脑中收到了信息。但即使有心理准备，他那种随口说说的口气依旧让我的肚子好像挨了一记拳头，但我不打算让他称心如意地发现这一点。"我的表姐海莉向来很任性，不止嗑药还会利用别人，更不肯脚踏实地。但她长得很美丽，手腕又高明，总是有人喜欢她。"好啦，我把表姐的优缺点都说了出来，单单不提"小孩"两个字，什么小孩？

"她变成吸血鬼，你的家人做何感想？"科普力问道。

海莉的变化有公开纪录可以查询，因为"被转化"的吸血鬼在新状态成立的时候必须去注册，登记创造者的姓名，这是官方版的吸血鬼节育政策。你可以放心打赌，一旦某个吸血鬼制造太多小吸血鬼的时候，吸血鬼事务管理局绝对不会对他善罢甘休的。转化海莉的创造者正是苏菲安妮·拉克尔本人。

艾蜜莉亚将她父亲的酒杯放在触手可及的位置，接着坐回我旁边的沙发。"爹地，海莉在我楼上住了两年，"她说，"我们当然知道她是吸血鬼，天哪，我还以为你会说一些跟家乡有关的新闻。"

愿神祝福艾蜜莉亚，我已经难以维持冷静，若不是因为有很多年透视别人思绪、面对可怕事物的经验，我很可能会当场失态。

"我必须去厨房看一下，对不起。"我呢喃地起身离开，试着用正常的走路速度而不是小跑步，但是一进厨房，我直接穿过后门，越过后阳台来到屋后的院子里。

如果我想听见海莉的鬼魂指示我应该怎么办，肯定会大失所望，因为至少就我所知，吸血鬼死后没有魂魄可言，有些吸血鬼深信他们根本没有灵魂，这一点我也不知道，都在神的手中。此时我在这里自言自语，就是不愿意去想海莉的宝宝，不愿意去想自己不知道这回事。

或许这就是科普力行事为人的风格，借此证明自己消息灵通、高人一等，通过这一点显示他的能耐和力量。

为了艾蜜莉亚，我还是要进去面对，我振作精神，挂上笑脸——虽然心底胆怯又紧张——还是得回去。我坐在艾蜜莉亚旁边，对他们父女露出灿烂的笑容，他俩充满期待地望着我，我这才发现该聊的话题都聊完了，客厅的气氛有点悬宕。

"噢，"科普力突然开口。"艾蜜莉亚，差点忘记告诉你，上星期有个陌生人打电话来家里找你。"

"她叫什么名字？"

"噢，让我想想看，贝克太太记了下来，欧菲莉亚？澳大薇亚？对，是澳大薇亚·范特，没错，因为这个名字很少见。"

我还以为艾蜜莉亚会昏厥倒地，因为她的表情突然变得很怪异，双手用力按住椅子扶手。"你确定吗？"她问道。

"对，我确定，我跟她说了你的手机号码，还说你住在良辰镇。"

"谢谢你，爹地，"艾蜜莉亚沙哑地说，"啊，晚餐应该快好了，我去看一下。"

"刚刚苏琪不是去看过了吗？"他露出容忍的笑容，认定我们很傻气。

"噢，是啊，在最后阶段要小心一点。"我目送艾蜜莉亚和我刚刚一样地匆匆逃离客厅，一边说道，"万一烧焦就可惜了，这些都是艾蜜莉亚精心预备的。"

"范特小姐你认识吗？"科普力问道。

"不，应该不认识。"

"艾蜜莉亚似乎受到惊吓，有人试图伤害我的女儿吗？"

他说这句话的时候完全变了一个人，差一点让我产生好感。姑且不论其他方面如何，科普力不会坐视任何人伤害他的女儿，当然啦，他自己例外。

"我想不至于。"艾蜜莉亚的大脑告诉我澳大薇亚·范特的身份，可是她自己没说，我也不便做解释，有时候一不小心会把耳朵听见的和脑中透视的事情纠缠在一起，搞得自己困惑极了——这也是别人认为我几近疯狂的原因之一。"你是建筑商吗，卡麦克先生？"

"请叫我科普力,对,这是我事业的一部分。"

"最近肯定是生意兴隆,应接不暇吧?"

"就算我的公司比现在大两倍,依旧赶不上目前的市场需求。"他说,"我实在不忍心看到新奥尔良受创这么深。"

说也奇怪,我相信他是真心的。

晚餐进行得很顺利,即使艾蜜莉亚的父亲心里介意在厨房用餐,脸上并没有表现出来,由于工作的关系,他注意到厨房这部分是新的,我只好解释是因为火灾的缘故,毕竟意外事件到处都有不是吗? 我绝口不提纵火犯。

科普力似乎对食物很满意,适时称赞女儿的手艺,艾蜜莉亚听了喜形于色,他又喝了一杯酒配晚餐,胃口还不错。父女两个人聊的是家族的朋友和亲戚,刚好给我沉思的机会,相信我,要想的事情还真多。

海莉过世之后,我在她银行的保险箱里找到结婚证书和离婚判决书,还有其他的私人项目——包括几张照片、她母亲的讣闻、珠宝首饰等等。还有一小束用胶带黏在一起的深色头发,收藏在小信封当中,那一束纤细的头发当时还让我纳闷了一阵子,可是保险箱里面没有出生证明,也没有其他证据显示海莉生过小孩。

直到目前为止,我都找不到理由该和海莉的前夫联系。开启保险箱之前,我甚至不知道有这号人物存在,遗嘱里面只字未提,我们不曾谋面,我在新奥尔良的时候他也没有现身。

为什么海莉的遗嘱没有提到孩子的存在? 天下父母心啊,即使她指定我和凯特雷先生担任遗嘱的联合执行人,却都没有告诉我们——呃,至少没告诉我——说她放弃和孩子相关的权利。

"苏琪,可以麻烦你递奶油吗?"艾蜜莉亚问道,从语气判断,她应该不只喊一次了。

"当然,"我说,"你们两位还要开水或白酒吗?"

他们双双婉拒。

晚餐结束,我自告奋勇洗碗盘,艾蜜莉亚犹豫了半晌才接受提议,就算心里老大不愿意,她还是得和父亲有单独对谈的时间。

我在平静的气氛下洗完碗盘擦干收好,清过料理台,拿下桌布丢进后阳台的洗衣机里,然后回房间看书,结果心有旁骛,根本看不了几页的内容,最后干脆撇开书籍,搬出内衣抽屉里的小盒子,其中装了我从海莉保险箱拿回来的物品,我查看着结婚证书上的姓氏,冲动地拨电话找查号台。

"我要查询雷米·萨沃。"

"哪一个城市?"

"新奥尔良。"

"电话已经停机了。"

"梅泰里①附近呢?"

"没有,小姐。"

"好吧,谢谢。"

想当然尔,飓风过后很多人都搬离新奥尔良,其中某些迁移是长久之计,就他们而言,既然逃离风灾就没有理由再回去伤心地,毕竟那里欠缺住的地方,也没有工作机会。

我不知道要如何搜寻海莉前夫的踪迹。

一个非常不讨喜的答案悄悄浮现心头,比尔·康普顿是电脑专家,或许他可以上网搜寻雷米·萨沃这个人,找出他目前定居的地方,看看孩子是否和他在一起。

我继续考虑这个念头,仿佛在咀嚼某种味道有疑虑的酒,但是一想起我们在婚礼那天的对话,就算他是合适的人选,我还是没办法开口请他帮忙。

这时候对昆恩一股强烈的思念几乎让我跪倒在地上,他那个人聪明又见识广,跑遍很多地方,一定可以给我恰当的建议,如果我们还能够再见面的话。

我甩甩头,屋子前方传来停车的声音,应该是泰瑞斯·毛利开车回来接老板,我挺直背脊走出房间,强迫自己面带笑容。

---

① 梅泰里,位于新奥尔良附近的郊区。

前门开了,泰瑞斯站在那里,魁梧的身材几乎堵住整个门口,科普力倾身亲吻女儿的脸颊,她淡淡地接受,脸上毫无笑容。猫咪鲍伯走出来坐在她脚边,睁大眼睛抬头望着艾蜜莉亚的父亲。

"你养了一只宠物,艾蜜莉亚? 我还以为你讨厌猫咪。"

鲍伯转过脸庞,猫咪瞪着看的模样让人消受不起。

"爹地! 那是很多年以前了! 这是鲍伯,它很棒。"艾蜜莉亚把黑白相间的猫咪搂在胸前,鲍伯得意洋洋地喵喵叫。

"嗯,呃,改天再打电话联络,好好照顾自己,我实在不喜欢把你一个人丢在这么远的地方。"

"开车不过几小时的路程。"艾蜜莉亚的语气好像十七岁的少女。

"的确,"他试着佯装出忧虑但讨喜的模样,结果相差十万八千里。"苏琪,谢谢你今晚的招待。"他隔着女儿的肩膀说道。

我从毛利的脑袋里得知他曾经到莫洛特酒吧去探听我的事情,结果收获挺丰硕的;他跟艾琳聊过几句,真不幸,还有现任的厨师和杂役,这一点还不错,此外还有几位酒吧的顾客,结果好坏参杂,要报告的还不少。

车子一开走,艾蜜莉亚就松了一口气,整个人瘫在沙发上。"谢天谢地他终于走了,"她说,"现在你明白我的意思了吧?"

"是的,"我坐在她旁边。"他有权有势又很主观,对吗?"

"这是他一贯的作风,"她说,"他试着维持父女的亲情,但我们彼此认定的方式不同。"

"你父亲爱你。"

"是的,他也爱权力和掌控。"

这么说未免太保守了。

"他不知道你有另一种形式的法力。"

"不,他根本不相信。"艾蜜莉亚说道,"他说自己是认真的天主教徒,其实是假的。"

"这样也好,"我答道,"万一他相信你的巫术,很可能强迫你替他效命,我敢打赌你不见得样样都愿意做。"话一出口,我差点咬断自己的舌头,但是艾蜜莉亚没有生气。

"你说对了，"她回答，"我并不想帮他提升影响力，没有我的帮助他也可以做得很好，只要不来管我，我就心满意足了，不过他老是想用自己的方式来改善我的生活，其实我过得很不错。"

"新奥尔良那个打电话找你的人是谁？"我心知肚明还是得假装一下。"就是那个叫范特的？"

艾蜜莉亚忍不住打哆嗦。"澳大薇亚·范特是我的师傅，"她说，"也是我逃离新奥尔良的原因所在，万一被女巫团发现鲍伯的事情，肯定不会轻易地放过我，女巫团的首领就是她，现在就算还有人，应该也所剩无几了。"

"噢噢。"

"是啊，真糟糕，现在我逃不了了。"

"你认为她会跑来这里？"

"她竟然还没到让我更讶异。"

虽然心底很恐惧，但是卡特里娜飓风过后，艾蜜莉亚更担心师傅的安危，为此还耗费很大的心力去搜寻，但又不想让澳大薇亚找到她自己。

因为鲍伯没办法恢复人形，艾蜜莉亚更害怕自己被发现，她曾经告诉过我，身为实习生，或是类似的身份……总之就是比新手高一级，却不自量力地涉猎变形术的魔法，只会招来更大的谴责。她没有进一步和我讨论女巫的基础层级。

"你没想到要事先交代你父亲不要透露你的去向？"

"要他那么做只会挑起好奇心，接下来就会处心积虑地找出背后的原因。我从来没料到澳大薇亚会打电话找他，因为她知道我对父亲的想法。"

用轻描淡写的说词形容就是充满了矛盾。

"说到打电话，有件事情忘记告诉你，"艾蜜莉亚突然改变话题，"艾瑞克打电话找你。"

"什么时候？"

"呃，昨天晚上你回家之前，当时你叙述很多婚礼的见闻，让我一时忘记了，况且你自己也说要打电话找他，而我也在担心父亲要来的事情。对不起，苏琪，我保证下一次写纸条提醒。"

这已经不是艾蜜莉亚第一次忘记，我虽然不高兴，但是都已经发生了，何况这一天的压力够多了。但愿艾瑞克是要告诉我女王预备偿还我们去罗兹市时她欠我的费用，至今我都没收到支票，又不想在她伤重疗养的时候去骚扰。我回自己的房间打电话去尖牙同盟酒吧，应该开始营业了，俱乐部只有周一才休息。

"你好，这里是会咬人的尖牙同盟酒吧。"接听的是克蓝西。

噢，太棒了，刚好碰到我最讨厌的吸血鬼，我小心翼翼地措词："克蓝西，我是苏琪，艾瑞克要我回电话。"

一阵寂静，大概是克蓝西正在动脑筋看能不能阻挠我接近艾瑞克，显然决定这次不行。"等一下。"他说，接下来的片刻我倾听着另一端传来《深夜里的陌生人》①，然后艾瑞克拿起话筒。

"哈啰？"他说。

"很抱歉现在才回电，因为刚刚才知道你打过电话，是为了我的支票吗？"

又一阵沉默。"不，完全不相干。明天晚上你有空和我一起出去吗？"

我瞪着话筒，心情混乱得很，最后终于说道："艾瑞克，我和昆恩在交往。"

"你们上次见面到现在已经多久了？"

"从罗兹市至今。"

"你有多久没联络了？"

"从罗兹市至今。"我木然地回应，不愿意和艾瑞克深入讨论，即使心里不喜欢，可是我们交换血液的次数已经足以造成强烈的联系，老实说，这样的牵连让我深感厌恶，无奈当时是被强迫的。可是只要听见他的声音就有一种满足感，和他在一起就觉得快乐又幸福，这些感受都让我无力应付。

---

① 《深夜里的陌生人》，美国名歌手弗兰克·辛纳屈脍炙人口的名曲之一。

"我想你可以给我一个晚上的时间，"艾瑞克说道，"反正昆恩也没有预约。"

"这句话很残酷。"

"无情的人是昆恩，他一方面承诺却又食言而肥。"艾瑞克的语气很阴沉，有一股压抑的怒火。

"你知道他的下落吗？"我问道，"他是不是发生了什么事情？"

这一次的沉默意味深长。"不，"艾瑞克轻声地说，"我一无所知。镇上有个人想见见你，我答应安排一下，亲自带你来什里夫波特市和他见面。"

原来这不是那种形式的约会。

"你指的是乔纳森那个家伙吗？他在婚礼上做过自我介绍，老实说，我不太喜欢那个家伙，请不要介意，假如他是你朋友的话。"

"乔纳森？哪个乔纳森？"

"就是那个亚洲人啊，好像来自于泰国？昨天晚上他来参加贝尔弗勒家的婚礼，声称在什里夫波特市听到很多关于我的事情，就想认识一下。他说已经按照吸血鬼拜访的规矩事先和你打过招呼了。"

"我不认识这家伙，"艾瑞克的语气尖锐许多，"我会在尖牙同盟打听一下有没有人看到过他，女王那边也会替你去催促，不过最近……她状况不佳，好了，你愿意答应我的要求吗？"

我对着电话扮鬼脸。"可以吧，"我说，"对方是谁呢？地点在哪里？"

"就让'那一位'暂时保持神秘，"艾瑞克答道，"地点是一家高级餐厅并在那里用晚餐，就是那种轻松着装的地方。"

"你自己不吃去那里做什么？"

"我负责介绍，然后在旁边等待。"

找一间拥挤的餐厅应该没问题，"好吧，"我不是很乐意，"我大约六点或六点半下班。"

"我七点去接你。"

"约七点半吧，我需要换衣服。"我的口气有些乖戾，这是心情的写照，心底很讨厌这种神秘兮兮的会面。

"等你看到我，心情就会好一些。"他说。该死，这句话完全正确。

第四章

趁着等待平板烫的烫发器加热的时候,我趁机检查今天"每日格言"的日历,"Epicene"①,啊,无言以对。

既然不知道用餐的地点也不知道要和谁见面,我决定选择最舒适的衣着,挑了一件艾蜜莉亚穿了太大而送给我的浅蓝色丝质衬衫,搭黑色长裤和黑色高跟鞋。首饰配件就是一条金项链和金耳环,这一天的工作很累,但我对今晚的好奇心驱散了身体的疲惫。

艾瑞克准时抵达,一看到他,心底立刻有一股突如其来的喜悦(有点惊讶),我不认为这完全是因为血液联结的缘故,任何异性恋的女孩看到艾瑞克都会有好感,那么高大的身材即使在他当时置身的年代,应该也会被当成巨人看待,而且体格壮硕得足以挥动沉重的大刀砍掉敌人的脑袋,往后梳的金发媲美狮子美丽的鬃毛,艾瑞克的英俊没有一丝丝柔弱的特征,也没有空灵缥缈的味道,十足男子气概的阳刚。

他低头亲吻我的脸颊,让我感觉温暖和安全,这就是相互交换血液

---

① 指女性化或阴阳人。

三次以上所产生的效果，每一次的分享都不是为了欢愉而是必要性使然——至少我自己是这么想——但要承担的代价却越来越高。现在综合在一起，每当他靠近，我就有一股莫名的欣喜，虽然尝试去享受那种感觉，可是一想到这不太自然就让我难以放松下来。

看到艾瑞克开的是雪佛兰的巡洋舰，我特别庆幸自己穿了长裤，如果穿的是洋装，想要优雅地进出这辆超级跑车将是十足的困难。开往什里夫波特市的途中，我试着闲聊一番，但艾瑞克却出奇的沉默，不像平常的个性，我想询问婚礼上那位神秘吸血鬼的来历，他仅仅说道："我们以后再讨论，你没有再看到他了，对吗？"

"没有，"我说，"应该有所期待吗？"

艾瑞克摇摇头，气氛有些不自在，从双手紧握方向盘的反应显示他正在调整心情，准备说一些不想说的话。

"为了你的缘故，我很高兴安竺没有在爆炸中存活下来。"

女王最亲爱的孩子安竺死于罗兹市的爆炸现场，然而他的死因并不是炸弹造成的，只有昆恩和我心知肚明；趁着吸血鬼躺在那里无法动弹的时候，昆恩用一根木片插入安竺的心脏。他这么做是为了我，因为他知道安竺心怀诡计让我非常的恐惧。

"我相信女王对他念念不忘。"我答得很审慎。

艾瑞克锐利地瞥了我一眼，"女王现在心情烦闷，"他说。"伤势需要几个月才能痊愈，我一开始想说的是……"他没说下去。

这不像艾瑞克的作风。"怎么样？"我质问。

"你救我一命，"我转身望着他，他却直视正前方。"你救了我和帕梅拉的性命。"

我不安地欠动身体。"是啊，嗯……"能言善道的小姐一时无言以对，沉默的气氛不断延续，我觉得需要改变话题，"毕竟我们之间的确有血液的联系。"

好半晌艾瑞克都不发一语。"这应该不是旅馆爆炸那一天，你率先跑来叫醒我的主要原因。"他说，"但现在不方便讨论，今天晚上对你很重要。"

是,老板——我粗鲁地嘲讽,但仅限于自言自语。

我们来到什里夫波特市一个相当陌生的区域,远离主要的商业地带,那里是我经常逛街的地方。这一带都是大房子,草坪修剪整齐,店面小而且价格不菲……就是零售业所谓的精品店。车子驶入这样的地方,店铺成L形,餐厅就在L形的后方,店名是波伊森法式餐厅,大约停了八辆车子,每一辆都是我的年收入总和。我低头看着自己的衣服,突然有点不安。

"别担心,你很漂亮。"艾瑞克静静地说,倾身过来解开我的安全带(吓了我一跳),然后挺身吻我,这一次是嘴唇。明亮的蓝眸在苍白的脸上闪闪发光,看起来仿佛所有的心事都在舌尖上,随时要脱口而出,没想到又硬生生地吞回去。他下车走过来为我打开车门,看来血液相连的效果不只发生在我一个人身上,啊?

从他紧张的情绪判断,我察觉到某些重大事件即将到临,开始有些害怕,艾瑞克握着我的手走向餐厅,拇指心不在焉地抚摸我的手掌心,我惊讶地发现手掌心竟然有一条线直通我的——我的性感带。

我们跨进前面的天井,有一座小喷泉,屏风隔绝用餐者的视线,带位的女孩是个黑人美女,头发短到贴近发根,橘色棕色搭配的洋装和超高的高跟鞋,我仔细地盯着她,稍稍测试一下她的脑波,确定是人类没错,她对艾瑞克露出灿烂的笑容,也用相同的态度对待我。

"两位用餐吗?"她说。

"我们来找人。"艾瑞克说道。

"噢,就是那位绅士……"

"对。"

"这边,请跟我来。"她流露出近乎嫉妒的神情,优雅地转身走向餐厅里面,艾瑞克示意我跟上去。餐厅内部的光线暗淡,只有闪烁的烛光,每张桌子都铺着雪白的桌布和折叠精致的餐巾。

我的眼睛看着女招待背部,当她停住脚步,我并没有马上察觉那就是我们要坐的桌子,直到她退向一边,我才看到坐在面前的男人就是两天前在婚礼上见到的那一位英俊的老绅士。

女侍旋转脚跟，轻轻碰一下男子右边的椅子，示意我坐那个位置，然后说侍者会来帮我们点餐。男士起身替我拉开椅子，我回头看了艾瑞克一眼，他确认地点点头，我站进去，男子在完美的时机点把椅子往前推让我就座。

艾瑞克依然站着，我等着他解释这是怎么一回事，他一言不发，看起来好像有点感伤。

英俊的绅士神情专注地看着我。"孩子。"他开口吸引我的注意，然后拨开金色的长发，其他顾客的位置都看不到他所呈现的那一面。

他的耳朵是尖的，原来他是精灵。

我总共只认识两个精灵，他们都使尽全力避开吸血鬼，因为吸血鬼闻到精灵的气味就会情不自禁，如同熊被蜂蜜吸引。根据一个鼻子特别灵敏的吸血鬼的鉴定，我有少许精灵的血统。

"好吧。"我让他知道我已经看到他的耳朵了。

"苏琪，这位是奈尔·布莱根，"艾瑞克做介绍，"他想和你聊一聊，如果需要的话，我就在外面。"他僵硬地对着精灵点头致意，随即转身离去。

我目送艾瑞克离开，心底充满焦虑，随即感到有只手放在我的手上面，惊讶地转身直视精灵的眼睛。

"我是奈尔。"从他轻柔的嗓音很难分辨出性别，他的眼珠是一种很深的绿，但在闪烁的烛光下，颜色并不是重点——最引人注意的反而是深邃的程度。他贴着我的手轻得像羽毛，但很温暖。

"你是谁？"我直率地问，问的是身份而不是姓名。

"我是你的曾祖父。"奈尔·布莱根说道。

"噢，见鬼！"我伸手捂住嘴巴，"对不起，我只是……"我摇摇头。"曾祖父？"我测试这个陌生的名称，奈尔·布莱根微微皱着眉头，如果在真正的男人身上，这个动作或许会稍嫌娘娘腔，但在奈尔身上则不然。

我们镇上一带的小孩都把祖父称呼成"包包"，我倒很想看看他对这个称呼的反应，这个念头帮助我恢复四分五裂的自我意识。

"请你解释一下。"我说得很有礼貌。服务生走过来问我们要点什么酒并且复诵今天的特餐内容。奈尔点了一瓶酒和鲑鱼特餐,完全没询问我的意见,好专横的作风。

年轻人热切地点头,"选得好。"他是狼人,我以为他会对奈尔心生好奇(毕竟精灵是很罕见的超自然生物),结果他显然对我更感兴趣,原因应该是服务生年纪轻轻还有我那傲人的胸围使然。

你瞧,面对这位自称为我的亲人的人,最奇特的一面就在于我对他的可信度毫不怀疑,相信他的确是我真正的曾祖父,这一席话如同一小片拼图嵌入正确的位置,拼凑出图画的全貌。

"我再跟你说清楚。"奈尔说道,不疾不徐地传达他的意图,倾身亲吻我的脸,脸部的肌肉随着亲吻的动作拉扯牵动,嘴巴和眼睛产生皱纹,但是那些细小的纹路并没有影响整体的美观,整个人如同一块古老的丝绸,也像名画家笔下的一流作品。

今天晚上真是亲吻之夜,我左右逢源地被亲了很多次。

"在我还年轻的时候,大约五六百年前吧,常常在人类之间穿梭漫步,"奈尔说道,"偶尔也像普通男人一样,总会邂逅某个一见倾心的少女。"

我左右张望避免分分秒秒一直盯着他看,随即发现一件奇怪的事情,除了服务生以外竟然没有其他人看我们,连随便瞄一眼都没有,在场的人类大脑都没有存留我们的影像,就像人不在现场。曾祖父发现我心不在焉,稍微停顿下来,等我观察完毕以后才再叙述下去。

"有一天我在树林里遇上一个名叫艾霓的女孩,她以为我是来到凡间的天使,"奈尔沉默了一会儿。"她长得甜美可爱,又充满活力,总是笑嘻嘻的,非常单纯迷人。"奈尔盯着我的脸看,不知道他是否认为我跟艾霓一样的单纯。"当时我太年轻,明知道有一天她会年华老去,却控制不住自己的迷恋,更对我们之间那无可转圜的结局置之不理,没想到后来艾霓竟然怀孕了,让我非常震惊,因为精灵和人类通常无法跨种族繁衍后代,结果她生了双胞胎,这在精灵界倒是稀松平常的现象。她和双胞胎顺利地撑过生产过程,幸运地活了下来,老大取名芬坦,老二叫德莫。"

服务生送来了酒,把我从奈尔那魔幻般的嗓音里面唤醒过来,恍惚之间我们好像一起坐在树林里的营火旁边,聆听一个古老的传说,直到魔术师手指一弹,我倏地清醒过来!原来我们置身在路易斯安那州什里夫波特市一家充满现代感的餐厅里面,周围还有其他人在场,却对我们一无所知。我机械地端起酒杯浅啜一口,感觉自己有权利这么做。

"混血精灵芬坦就是你父系这边的爷爷,苏琪。"奈尔说道。

"不,我知道我爷爷是谁,"我发现自己的嗓音有点颤抖,但还算冷静。"他是密雀尔·斯塔克豪斯,娶了艾黛尔·哈尔,生下我父亲科贝特·哈尔·斯塔克豪斯,在我小的时候,因为突如其来的山洪暴发,夺走他和母亲的性命,靠着奶奶艾黛尔抚养我们长大。"虽然我记得密西西比州的吸血鬼曾经说过,他察觉出我有一丝精灵血统,我也相信眼前这位就是我的曾祖父,但短时间还是无法调整印在内心深处的家族图像。

"你奶奶怎么样?"奈尔问道。

"她本可以撒手不管,却愿意尽心尽力地照顾,"我说,"她敞开双手接纳我和詹森,而且卖命工作抚养我们两兄妹,教育我们,爱我们,她自己生了两个小孩,没想到都是白发人送黑发人,肯定让她伤心欲绝,但为了我们的缘故,她都坚强以对。"

"她年轻的时候是个美人胚子。"奈尔说道,绿色的眼眸在我脸上流连,仿佛想在孙女身上寻找奶奶的美丽倩影。

"大概是吧。"我说得很犹豫,按照正常的状况,你不会把自己奶奶想成大美女。

"芬坦让她怀孕之后,我们见过一面,"奈尔说道,"她长得很漂亮,可惜丈夫声称自己有不孕症,因为在不幸的时刻罹患腮腺炎的缘故,那是一种疾病,对吗?"我点头证实。

"有一天她在你现在住的房子后院晒地毯,芬坦走过去向她要了一杯水,两人就此一见钟情,她很想生小孩,芬坦答应要帮忙。"

"你刚刚才说精灵和人类通常不会跨种族受孕。"

"但芬坦只有一半是精灵,而且他知道自己能够让女人怀孕,"奈尔撇撇嘴唇。"他爱的第一个女孩因为难产过世,但是你奶奶和她儿子幸运多了,两年后她又为芬坦生了一个女儿。"

"他是强暴。"我真希望是这样,奶奶是我认识的人当中最坦诚无伪的女性，很难想象她会欺骗任何人，况且她又在神的面前许下对婚姻忠实的诺言。

"不，不是强暴，虽然不想对丈夫不忠，但她渴望有小孩，芬坦不在乎别人的感受，一心想要得到她。"奈尔继续说，"他不是暴力的人，不可能强迫她，总之我儿子的甜言蜜语足以说服任何女人心甘情愿，即便违反女方的道德观……她长得很漂亮，但是芬坦也不逊色。"

我试着从熟悉的奶奶形象中去想象当年清纯美丽的少女，两者实在难以联想在一起。

"你父亲是怎样的人呢？"奈尔询问。

"他很英俊，"我说道，"工作认真，是个好父亲。"

奈尔微微一笑。"你母亲对他的看法怎么样？"

这个问题一针见血地插入我对父亲温馨的回忆中。"她，呃，她爱得一心一意。"甚至弃儿女于不顾。

"几近迷恋的程度？"奈尔的口气不是批评而是确认，似乎对我的答案了然于胸。

"简直充满占有欲，"我承认，"他们过世的时候我才七岁，但还是看得清清楚楚，小时候以为那样很正常，她只想把全部的注意力放在他身上，偶尔还嫌我和詹森碍事，我记得她的嫉妒心很强。"我试着用嬉笑的方式来表达，仿佛母亲对父亲的强烈妒意是一种迷人的特质。

"因为精灵的血缘导致她的占有欲特别强烈，"奈尔解释，"有些人会那样，看到他内在超自然的特质，恋恋不舍。告诉我，她是个好母亲吗？"

"至少她做了努力。"我低语。

她的确有努力，理论上明白要怎么当一个好母亲，要如何对待小孩，所以就照本宣科做应该做的事情，却把全部的真爱都保留给父亲一个人，热切迷恋的程度连她都觉得困惑。直至长大以后我才明白过来，但幼年时只觉得迷惑也饱受伤害。

红发的狼人侍者把沙拉放在我们面前，本来想问需不需要其他东西，结果害怕得不敢做声，似乎感受到这股凝重的气氛。

"你为什么现在才突然决定来见我？"我问道，"关于我的事情，你知道多久了?"我把餐巾铺在大腿上,拿着叉子正襟危坐。本来应该尽情地吃,因为打从小时候开始奶奶就教导我不要浪费,结果她竟然和一个半人半精灵发生婚外情(对方像流浪犬似的走到我家的后院),而且他们发生关系的次数足以生下两个小孩。

"我得知你家人的存在大约有六十年左右,只是芬坦一直禁止我接近你们一家人。"他小心翼翼地把一小块番茄放进嘴里,先含住,想了想才开始咀嚼,那种吃相就像我走进印度或尼加拉瓜餐厅用餐时那么的小心审慎。

"为什么改变心意?"我突然灵光一闪,自己搞懂了。"因为你儿子过世了。"

"对,"他放下叉子,"芬坦死了,他有一半是人类,但也活了七百年。"

我应该对此发表看法吗?感觉有点麻木不仁,仿佛奈尔在我的情感中枢注射了一剂麻醉药,或许礼貌上应该询问一下我的——我的爷爷是怎样过世的,但我就是问不出口。

"你现在才决定让我知道——为什么?"我对自己冷静的态度感到很骄傲。

"即使就精灵一族而言,我也算年纪老迈,当然会想认识你,因着芬坦的遗传对你生命产生的影响,我无法改变,但如果你愿意的话,我可以试着改善你目前的生活。"

"你可以拿走我心电感应的天赋吗?"我问道,这个痴心妄想里面夹杂着部分的恐惧,但依旧像太阳黑子似的不断往外扩大。

"你问我是否能够挪去你天生的特质之一?"奈尔说道,"不,我做不到。"

我颓然地坐回椅子里。"问问看也好。"我忍住突如其来的眼泪。"我有三个愿望的额度,或者那是阿拉丁神怪才给的机会?"

奈尔显然一点幽默感都没有。"你不会想认识他们,"他很严肃,"而且我不是被嘲弄的小丑,我是高贵的王子。"

"对不起,"我说,"一时有点难以适应……曾祖父。"我对自己的祖字辈亲戚毫无印象可言,他们那些人——好吧,我猜其中的确有一位不是我真正的长辈——无论在外表或行为上都不像这位美丽的生物；斯塔克豪斯爷爷十六年前就死了，妈妈的父母也在我青春期之前就过世，唯独对艾黛尔奶奶的认识最深刻，甚至远超过我的父母亲。

"嘿，"我说，"为什么是艾瑞克带我来找你？你是精灵，吸血鬼只要闻到你们族类的味道就会抓狂。"

事实上，只要精灵位于嗅觉区域内，大多数的吸血鬼就会丧失自制力，唯有纪律性很强的吸血鬼才抗拒得住，只要有他们在附近，我的精灵教母克劳汀娜就心惊胆战、非常害怕。

"我可以压抑自己的气味，"奈尔说道，"他们看得见但闻不着，这是一种权宜之计的魔法，你也注意到了，我能够让人类对我视若无睹。"

他的说辞让我明白他不止年岁古老而且法力强大，更以自己的能耐为傲。"你派克劳汀娜来保护我吗？"我说。

"是的，希望她有用处，唯有部分精灵血缘的人能够和我们维持这样的关系，我知道你需要她帮助。"

"噢，是啊，她救了我，"我说，"她很棒，"甚至带我去逛街血拼。"所有的精灵都像克劳汀娜这么善良，或是跟她哥哥一样英俊吗？"

原本跳脱衣舞的克劳德现在成了老板，长相英俊潇洒，个性却是十足自恋的芜菁①。

"亲爱的孩子，"他说，"在人类眼中我们都很漂亮，不过有些精灵非常卑鄙恶毒。"

好吧，凡是有利就有弊，缺点出现了。我有一种强烈的感觉，发现自己有个纯精灵血统的曾祖父应该是一个好消息，这是从奈尔的观点来看；但这不只是涂了糖霜的杯子蛋糕——现在要说坏消息了。

"你隐藏了很多年没有被发现，"奈尔说道，"部分的原因在于芬坦希望这样。"

"所以他一直在暗中监看保护？"听见这句话我心里几乎暖洋洋的。

"我儿子遭受过那种是精灵又不是精灵的痛苦，他很懊悔自己的行

---

① 芜菁，本意是一种蔬菜芜菁，但俚语上有弱智和植物人的意味。

径害两个孩子也历经这种进退维谷的困境,因为有一些族类对他不太仁慈,"曾祖父的眼睛定定地看着我。"我尽力保护他,结果还是不够,芬坦同时也发现他人类的血缘不足以让他被当成人类看待,顶多只有短短的时间。"

"平常你的外观不是这样?"我很好奇。

"不,"那一瞬间,我看到强烈的一道光,奈尔置身在其中,完美而耀眼,难怪艾霓把他当天使看待。

"克劳汀娜说她在努力往上爬,"我问道,"这是什么意思?"我在这番对话中挣扎前进,这么多沉重的资讯感觉像要把我压倒在地,要非常努力才能在情感中稳住阵脚,虽然我做得不太成功。

"她不应该告诉你这些,"奈尔说道,似乎暗暗地挣扎了一两秒钟才决定继续说下去,"变形人是基因产生扭曲的人类,吸血鬼是死人转化成完全不一样的东西,至于精灵和人类唯一的共同点只在基本的形态,而且精灵有很多种类——从奇形怪状的哥布林,到形状美丽的我们,都不一样。"他不以为意地做解释。

"也有天使吗?"

"那是另一类,在躯体和道德方面都要进行一段近乎完整的改变才能够达到,整个过程要花上数百年的时间才能变成天使。"

可怜的克劳汀娜。

"说得够多了,"奈尔说道,"我想多了解你一些,儿子阻止我认识你的父亲和姑姑以及他们的子女,他的死讯来得太迟,让我没机会认识你的表姐海莉。幸好现在我可以来看你,和你接触。"顺便说一下,奈尔的行径和人类不太一样,他若不是握着我的手,就是搭在我肩上或背部,平常人和亲戚不会这样,但其中没有伤害的意味,我也没有被吓呆,因为克劳汀娜也是重视触觉的类型。幸好我的心电感应力和精灵无法共鸣,得以忍受这些身体方面的碰触,如果换成一般的人类,身体接触会强化心电感应的敏锐度,我肯定会受尽他们那些思绪的疲劳轰炸。

"芬坦有其他的儿女或后裔吗?"我问道,能够多一些亲戚当然更好。

"这些以后再说吧,"奈尔的回应有如立刻竖起一面红色的旗帜。"现在你对我稍有了解,请你告诉我,我可以为你做些什么?"

"为什么这样问呢?"我们刚刚已经讨论过阿拉丁神怪的话题,我不想重蹈覆辙。

"我看得出来你的生活相当艰苦,我们既然见面了,就给我帮助你的机会。"

"你派克劳汀娜过来,就是个好帮手。"我重复一遍,少了第六感的辅助,要理解曾祖父的心情和心理状态实在有点困难,他为儿子的死亡而悲伤吗?他们的父子关系究竟如何?这么多年来芬坦执意阻止自己的父亲接近斯塔克豪斯家族,是因为他认为这样对我们比较好吗?奈尔很邪恶吗?或是对我不怀好意?但他只要站得远远的就足以对我不利,实在不需要如此大费周章地要求见面,还要请吃昂贵的晚餐。

"你不想再解释下去了,对吗?"

他摇摇头,像金丝银丝一般细得难以想象的头发晃动着拂过肩膀。

我突然有个主意。"你可以帮我找到失踪的男友吗?"我充满期待。

"除了吸血鬼以外,你还有其他男人?"

"艾瑞克不是我的男人,只因为我尝过几次他的血,他有我的血……"

"这是我通过他找你的原因,你和他有联系。"

"是的。"

"我认识艾瑞克·诺斯曼很多年了,我以为只要他开口,你就会答应,我错了吗?"

他的问话把我吓了一跳。"不,先生,"我说,"如果他说不安全,我肯定不会来。他若不信任你,就不会带我来这里……至少我是这么想的。"

"你要我杀死他吗?就此斩断这个联系。"

"不要!"我有点反应过度。"不!"

即使曾祖父使出"不准看"的法力,我气急败坏的嚷嚷声还是传了出去,第一次真的有人转过头来打量。

"另一个男友,"奈尔咬了口鲑鱼,"他是谁?什么时候失踪的?"

"昆恩是虎人,"我解释,"自从罗兹市的爆炸事件之后就失去踪影,他受了重伤，但事后我们在医院见过面。"

"吉萨金字塔的事件我听说了，你也在现场？"

我稍微解释了一下，新现身的曾祖父不置可否地仔细聆听着，没有错愕骇然的表情，也没有为我感到抱歉，这一点我很喜欢。

叙述的过程给了我重新整理思绪的机会。"你知道吗？"我自然而然地停顿了一下才继续，"还是别找昆恩，他知道我住的地方，也有我的电话号码，"可以联络的方式很多，我苦涩地想。"等他可以的时候自然就会出现了，或者就到此为止。"

"这样我没机会给你任何的见面礼。"曾祖父说道。

"没关系，下次兑现支票也可以，"我微微一笑，跟他解释这个字眼的含意。"总会有机会的，我……我能跟别人或是朋友说你吗？"我问道。"不，还是不要的好。"我很难想象跟塔拉说自己有一个曾祖父是精灵，或许艾蜜莉亚比较能够理解。

"我希望保密，"他要求道，"很高兴终于看到你，也希望多一些了解。"他摸我的脸颊。"但我有某些敌人很可怕，我不希望他们挟怨找你报复，让你受伤害。"

我点头表示理解，凭空多了一个亲戚却不能跟别人说的感觉很让人泄气，奈尔的手从我的脸颊移到手背。

"詹森呢？"我问道，"你要找他聊一聊吗？"

"詹森，"他的表情有些嫌恶。"他身上似乎欠缺一些重要的火花，明知道他和你是亲兄妹，但血缘在他身上只表现在吸引爱人的能耐上，实在算不上是优点，他不可能理解或珍惜我们的关联。"

曾祖父的措词相当傲慢自大，我本来想替詹森辩解，但随即决定闭上嘴，我不得不对藏在最隐秘深处的自我承认，奈尔的确对了，万一詹森知道了只会要求一大堆，还到处宣扬。

"你能留多久呢？"我假装随口问一下，虽然这么说很笨拙，可是除此以外，我不知道要如何界定这种崭新又尴尬的关系。

"我会试着像其他亲戚那样偶尔来探望你。"

我努力想象那种画面，奈尔和我一起去汉堡城吃汉堡？星期天跟我一同坐在教堂里？感觉好像怪怪的。

"我觉得你还有很多保留。"我脱口而出。

"这样下次才有话题。"他对我眨一眨绿色的眼眸，好吧，这一招真是出人意料，然后他又出其不意地给了我一张名片，我直接念："奈尔·布莱根。"名片上还有电话号码。

"你可以拨那个号码找我，有人会接电话。"

"谢谢你，"我说，"你应该知道我的电话号码吧？"他点点头，我以为他预备离开了，没想到他又继续逗留，似乎跟我一样舍不得走。"所以？"我清清喉咙，"你通常在做些什么？"这种和亲戚相处的感觉既怪异又新奇，以前我只有詹森一个亲人，他又不是那种可以亲密到无话不谈的哥哥，急难的时候他是好帮手，但是同进同出？不太可能。

曾祖父的确回答我的问题，但事后回想，其实说得不清不楚，大概是精灵王子的秘密任务，他说自己拥有一两家银行的部分股权，一家制造家具的公司，还有——这听起来怪怪的——一间研发和测试实验性药物的公司。

我狐疑地看着他。"人类吃的药？"我确定自己没听错。

"对，大部分是人类。但有一些化学家为我们做一些特别的东西。"

"给精灵用的。"

他点点头，金发随着动作掉到额头前方。"现在含铁的物质到处都是，"他说，"你知道我们对铁过敏吗？如果随时戴手套，在现今的世界上又会令人疑惑。"我看着他搭在我手背上的右手，伸手摸摸看，感觉很光滑，怪怪的。

"很像隐形的手套。"我说。

"没错，"他说，"这是他们的处方之一，对我而言已经足够。"

终于说到有趣的地方了，我心想，但是曾祖父似乎没必要把他的秘密都告诉我。

奈尔像普通长辈般的关心询问我的工作，我的老板，和日常的生活。他显然不太喜欢曾孙女工作的主意，至于地点在酒吧他倒不觉得是困扰，就像我说的，要看透奈尔的思绪并不容易，但我的确注意到他偶尔会停顿下来不发一语。

我们终于用完晚餐,一看手表我大吃一惊,已经到了回家的时间,因为隔天还要上班。我跟曾祖父道谢(想到这一点依旧不太习惯),迟疑地倾身和他互相吻脸颊道别,那一瞬间他似乎屏住呼吸,他的皮肤感觉起来柔软光滑得像丝一样。就算外表是人的长相,感觉却不一样。

我离席的时候他站了起来,仍然在桌子旁边,我猜是为了付账,我几乎视而不见地走出餐厅,艾瑞克在停车场等候,其间补充一些真血牌的饮料,然后就着旁边的光线在车子里看书。

我简直累垮了。

直到奈尔不在场,我才察觉到和他共进晚餐对我的神经系统是一种折磨,即便整个晚上都舒服地坐在椅子里闲聊,感觉却像边说话还要边跑步,累到虚脱的程度。

在餐厅里面,奈尔有办法遮盖自己身上精灵的气息,艾瑞克闻不到,可是萦绕在我身上的味道却让他几乎喷鼻血,他在狂喜中闭上眼睛,情不自禁地舔着嘴唇,感觉就像饿狗看到了丁骨牛排。

"醒醒吧!"我可没那种心情。

艾瑞克煞费苦心地勒住自己的欲望。"当你身上散发出那种味道,"他说,"让我只想和你上床,咬你,贴着你磨蹭。"

他形容得相当翔实,我不能说自己在那一秒钟之间(挣扎在欲火和恐惧感中间)未尝不心动地幻想他所描述的画面,只是眼前还有更重要的事情要思考。

"等一等,先动脑筋,"我说,"除了精灵的味道以外,你对他们的了解有多少?"

艾瑞克的眼神清澈了一些。"他们无论男女都惹人喜爱,另一方面又很刚强勇猛,虽不至于长生不老,但很长寿,除非是遇到事故,例如铁让他们致命,也有其他方式,只是比较困难。他们大多与世隔绝,很少和外人接触,喜欢温和的气候,我不知道他们私底下的食物和饮料,不过其他文化的食物他们也会尝试,我就亲眼看过精灵喝血。他们大都自视很高,一旦许下承诺就信守到底,"他想了一下,"他们拥有不同的魔法,各行所长,充满神奇的力量,这是他们的天性。除了自己之外,他们没有神,因为很多时候他们被误认为神。事实上,有些的确拥有神性的特质。"

我一脸错愕。"这句话是什么意思?"

"呃,我不是说他们神圣,"艾瑞克解释,"而是说住在森林的精灵对森林的认同极深,几乎感同身受,以致伤害其一,另一方也会受伤,因此他们在人数上开始锐减。当然啦,我又不是精灵政治和生死存亡问题的专家,毕竟吸血鬼对他们具有高度的危险性……一碰到就兴奋得难以自拔。"

我没想过要问克劳汀娜这方面的事情,第一,她似乎不乐意讨论精灵的事情,而且每当她凭空现身时,都是我碰到麻烦、分身乏术的时候。第二,在我的想象中,世界上或许只剩下少数的精灵;不过根据艾瑞克的说辞,精灵的数目曾经和吸血鬼一样多,但目前族群急剧萎缩。

对照之下,吸血鬼绝对是增加(至少在美国来说),而且目前有三个和吸血鬼移民相关的法案送进国会讨论,因为对大揭秘事件反应相当平静的除了美国以外,还有加拿大、日本、挪威、瑞典、英国和德国。

大揭秘的当晚,经过审慎规划,全世界所有的吸血鬼同时现身在当地最通行无阻的媒体前面,包括电视和广播电台,公开向人类宣布:"嘿,我们真的存在,而且没有威胁性,因为日本新近发明的人造血得以满足我们的营养需求,不需要攻击你们!"

这六年对人类的经验来说是一大条显著的学习曲线。

今晚我对超自然生物的传说又增加很多的了解。

"所以吸血鬼占上风。"

"我们没有在交战,"艾瑞克说道,"已经和平相处了好几个世纪。"

"换言之以前曾经有交战的记录? 我指的是正式宣战?"

"对,"艾瑞克说,"如果旧事重演,奈尔将是我第一个歼灭的对象。"

"为什么?"

"他在精灵世界举足轻重,而且法力强大,如果他真心要把你纳入他羽翼的保护之下,对你而言是忧喜参半,是幸也是不幸。"艾瑞克发动车子驶出停车场,我没看到奈尔出来的身影,或许他直接从餐厅消失无踪了，但愿他事先结了账。

"看来必须请你解释一下。"我虽然这么说，但心里觉得其实不知道最好。

"美国境内一度有数千名精灵，"艾瑞克回答，"现在只剩下几百个，留下来的都是充满决心的斗士，这些不全是王子的朋友。"

"噢，棒极了，我很需要另一批讨厌我的超物。"我嘟哝。

我们在沉默中行驶，蜿蜒地返回州际公路向东回良辰镇，艾瑞克似乎心事忡忡，我自己也陷入了沉思中，分量比晚餐还沉重。

整体而言我算是审慎的乐观，即使有个迟来的曾祖父也还是好事一桩，奈尔似乎真心地急于和我建立亲戚关系，虽然我心里还有数不清的疑问，但可以等我们彼此熟悉一些再说。

艾瑞克的巡洋舰可以开得飞快，他也不是那种乖乖遵守公路限速的个性，果不其然，后方出现一亮一亮的警示灯时，我一点都不惊讶，唯一诧异的是警车竟然追得上他。

"噢噢。"我说，艾瑞克用一种大约几百年都没人听过的语言骂了一句粗话，虽然贵为第五区的警长，他还是得遵守人类的规定，至少在表面上得如此，他只好把车开到路肩停下。

"挑一个 BLDSKR① 这么招摇的车牌，你还能有什么期待？"我问道，只差没有公开取笑一下，看着后方州警黑黑的身影从车子里跨出来，手里拿着东西走上来——不知道是写字板还是手电筒？

我试着看仔细一点，并运用感应力去探索，察觉到有一股混乱的状态，侵略的意图和恐惧感纠缠在一起。

"狼人！有点不对劲！"我嚷嚷，艾瑞克伸手把我推到跑车的地板上，如果这不是巡洋舰，这么做应该有藏身的效果。

公路巡警走到车窗口直接对着我开枪。

---

① BLDSKR 车牌的含意应该是 Bloodsucker，吸血鬼。

第五章

艾瑞克转身面对车窗,用身体堵住杀手的目标,结果脖子挨了一枪,在那恐怖的瞬间,他整个人向后歪倒在座位上,面无表情,暗红色的血迟缓地沿着苍白的皮肤往下流,我失声尖叫,好像叫声有保护作用一样,但杀手倾身探入车窗,越过艾瑞克再度瞄准目标。

笨蛋才这么做,艾瑞克的手扣住对方的手腕,使劲地捏,"公路巡警"也开始发出尖叫声,腾出空着的手徒劳无功地拍打艾瑞克,挣扎中他的枪掉在我身上,真是幸运,掉枪的时候没有走火,虽然我对手枪的认识不多,不过这支枪看起来巨大又致命,我仓皇地坐起身子,拿枪瞄准假巡警。

他僵在那里,身子一半在车窗里面,一半在外面,艾瑞克即使已经扭断他的手臂,依旧紧抓不放,这个傻瓜真正要畏惧的其实是扣住他不放的吸血鬼,而不是一位对如何开枪一无所知的酒吧女招待,然而他的注意力都在手枪上。

我确信如果有新规定允许公路巡警对超速的驾驶人开枪而不是开罚单,这种哗然的消息我肯定听说过。

"你是谁?"就算我的声音有点发抖,也在可理解的范围。"是谁派你来的？"

"他们叫我来的。"狼人痛得猛抽气，现在我有注意细节的空余，开始发现他没穿标准的制服。颜色对，帽子也对，但是长裤不合规定。

"他们是谁？"我追问。

艾瑞克的尖牙咬住狼人的肩膀，虽然身上有伤，仍有足够的力气把假巡警一寸一寸地拖入车子里，这家伙害他流了那么多血，当然要收回一点才公平，杀手被吓哭了。

"不要让他把我变成吸血鬼！"他哀求我。

"那要你走运才行。"我这么说，这不是因为我认为当吸血鬼很棒，而是我确定艾瑞克的意图比这更凄惨。

我跨出车子，决定眼不见为净，因为要艾瑞克松开狼人是白费心机，此刻他体内嗜血的欲望无比强烈，不可能听从规劝，而且我跟艾瑞克的联系也是这项决定的重要因素，我乐于看到他自得其乐，获取必要的血液供给，有人试图伤害他的事实更让我勃然大怒，假如在以前，这两种颜色根本不在我情绪的调色盘上，可以归咎的原因我清楚得很。

除此之外，跑车里有限的空间挤着我，艾瑞克和大半的狼人身体，拥挤的感觉很不愉快。

神奇的是，当我沿着路肩走向攻击者的车子时，一路上都没有车子呼啸而过，那是一辆普通的白色汽车（这点并不让人意外），私自安装了非法的闪光设备，我关掉车灯，又压又按的在仪表盘弄了半天，终于把闪烁器关闭，这样目标才不致太醒目，艾瑞克早在停车的那一刻就把巡洋舰的车灯熄掉了。

我飞快地扫视了一下白车的内部，没看到任何标示着"万一我失手被逮，指使人的姓名在这里"的信封，我需要找线索，至少也该有写着电话号码的纸条，让我通过号码反过来寻找登记者的姓名，如果我真有这种能耐的话。该死，我失望地走回艾瑞克的车子，借着其他车子呼啸而过的灯光，注意到驾驶座的车窗看起来很正常，倒栽葱伸出来的腿不见了，跑车不再是醒目的标的，不过我们还是得快闪。

我探头一看，车里空空的，唯一提醒事发经过的是艾瑞克座椅上的一小片血迹，我从皮包里抽出面巾纸，吐点口水，抹去干掉的血迹，这种做法说不上优雅，但很实际。

艾瑞克突然从旁边冒出来，害得我差点失声尖叫，刚刚那场突发的攻击依旧让他很兴奋，饿虎扑羊地把我压在车子侧面，双手捧着我的头预备亲吻，危难中激起的欲火让我差一点就脱口而出说："管他的，现在就占有我，高大的维京人。"不只是我们之间的血液联系，还有我对艾瑞克技巧高超的美妙回忆，在让我倾向于接受他无言的提议。可是一想到昆恩，我只好费力地远离艾瑞克的嘴唇。

那一瞬间，我以为他会锲而不舍，幸好他终究放开了手。"让我看一下。"我声音颤抖地伸手拉开他衬衫的领口，查看子弹的伤口，裂口几乎愈合了，但衬衫上依旧有血迹。

"那是怎么一回事？"他问道，"是你的敌人吗？"

"我也一头雾水。"

"他对你开枪，"艾瑞克强调，似乎我是个迟钝的笨蛋。"针对的是你。"

"如果他这么做是为了伤害你呢？杀我只为了嫁祸给你？"我实在很厌倦再被当成阴谋的目标，所以煞费苦心要艾瑞克相信他才是杀手的对象。然后我想到另一件事，随即见风转舵。"他们怎么知道我们在这里？"

"有人知道我们今晚开车回良辰镇，"艾瑞克说道，"也知道我开的是哪一辆车。"

"不可能是奈尔。"我脱口而出，随即重新考虑自己的忠诚度，这个精灵自称是我的曾祖父，但他也可能是谎话连篇，谁知道是不是真的？我又不可能钻进他的脑袋查看，对于自己身份的无知感觉真奇怪。

不过我认为奈尔没有说谎。

"我也不认为是精灵的问题，"艾瑞克说道，"我们最好先上路再讨论，这里不是流连的好地方。"

他说得很对，我不知道他把尸体藏在哪里，也不太在意，一年前我会因为丢下尸体在高速公路上落跑而愁眉苦恼、挣扎半天，现在反而庆幸是狼人躺在树林里而不是我。

我是个差劲的教徒，但为了生存奋战不懈。

车子在黑暗中往前行驶,我陷入沉思,前方好像有一个很大的裂缝在不住地招手,吸引我跨出额外的一大步,我在边缘徘徊进退不得,想要继续坚持正确的方向似乎越来越有困难,反而偏向于因时因地制宜还比较合乎理性。这是真心话,因为理智不留情面地说——难道我还不愿意承认昆恩已经把我甩了吗?如果还认为我们是男女朋友,怎么可能都不联络?况且我不也对艾瑞克念念不忘,难忘他做爱的方式就像冲入隧道的火车?再者我不是也握有很多的证据,证明他比任何人都能好好地保护我?

我已经没有力气对这项结论感到震撼了。

一旦你发现自己选择情人的时候,考虑的是对方保护你的能力,这简直就像是为了要给下一代更好的基因,以及更可贵的特质来选择配偶;如果有机会为艾瑞克生小孩(这一点让我忍不住颤抖),他绝对高居排行榜的最上头,而在这一刻之前,我甚至不知道自己心里有这样的名单存在。我把自己想象成一只母孔雀,昂首阔步地寻找群体中开屏最漂亮的公孔雀,或是一匹母狼,等待狼群的头头(就是最强壮、最聪明、最勇敢的)来跟它配对。

够了,我把自己从幻想中抽离出来,我是人类的女性,试着做个好女人,执意要找昆恩是因为我们彼此有承诺……类似的约定。

不,不要再模棱两可地自言自语!

"你在想什么,苏琪?"艾瑞克在黑暗中问道,"你的脸上闪过很多思绪,快得让人跟不上。"

在黑暗的车子里,他应该专心看着马路,却能够分心看我的事实让人又生气又害怕,也再一次证明他的确优于其他人,躲在我内心的原始女人不死心地提醒。

"艾瑞克,只要送我回家就好,我的情绪已经超载了。"

他没有再开口,或许是学聪明了,也可能是因为复原的过程很痛。

"我们需要再讨论这件事。"他把车子驶入我家的车道,停在屋子前方,在跑车有限的空间里面尽量转身面对我,说道:"苏琪,我很痛……可不可以……"他倾身靠过来,手指触及我的脖子。

我的身体立刻起了背叛的念头,一股悸动在下方开始蠢蠢欲动,那根本是错误的,做人不应该一想到被咬就忍不住兴奋起来,这样不太好,对吧?我紧紧地握着拳头,指甲甚至弄痛了手掌心。

现在因为有院子里的照明灯,车里的光线可以看得比较清楚,我发现艾瑞克的模样比平常更苍白,在我的注视下,子弹逐渐从伤口退出来,他往后靠着椅背,眼眸紧闭,子弹一厘一厘慢慢地突出来,最后掉入我守候的掌心。我想起艾瑞克曾经要我吸出他手臂上的子弹,哈!这个骗子,原来子弹会自行掉出来,气愤让我稍微恢复本性。

"我想你可以撑回家。"嘴巴这么说:但心里其实有一股难以抗拒的冲动,想要倾身献出脖子或手腕,最后我是咬着牙关下的车。"如果真有必要,也可以在莫洛特停车买瓶装血。"

"硬心肠的女孩。"艾瑞克的语气不像真的在生气或受到侮辱。

"是啊,"我微笑以对,"开车小心,听见了吗?"

"当然,"他说,"这回就算有警察,我也不会停车。"

我强迫自己头也不回地走回屋里,坚定地关上背后的大门,立即松了一口气,谢天谢地,每走一步心底都在纳闷会忍不住转身冲回去,血液联系这档事真让人懊恼,若不小心防备警戒,真会做出后悔的事情。

"我是女人,也是有个性的!"我嚷嚷。

"啊,这是怎么一回事?"艾蜜莉亚问道,把我吓了一跳。她穿着睡衣和成套滚着蕾丝边的睡袍从厨房里走出来,她用的东西向来都是高级货,虽然不至于对别人的购物习惯嗤之以鼻,但她身上绝没有沃尔玛买的东西。

"今天晚上很折腾,"我低头看自己,蓝色丝质衬衫只有一点小小的血迹,必须先浸泡才洗得掉。"家里还好吧?"

"澳大薇亚打电话找我。"艾蜜莉亚试着保持平稳的语气,但我可以察觉到她心里很焦虑。

"你的师傅。"我有点迟钝。

"对,就是她。"她弯腰将鲍伯抱起来,每当艾蜜莉亚沮丧的时候,猫咪总在她的脚边徘徊。她把脸颊埋在毛里头。"她当然听到消息,即便碰到卡特里娜袭击,生活因此遭逢巨变,她还是不放过那一项错误。"
(这是艾蜜莉亚对那档事的称呼———一桩错误)

"不知道鲍伯会怎么说。"我回了一句。

艾蜜莉亚从鲍伯头顶上看过来，我立刻察觉自己说得太直接。"对不起，"我道歉，"忘记用脑袋，不过如果你认为自己可以不用负责就摆脱这件事情，似乎有点不实际，对吧？"

"你说得对，"她对我的指正似乎不太高兴，但至少还是承认了。"我错了，一开始就不应该加以尝试，受伤害的是鲍伯。"

哇，艾蜜莉亚决定告解的时候，做得还真彻底。

"是我自己做错了，只能接受惩罚，"她说，"他们或许会要求我停职一年，或者更久。"

"噢，好像很严厉。"按照想象，我以为她师傅只会当着所有的女巫、巫师和所谓的同侪面前，责备艾蜜莉亚一番，然后将鲍伯恢复原貌。他即刻原谅艾蜜莉亚的失误，当场向她示爱，既然本人都不追究，其余的当然无话可说，然后艾蜜莉亚和鲍伯携手回到我家，从此同居了……好长一段时间。（这部分就给它含糊带过去。）

"那已经是最温和的惩罚方式了。"她解释。

"噢。"

"其他处罚更糟，你不会想知道。"被她说对了，我的确没兴趣。"呃，艾瑞克究竟在搞什么神秘？"她问道。

艾蜜莉亚不可能把我们的目的地和路线泄露给任何人听，因为她不知道我们去了哪里。"喔，啊，他带我去一家什里夫波特市新开的餐厅，店名是用法文，感觉还不错。"

"这是约会吗？"我知道她心里正纳闷着，在我和艾瑞克的关系之间，昆恩的地位又如何。

"噢，不，不算约会，"连我自己都觉得没有说服力。"不是男女之间的那种关系，只是，嗯，一起出去而已。"包括接吻和中枪。

"他非常英俊。"

"对，毋庸置疑，不过帅气的家伙很多，还记得克劳德吗？"我把两星期前收到的海报拿给艾蜜莉亚看，那是浪漫小说封面的放大版，由克劳德担任摄影模特儿，她看得大叫好帅——哪个女人不喜欢他？

“呃，上星期我跑去看克劳德的脱衣舞表演。”艾蜜莉亚不敢直视我的眼睛。

“你竟然没找我去！”相对于讨人喜欢的妹妹克劳汀娜，克劳德简直是个讨厌鬼，偏偏长相帅得无懈可击。以男性美的排行榜来说，他跟布拉德·皮特一样列在最高级，当然啦，他是同性恋，你不知道吗？“你趁我上班的时候自己跑去观赏？”

“我以为你不赞成，”她羞愧地低着头。“我是说，你跟他妹妹是好朋友，所以我找塔拉一起去，那天吉比要工作。你会生气吗？”

“不，我无所谓，”我的好朋友塔拉有一间服饰店，她的新婚丈夫吉比在女子健身中心工作。“我很想看看克劳德试着表现出乐在其中的模样。”

“他的确很自得其乐，”艾蜜莉亚说道，“毕竟克劳德最喜欢的就是他自己，不是吗？看到这么多女人对着他垂涎，不住地称赞……就算对女人没兴趣，赞美的话他倒是很爱听。”

“这是真话，改天我们一起去看看。”

“没问题，”我知道艾蜜莉亚再一次变得兴高采烈。“说说你在这家时髦的餐厅点了些什么？”我当然说了，虽然心里希望不用对曾祖父的事情三缄其口，因为我真的很想跟艾蜜莉亚说说奈尔的事情：包括他的长相，他说了什么话，原来家族里有这么多我不知道的秘密，我需要一段时间来面对奶奶所承受的事情，通过最新的资讯，改变我对她的认知；还有我也要重新思考对母亲那些不愉快的记忆，她对父亲的爱深得无法自拔，因此为他生儿育女……结果发现自己不想跟孩子一起分享他的爱，尤其是我，另一个女孩。这些都是我现在才有的崭新看法。

“还有很多，”夜深人静，我困得忍不住打呵欠，下巴几乎裂成了两半。“但我要上床睡觉了，今天有电话找我吗？”

“什里夫波特市的狼人来过电话，想要找你，我说你晚上有约，他可以打你的手机，他问可不可以去见你，可是我不知道你在哪里。”

“欧喜德，”我说，“不知道他有什么事。”我想明天再回电。

“还有另一个女孩，说她曾经在莫洛特酒吧当过女招待，昨晚也在婚礼上碰过面。”

"坦雅?"

"对,就是她。"

"她要干吗?"

"不知道,她说明天会再打电话,或者在酒吧见。"

"见鬼,但愿萨姆没打算找她来代班。"

"我以为临时代班的人选非我莫属。"

"是啊,除非有人离职,先警告你一下,萨姆很喜欢她。"

"你不喜欢?"

"那个女人阴险又爱耍心机。"

"哇,说一下你对她真正的看法。"

"这不是开玩笑,艾蜜莉亚,她来莫洛特工作,是波特夫妇叫她来监视我的。"

"噢,原来是她!呃,她休想再监视你了,我有办法对付。"

这个念头比和坦雅一起工作更恐怖,艾蜜莉亚是个意志坚定、技巧高明的女巫,千万别误会,她同时也很乐意尝试超越她经验值的新招数,所以有鲍伯这只猫。

"请你先跟我商量再做,拜托。"听我这么说,艾蜜莉亚有些惊讶。

"呃,当然,"她说,"我也要睡觉了。"

她抱着鲍伯上楼,我走进小浴室卸妆并换上自己的睡衣,艾蜜莉亚完全没发现衬衫上有些微的血迹,我脱掉衣服放在洗手槽里浸泡。

这一天真是高潮迭起,先是和艾瑞克在一起,他总是能够牵动我的心弦,接着突然发现家里多了一个至今健在的亲戚,他却不是人类,让我因此发掘出很多家族里原先不知道的秘密,大多是不愉快的陈年往事。我在一家时髦的餐厅吃晚饭,可惜食不知味,连餐点都记不得了,最后还差点中了一枪。

我做了睡前的祷告,试着把昆恩放在祈祷事项的最上头,本来以为发现曾祖父的兴奋感会让我今夜翻来覆去地睡不着,结果祷告到中途,想到自己也算一个杀人犯的同伙,忍不住求神帮助我找到方法摆脱这种道德困境,接着就累得睡着了。

第六章

　　第二天早上大约在我想要起床之前一小时,听到有人在敲门,之所以会听见叩门声是因为鲍伯跑进房间,直接一跃上床,窝在我侧躺时的膝盖后面,这本来是不允许的事情。它大声地喵喵叫,我伸手搔搔它耳朵后面,我很爱猫,也喜欢狗,只因为常常不在家的原因才让我忍住养小狗当宠物的冲动,本来泰瑞·贝尔弗勒要送我一只小狗,我犹豫不决,后来小狗都送光了,不知道鲍伯是否介意有小猫当同伴,如果我买一只母猫回来养,艾蜜莉亚会不会嫉妒?想着想着我忍不住微笑地钻进棉被里。

　　但我没有真的睡着,也就听见叩门的声音。

　　我对着外面一大早扰人清梦的家伙嘟哝了几句,起身穿上拖鞋,披上蓝色棉质的薄浴衣,早晨轻微的凉意提醒我虽然天气很晴朗,但毕竟是十月份,有些年的万圣节连穿毛衣都嫌热,有时候出门玩"不给糖就捣蛋"的活动还需要加一件薄外套才行。

　　我从门上的窥视孔望出去,看到一个满头白发、年长的黑人妇女,肤色不是很深,脸颊瘦削,五官尖锐突出,涂紫红色的唇膏,一身黄色裤装,看起来应该没有武装,不具危险性,这一点就告诉你单凭第一印象判断的误差有多少,我不假思索地拉开大门。

"年轻的小姐,我来找艾蜜莉亚·布德威。"妇人的英语发音很标准。

"请进。"我说,因为对方是老太太,而我从小受教导要敬重老人。"请坐,"我示意她坐沙发。"等一下,我上楼去叫艾蜜莉亚。"

我发现她并没有因为一大早吵醒别人或是唐突上门打扰而道歉,我带着凝重的表情上楼,确信艾蜜莉亚看到这位不速之客肯定不会很高兴。

我很少踏上二楼,没想到楼上被她巧手布置得还不错,忍不住有些惊奇,由于二楼的卧室只有基本的家具,她把右边比较大的房间当卧室使用,左边的小房间当成起居室,里面摆了电视机、懒人椅和绒脚垫,一张小型的电脑桌、个人电脑和一些盆栽。至于卧室,我相信是斯塔克豪斯家族的某一代接连生了三个儿子才增建的,里面只有一个小柜子,不过艾蜜莉亚又另外上网去采购了滚轮式的衣架自行组装,又从拍卖会上买回来一个三折的屏风,重新漆过之后,当成隔屏遮住后面的衣架。她床罩的颜色很鲜艳,旧桌子也重新上漆充当化妆台,衬着白色墙壁显得很醒目。活泼明亮的气氛下,坐着一个忧郁的女巫。

艾蜜莉亚坐在床上,短短的头发压得奇形怪状。"楼下那个声音是谁?"她屏气凝神地问我。

"黑人老妇,肤色很浅?整个人看起来严厉又精明?"

"噢,天哪,"艾蜜莉亚喘口气,颓丧地倒在至少十来个枕头里。"是澳大薇亚。"

"呃,你自己下楼来跟她说,我不能替你招待。"

艾蜜莉亚对我龇牙咧嘴,但终究得接受无可避免的命运,她爬下床铺脱掉身上的睡衣,拿出内衣裤和牛仔裤,再从抽屉里拿出一件毛衣。

我下楼通知澳大薇亚·范特,艾蜜莉亚很快就会下来见她,无奈她得先经过师傅旁边才能进洗手间,就在楼梯旁边,我能做的只有缓和气氛和安抚。

"要喝咖啡吗?"我问道,老妇人忙着用她精明的眼睛环顾四周的环境。

"如果有茶的话,我可以来一杯。"澳大薇亚·范特说道。

"是的,当然有。"我很高兴艾蜜莉亚坚持要买一些茶叶。虽然不知道是哪一种茶,只希望是茶包,因为我这辈子从来没泡过一杯热茶。

"太好了。"她说,就此结束。

"艾蜜莉亚快下来了。"我试着想一些比较文雅的方式补充。"她必须匆匆穿过客厅,进浴室去上厕所和刷牙,请你假装没看到她。"我决定甩开这个主意,逃进厨房避难。

我从她划分的架子上拿下茶叶,利用开水加热的时间,取下两个杯子、盘子,一一放在托盘里面,加了糖罐和一小壶牛奶及两把汤匙,还有……餐巾纸!我提醒自己,真希望家里有布的餐巾而非一般纸巾(这就是澳大薇亚·范特给我的感觉,甚至用不着对我使魔法)。正当我抓了一把饼干放进盘子里当点心时,听见客厅的浴室传来水流的声音,厨房里没有鲜花或是小花瓶,这是我唯一想到还可以再添加的物品。既然没有,我只好端着托盘,慢慢地走回客厅。

我把托盘放在范特女士前面的茶几上,她抬起头,眼神锐利地瞥了我一眼,微微点头道谢,我发现自己竟然不能透视她的脑袋,从刚刚到现在我都一直在克制,等候适当的时机再好好地探索一下,谁知道她竟然知道阻隔我的方法,这是前所未有的经验,这种人我从来没碰到过。那一瞬间我有点恼羞成怒,随即想起她的身份和能耐,赶紧返回自己的卧室去铺床和上洗手间,经过走廊的时候碰到艾蜜莉亚,她一脸惊吓的表情。

对不起,艾蜜莉亚,我心想,意志坚定地关上卧室的房门,你只能靠自己单独面对。

今天早上我不用工作,晚上才上班,悠闲地穿着牛仔裤搭配尖牙同盟的T恤(会咬人的酒吧喔)。这件T恤一开卖,帕梅拉就送了一件给我,现在我脚踩卡路驰鞋,走进厨房替自己准备咖啡,顺便烤了一些吐司,拿着刚刚开门时看到的报纸,一边扯掉橡皮筋,一边阅读报纸的头版新闻:学校开学了,本地的沃尔商场慷慨乐捐了一大笔钱给"儿童群益会"①提供的课后辅导方案,此外州议会投票表决,承认吸血鬼和人类的婚姻效力,哈哈,谁也没料到这个法案竟然能够闯关成功。

我翻开报纸看内页公告的讣闻,首先是本地的死讯——通通不认识,好极了,然后是邻近地区的死亡消息——噢,不好。

玛莉小星·古柏,标题这么注明,内文只是说,"玛莉小星·古柏,享年二十五岁,是什里夫波特市的居民,昨天突然在家中猝死。古柏小姐是摄影师,她的父母:马修和史黛拉·古柏夫妇住在明登市,另外还有三个兄弟,丧礼的安排目前未定。"

我突然喘不过气来,不敢置信地跌坐在椅子里,玛莉小星和我虽然称不上是朋友,可是我挺喜欢她的,她和什里夫波特市狼群中举足轻重的人物欧喜德·哈韦亚斯已经交往了好几个月,噢,可怜的欧喜德!真是不幸,第一个女朋友惨死,现在又碰到这种事。

突然大作的电话铃声把我吓了一跳,感觉像是灾难临头,我抓起话筒。"哈啰?"我谨慎地问道,仿佛电话会咬我一口似的。

"苏琪。"欧喜德说道,原本就低沉的嗓音现在更带着沙哑的哭声。

"我很遗憾,"我说,"刚刚才看到报纸。"一时之间我无话可说,现在才明白他昨晚打电话来的原因是什么。

"她是被谋杀的。"

"噢,我的天。"

"苏琪,这是开端而已,佛南很可能会对付你,希望你小心戒备。"

"太迟了,"当我有时间消化这个可怕的消息之后,忍不住说道。"昨晚已经有人企图杀我。"

欧喜德拿开话筒大声吼叫,即使现在是白天,又隔着电话线,听到这种声音……感觉还是很骇人。

什里夫波特市狼群内部的争端和歧见由来已久,连我这个对狼群政治疏离的人都有耳闻,长牙帮的首领派翠克·佛南在竞技中杀死欧

---

① 儿童群益会,前身最早成立于一八六〇年,主要的目标在于促进弱势家庭的儿童发展潜能。

喜德的父亲而执掌大权,合法得着胜利——呃,就狼群的规矩而言——只是过程有瑕疵,玩了一些不太合法的手段。从此年轻强壮、家境富有的欧喜德因为杀父之仇而怀恨在心,也被佛南视为眼中钉和潜在的威胁。

因为狼人的身份在人类族群中还是秘密,还没有效法吸血鬼的方式公诸于大众,所以这个话题有如箭在弦上一样的紧绷,现在时机逐渐成熟,日子快到了,变形人一族即将向前跨出一大步,这个话题我已经听他们讨论过很多遍,只是还没有发生。假如人类对狼人的第一个印象或认知就是狼的尸体突然随处可见,铁定不是一件好事。

“有人马上就过去找你。”欧喜德说道。

“绝对不可以,今天晚上我要上班,而且这件事已经让我神经紧张、警觉得很,我确信他们不会立刻重蹈覆辙,但我的确需要知道那家伙怎么会知道我当时所在的地点和时间。”

“把你的状况告诉阿曼妲。”欧喜德怒冲冲地说,把电话转给阿曼妲,很难想象之前在婚礼看到她的时候还兴高采烈的谈笑风生。

“说吧。”她用语简洁,显然现在不是争辩的时间,我尽可能言简意赅地叙述当时的状况(保留奈尔和艾瑞克的姓名以及其他的细节),说完以后,她沉默了几秒钟都没开口。

“既然这支暗桩被拔掉,就少一个要操心的对象。”她简直是如释重负。“但愿你知道他的身份。”

“很抱歉,”我有点尖酸地回应。“我最在意的是他的枪而不是身份证,奇怪,你们人数那么少,怎么还会搞战争?”什里夫波特市狼人的数目不可能多于三十名。

“还有外地来的帮手。”

“为什么要这样?”何必去加入一场和你不相干的战争?别的族群有歧见,为什么派你自己的族群去牺牲,目的何在?

“只要选对边,支持赢的一方通常好处不尽,”阿曼妲解释,“嗯,那个女巫还跟你住在一起吗?”

“是啊。”

"有件事你可以帮上忙。"

"好吧,"嘴巴答应,但我不记得自己提议过要帮忙。"要我做什么?"

"你可以问问女巫朋友,是否能够去玛莉小星的公寓一趟,能不能在那里找出端倪,可以吗? 我们想知道哪些狼人有涉嫌。"

"当然可以,但不知道她是否愿意。"

"请你现在就问。"

"呃……我再回复你,她现在有访客。"

去客厅之前我拨了另一通电话,算算时间尖牙同盟酒吧还没开始营业,我不想留语音在电话上,决定破例拨打帕梅拉的手机留言,电话铃响,我忍不住纳闷帕梅拉躺在棺木里会不会随身带着手机,那种画面想起来很诡异,也不确定她是否真的躺在棺材里,果真这样……我浑身战栗。电话果然转接到语音信箱,我开始留言:"帕梅拉,我发现艾瑞克和我昨天晚上被迫在路肩停车的原因,至少我猜是这样,狼人的战争一触即发,我是目标之一,有人跟派翠克・佛南密告我们的行踪,我事先并没有跟别人说要去哪里。"昨天晚上我和艾瑞克震惊过度,还来不及讨论这个问题,怎么会有人知道我们昨晚去哪里? 事先晓得我们从什里夫波特市开车回来?

艾蜜莉亚和澳大薇亚似乎陷入了热烈的讨论,我本来还有点担心,幸好她们脸上的表情没有怒气也不是沮丧。

"我不想打扰你们,"才一开口,两对眼睛同时转过来,澳大薇亚是棕色的眼珠,艾蜜莉亚是蓝色,但在这一刻,两个人的表情几乎一样,好奇怪。

"嗯?"澳大薇亚显然是掌控现场的人。

只要是稍有能耐的女巫都知道狼人的存在,我把战争一触即发的状况浓缩成短短几句话来叙述,说到昨天晚上在州际公路被攻击的事件,以及阿曼妲要求的协助。

"这是你应该插手介入的事情吗,艾蜜莉亚?"澳大薇亚问道,从口气听起来显然只接受一种答案。

"噢,我想是的。"艾蜜莉亚微笑地回答,"总不能眼睁睁地看别人对我的室友开枪吧？我要帮助阿曼妲。"

澳大薇亚震惊的表情仿佛看到徒弟对着她的长裤吐西瓜子，"艾蜜莉亚！你不自量力，这件事远超过你能力所及的范围！这么做只会惹出大麻烦！看看你把可怜的鲍伯·洁士普害得有多惨就知道了。"

噢，天哪，我跟艾蜜莉亚认识的时间并不久，就明白这种要她听话的方式只会适得其反，因为她最引以为傲的就是巫术方面的能力，挑战这方面的专业技术只会把她激怒，然而话说回来，鲍伯的事情的确是一大败笔。

"你可以帮他恢复原状吗？"我问老女巫。

澳大薇亚锐利地看了我一眼。"当然。"

"那你为什么不先做做看，接下来的事情再说？"我问。

澳大薇亚一脸错愕的模样，我知道自己不应该当面挑战她的权威，但换句话说，如果她想让艾蜜莉亚见识自己的法术更厉害的话，这绝对是个好机会。猫咪鲍伯坐在艾蜜莉亚的大腿上，一脸漠不关心，澳大薇亚从口袋里面掏出一个药罐子，里面装了类似大麻的东西，不过我猜想，任何干燥的药草看起来应该都差不多，况且我不曾亲眼看过大麻，也就无从判断。总而言之，澳大薇亚掐了一小片干燥的绿叶，伸手把绿绿的东西撒在猫毛里面，鲍伯似乎不太介意。

艾蜜莉亚专注地旁观师傅做法的表情就像一张照片，澳大薇亚解开咒语的过程包括嘴巴念念有词，类似拉丁文的发音，再加上动作，接着用上刚刚的药草，最后吐了一句应该是独门密传的咒语，类似"阿拉卡门！"然后指着猫咪。

竟然没有动静。

澳大薇亚声音强有力地重复刚才的咒语，手指再一次指向猫咪。

猫咪依旧是猫咪，没有变化。

"你知道我在想什么吗？"现场似乎没人有兴趣，不过这是我家，我是主人。"或许鲍伯本来就是猫，不知怎么的暂时变成人类，所以你才没办法把他变回去，或许现在就是他原来的形态。"

"胡说八道。"老女巫说道，对自己的失败有点困窘，艾蜜莉亚极力压抑脸上的笑容。

"经过这件事,如果你还是认为艾蜜莉亚很无能的话,或许愿意考虑跟我们去一趟玛莉小星的公寓,"我说,"亲自确定她不会惹麻烦。"

一开始艾蜜莉亚有点愤愤不平,后来似乎领悟了我的计划,立刻加入阵营跟我一起恳求。

"好吧,我一起去。"澳大薇亚傲慢地宣布。

就算看不透老女巫的心思,可是在酒吧工作这么久,落寞孤寂的人倒是一眼就被我识破。

根据阿曼妲给的地址,她说道森会留在那里看守等我们抵达,我认识道森,他曾经帮过我,目前开了一间摩托车修理厂,距离良辰镇只有一两英里远,有时候也帮萨姆代班管理莫洛特酒吧。道森并不属于特定的族群,现在和预备造反的欧喜德联合阵线,意义显著。

我不能说开车前往什里夫波特市郊区对我们三个人而言是一种团结的经验,不过刚好利用机会把狼群争执的背景故事和我的牵扯跟澳大薇亚稍做说明,"当时举行狼族领袖的擂台赛,"我说,"欧喜德希望我在场担任测谎器,也的确逮到一个说谎的家伙,接下来就是你死我活的比武竞赛,派翠克·佛南比较强壮,当场杀了杰克森·哈韦亚斯。"

"我猜他们遮盖了死讯?"老女巫没有惊讶的表情。

"对,他们把尸体搬到哈韦亚斯家一处偏僻的农场,知道短时间不会有人去找,等到他被发现的时候,伤口已经腐烂到难以分辨。"

"派翠克·佛南的领导令人信服吗?"

"我不知道,"我承认,"欧喜德周遭总有一群不满的支持者围绕着他,这些都是熟面孔,所以我应该是站在欧喜德这边的。"

"你考虑过袖手旁观,不要介入吗?让强者掌权?"

"不,"我老实回应,"如果欧喜德不通知我,我当然乐得轻松,现在知道了,当然要尽力帮忙。不是我想扮演好心的天使,而是派翠克·佛南恨我入骨,所以帮助他的敌人才是自保之道,这是第一点;第二是我喜欢玛莉小星;况且昨晚有人试图射杀我,对方很可能是佛南派来的,这是第三点。"

澳大薇亚点点头，显然不是那种昏庸的老太婆。

玛莉小星的公寓位于本顿和什里夫波特市之间的三号公路旁边，屋况老旧，建筑物前方就是停车场，后方是田野，附近的商店只在白天营业，一家是保险经纪人公司及一家牙科诊所。

两栋红砖建筑物各有四间公寓，右边前方的停车场停了一辆眼熟的破卡车，我把车子停在旁边，这些公寓是封闭式的，公用入口进去就是走廊，两侧各有一道门，经由楼梯往二楼，玛莉小星住在一楼左边的公寓，我之所以这么快就知道，是因为道森靠在门口的墙壁上。

不知道他的名字，我只能向两位女巫介绍他是"道森"。道森身材高大魁梧，简直可以用二头肌压碎胡桃壳，深棕色的头发夹杂着些微的灰白，唇上的胡子修得很整齐。这个人我认识很久了，但不是很了解，只知道大概比我年长七八岁，年纪轻轻就结婚，夫妻很早就离异了，儿子现在跟妈妈一起住，是克莱斯高中的足球队员。在我认识的人里面，道森看起来最凶恶强悍，不知道是不是因为深色的眼珠、狰狞的脸或是身材的缘故。

公寓门口围着命案现场的警告胶带，我一看到就想哭，不过几小时之前，玛莉小星在这里遭到残忍的谋杀。道森掏出一串钥匙（欧喜德的？）开门，我们从胶带底下钻进去。

小客厅的景象让我们骇然以对，静默无声地僵立在原地，一张翻倒的桌子挡在入口前方，木头上被砍出一道裂缝，墙壁上有好几处深色的污渍，我瞄了好几眼，理智告诉我那是血迹。

室内有一股让人不太愉快的气味，我不敢深呼吸，以免反胃想吐。

"你要我们做什么？"澳大薇亚问道。

"我想你应该可以用灵术重建命案现场，就像艾蜜莉亚之前一样。"

"艾蜜莉亚做过灵术重现？"这回澳大薇亚不再趾高气扬，流露出惊讶和敬佩的语气，"我从来没看过。"

艾蜜莉亚谦虚地点头。"都靠鲍伯、派希和泰莉一起帮忙，"她说，"效果不错，当时涵盖了相当广的范围。"

"既然这样应该没问题。"澳大薇亚不只兴奋，还有些兴致勃勃，整个人似乎现在才苏醒过来,显然之前目睹的是沮丧的那一面,这回我从她脑中接收到足够的信息(她心有旁骛,不再专心防范我的侵入),知道卡特里娜飓风之后整整一个月的时间里,她都在担心下一顿饭在哪里,也没有落脚的地方,现在和亲人住在一起,情况不明。

"要用的东西我都带了。"艾蜜莉亚说道,心里如释重负,而且洋洋得意,相信自己或许能够从鲍伯不幸的意外事件中全身而退,不至于付出惨痛的代价。

道森背靠着墙壁,很有兴趣地听着,因为是狼人,我难以看透他的思绪,只觉得他很悠闲。

真是让人羡慕,因为置身在可怕的小公寓里,我根本无法放松下来,四周的墙壁仿佛传来暴力的回音,我甚至不敢坐在蓝白格子图案的情人座或小沙发上,这些家具和深蓝的地毯,白色的墙壁,颜色搭配得非常协调,虽然在我看来有点枯燥单调,不过整体的环境显得整齐又干净,安排也很用心,而且不到二十四小时之前,这里是个温馨的家园。

从我的位置可以一路看进卧室里,被子掀开,这是卧室和厨房当中仅有的不整齐的迹象,客厅才是暴力事件的中心。

我找不到更好的立足点,只好走过去靠着道森旁边的墙壁。

印象中我和摩托车修理工不曾有过长串的对话,虽然几个月前他还为了保护我的缘故挨子弹,听说执法人员(在这里指的是安迪·贝尔弗勒和他的伙伴艾尔西·贝克)怀疑道森的店面不只有修理摩托车那么单纯,还有其他的秘密,只是没找到非法的证据。此外,道森偶尔外聘当保镖,也可能是义务性质,总之他看起来就是那块料。

"你们是朋友?"道森咕哝地问,朝地板上的血渍处点头示意,那里就是玛莉小星香消玉殒的地方。

"我们比较像友善的点头之交,"我不想夸大自己的哀戚之情。"就在几天前,我们还在一场婚礼上巧遇。"我正想形容她当时好得很,但这么做很愚蠢,她的死因是遭人谋杀而不是生病。

"玛莉小星过世之前,最后一次和谁交谈过呢?"艾蜜莉亚问道森,"我需要界定时间的长短。"

"昨天晚上十一点，"他说，"欧喜德打电话给她，他出城了，现场有人证。大约三十分钟后，邻居听见屋内传出喧嚣和骚动，就打电话报警。"道森惜字如金，很少讲这么一大串话，艾蜜莉亚回头继续准备，并且从背包里抽出一个小本子递给澳大薇亚阅读。

"以前你经历过这种场面吗？"道森问我。

"是的，在新奥尔良，这种事不只困难而且很少见，但是艾蜜莉亚真的很有本事。"

"她和你一起住？"

我点头证实。

"听说是这样。"我们沉默了一会儿，道森不只是强壮结实的好帮手，还是个安静可靠的同伴。

澳大薇亚跟从艾蜜莉亚的步骤，比手划脚了一番，口中念念有词，或许她本身没有灵术重建的经验，但是仪式的时间拖得越长，法术的力量在小空间的反射越大，最后连我的手指尖似乎都跟着嗡嗡地震动，道森或许不至于吓得心惊胆跳，但术的威力却让他原本放松的姿势变成警戒，松开抱在胸前的双手，身体笔直地站立，我跟着站直身体。

即使有过经验，我可以预料到接下来的进展，但是突然看见玛莉小星出现还是吓了一跳，除了我以外，道森也是整个人一震。她坐在电视机前面的地毯上涂脚趾甲油，随便拿了一张报纸铺在脚下，深色的头发在头顶束成马尾巴，经由魔法重建的影像跟上一次看到的效果一样，当时是海莉表姐临终之前的模样，这回玛莉小星也是水汪汪的感觉，只是颜色稍有不同，影像似乎涂着亮光胶，因为公寓里的家具摆设有些变化，以致她坐在那个位置显得很突兀，刚好在翻倒的咖啡桌正中央。

我们没有等很久，玛莉小星涂完指甲油，坐在那里看电视（银幕当然是黑的）等指甲油风干，顺便做了几下腿部运动，然后起身收拾指甲油和用具，折好摊开的报纸，走进浴室里，因为洗手间真正的门只开了一半，水汪汪的玛莉小星直接穿门进去，从我和道森的角度看不见里面的状况，但是艾蜜莉亚的手悬在半空中，同时微微地耸肩，意味着里面没什么重要的状况，或许只是尿尿吧。

几分钟后她再度出现，这次穿着睡衣，她走进卧室，刚掀开棉被，突然间转头对着门口。

现场就像在看默剧表演，玛莉小星显然听到门口有动静，一脸诧异的表情，声音应该出现得很突然，不确定是门铃、叩门声或是意图破坏门锁。

她警觉的姿势随即变成戒备，甚至是惊慌，慌忙走回客厅拿起手机——手指接触的瞬间，我们跟着看见手机的框——匆匆按了几个号码，显然是拨快速键找人，可惜电话的另一端还没接通，大门就被撞开，一个半狼半人的男子扑过来，他是活生生的物体，靠近咒语的焦点玛莉小星身上时，影像变得更清晰，他把女孩压在地板上，使劲地一口咬住她肩膀，玛莉小星张大嘴巴，显然在尖叫，像狼人一样地奋战，不过事情来得太突然，她完全没有防备，以至于双手被压在地上，好些隐约可见的线条意味着那是鲜血从伤口流出来。

道森抓住我的肩膀，喉咙发出嗥叫声，不知道他是因为玛莉小星受攻击而勃然大怒，或是因着流血和暴力举动而兴奋不已，或许这些原因都有。

第二位狼人紧跟着第一个后头，依然维持人类的外观，右手拿着刀，直接刺进女孩的身体，往后抽出来又刺进去，随着刀子起起落落，血滴溅在墙壁上，我们既然看得见，表示其中也有灵气（或者类似的东西）。

第一个狼人不认识，但是这家伙的脸孔很熟悉，凯尔·梅尔斯是佛南忠心耿耿的手下，也是什里夫波特市警局的一名警探。

突如其来的攻击在短短几秒钟就结束了，看到玛莉小星受重伤，他们迅速地关门离去，这一场蓄意的谋杀来得又快又急，下手又残酷，让我震惊过度、呼吸急促，她清晰发亮地躺在我们眼前，周围一片狼藉，睡衣和周遭的地板都是血迹斑斑，突然在眨眼当中消失踪影，就此香消玉殒。

我们目瞪口呆地站在那里，两个女巫默不作声，手臂垂在身体两侧，好像临时被切断绳子的木偶，呆滞地站在原处不动。澳大薇亚失声哭泣，老脸上泪水纵横，艾蜜莉亚一副快要呕吐的模样，我全身发抖，连道森的脸色都不太好看，似乎要反胃。

"第一个家伙只变身一半，认不出是谁，"道森开口道，"第二位看起来很眼熟,他是警察,对吧,在什里夫波特市的警察局?"

"他是凯尔·梅尔斯,最好打电话给欧喜德,"我稍微冷静了一下才开口,"等他解决自己的麻烦以后,需要感谢一下这两位女士的辛劳。"欧喜德正在哀悼玛莉小星,哀伤之下或许不会想到这些事情,两个女巫没有谈酬劳就主动帮忙,更应该酬谢她们的费心。她们耗费了很大的力气:两个人虚脱地坐进情人椅上。

"如果各位女士还有力气,"道森说道,"我们最好快点离开这里,免得碰上警察,就在你出现之前五分钟,刑事小组刚完成搜证采样的步骤。"

女巫们振作精神收拾随身的用具,我问道森:"你说欧喜德有可靠的不在场证明?"

道森点头以对。"玛莉小星的邻居一听到公寓里传出零乱的打斗声,立刻打电话报警,随后用电话通知欧喜德。电话号码就在他的手机上面,况且他很快就接听了,后方还有旅馆酒吧客人交谈的声音。此外,现场有两个朋友愿意为他作证,说他的确在酒吧里接到有女子被杀害的电话。那种事情不可能转头就忘了。"

"看来警方试图找出杀人动机。"电视节目通常都这么播的。

"她没有和别人结怨,也没有仇敌。"

"接下来怎么办?"艾蜜莉亚和澳大薇亚勉强站起身来,都是一脸疲惫的模样,道森带我们走出公寓再锁上大门。

"谢谢你们两位,"他先跟两个女巫道谢,然后转向我说:"苏琪,你可以跟我一起去向欧喜德解释刚刚目睹的一切吗?艾蜜莉亚可以开车送范特女士回家吗?"

"呃,当然,如果她可以的话。"

艾蜜莉亚说她可以应付,我把车子的钥匙丢给她。"你真的可以开车吗?"我再一次确定。

她点点头:"可以慢慢开。"

我蹒跚地爬上道森的货卡车,突然领悟这一步只会让自己深深陷入狼人战争的泥沼,随即又想到,反正不会更糟,因为派翠克·佛南的手下已经找上我了。

第七章

　　道森开了一辆道奇公羊的货卡车,车体外观破旧,里面倒是井然有序,虽然不是新车——大约有五年的车龄——引擎盖底下和车厢内部都维持得很好。

　　"你不隶属于任何狼群对吧,道森?"

　　"叫我崔吧,崔·道森。"

　　"噢,对不起。"

　　道森耸耸肩膀,似乎表示没什么大不了。"我向来不是听话的乖份子,"他说,"常常随心所欲,不太遵守命令的层级。"

　　"既然这样,这回你为什么介入?"

　　"因为派翠克·佛南企图逼我关门大吉。"道森回答。

　　"为什么?"

　　"自从佛南买下哈雷摩托车在什里夫波特市的代理权以后,情况就开始变了,毕竟这一带的摩托车修理厂并不多,"道森解释,"所以他就越来越贪婪,想要一人独吞所有的好处,丝毫不在乎谁会因此破产断了活路,当他发现我不肯退缩执意守住店面的时候,就派了几个手下来找我,不分青红皂白地把我毒打一顿,店面也被砸烂了。"

"那些一定都是高手,"我说,难以想象还有谁会是道森的对手。
"你打电话报警了吗?"

"没有,良辰镇的警察对我没什么好感,所以我决定和欧喜德联合
阵线。"

显而易见的,凯尔·梅尔斯一定乐意帮佛南做这种肮脏事,就是他
和佛南一起密谋在狼主擂台比赛上搞鬼作弊,没想到他竟然如此不择
手段地杀了玛莉小星,只因为她和欧喜德谈恋爱,刚刚亲眼目睹的景
像,真的让我大吃一惊。

"你和良辰镇的警察有什么过节吗?"既然谈到警方,我顺便问了
一下。

他哈哈笑起来:"你知道吗? 我以前干过警察。"

"不,"我目瞪口呆,"真的吗? 不是开玩笑?"

"真心话,"他说,"我是新奥尔良的警力之一,但是不喜欢耍政治手
腕,偏偏我的队长是个大混蛋,对不起。"

我严肃地点点头,已经很久没有人因为当面措词不雅而向我道歉,
"嗯,出了什么事?"

"总之事情闹到水火不容的地步,我们在歹徒的家中当场逮捕他,
事后队长指控我暗地里拿走他摆在桌上的赃款。"崔嫌恶地摇摇头。
"虽然很喜欢那份工作,我也只能辞职。"

"是什么原因吸引你呢?"

"每天的工作内容都不一样,没错,就是开车巡逻,这是例行性的任
务,但是每次下车处理碰到的状况都不相同。"

我颇为理解地点点头,就跟在酒吧工作一样,每天都有新鲜的事
情,当然啦,差异的程度或许不像道森开车巡逻的状况那么多。

车子在寂静中行驶了一阵子,感觉崔似乎在盘算欧喜德和佛南争
夺掌控权的胜算有多少,他认为欧喜德能够有玛莉小星和我这样的女
朋友,实在很幸运,不过最幸运的应该是黛比·波特那个贱人突然失踪
的事情。摆脱得真好,他心想。

"现在换我问你问题。"崔说道。

"这很公平。"

"你和黛比·波特失踪的事情有关吗?"

我做个深呼吸。"对,我是正当防卫。"

"太好了,总有人需要那么做。"

我们再次陷入沉默,至少撑了十分钟,虽然不想重复太多过去的历史,不过早在我认识欧喜德之前,他就已经和黛比·波特分手了,我们约会了一段时间,黛比把我当成敌人,试图杀死我,结果被我捷足先登,抢先一步。虽然心底不舒服,但我终于和自己达成协议……不再自责。总而言之,欧喜德自此无法再用相同的眼光看待我,对此谁能怪罪他呢?后来他和玛莉小星开始交往,也算好事一桩。

结果有情人无法终成眷属。

泪水突然涌入眼眶,我转头望着窗户外面,车子经过竞赛跑道和通往皮尔波斯商场的岔路口,又继续往前经过了一两个交流道,崔的货车才转下高速公路的出口。

我们在一片住宅区迂回穿梭了一阵子,崔不时看着后视镜,连我都发现他是在确认没有人跟踪我们,最后突然转进一条车道,停在一栋大房子后面的停车场,旁边还有另一辆小货车。最边上停了一辆日产的小车,还有几辆摩托车,崔忍不住用专家的眼光瞥了好几眼。

"这是谁的地方?"再度问问题让我有些迟疑,但我的确想知道自己的所在地。

"阿曼妲的家。"他让女士优先,我走上后门的台阶,伸手按门铃。

"是谁?"一个含糊的声音问道。

"苏琪和道森。"我说。

大门开得小心翼翼的,阿曼妲挡在门口,里面状况不明。虽然对枪的认识不多,不过她手中的左轮手枪正对我的胸膛,短短两天里面这已经是第二次被人用枪威胁了,我突然觉得浑身冰冷,头晕目眩。

"没问题。"阿曼妲仔细地打量了一番。

欧喜德站在门后面,拿着猎枪预做防备,等我们进门以后才露脸,又一次查看之后才卸下心防，把猎枪摆在厨房餐桌上，跟着坐下来。

"玛莉小星的事情，我非常遗憾，欧喜德。"即使嘴唇僵硬，我还是强迫自己开口，毕竟在近距离底下面对枪管的感觉实在是胆战心惊。

"我还没有感觉，"欧喜德的语气木然而冷淡，我猜他指的是女朋友横死的后坐力还没有影响到他。"我们刚在考虑同居的问题，果真那样或许可以救她一命。"

沉迷于假设性的问题根本于事无补，不过是又一次折磨自己，单单真实发生的事情已经够凄惨了，何必再跟自己过不去。

"我们知道是谁下的毒手，"道森才一开口，室内就一阵窃窃私语。屋里的狼人多过我的预料——现在我察觉出来了——听见道森的说词，他们各个全神贯注地竖起耳朵。

"什么？怎么知道的？"虽然不在视线内，但我知道欧喜德站起身来。

"她找女巫朋友使出灵术重建的魔法，"崔朝我的方向点点头，"我亲眼看见的，杀手是两名男性，一个不认识，显然是佛南从外地引进来的狼人，第二位是凯尔·梅尔斯。"

欧喜德的大手激动地握成拳头，似乎不知道要由何处发作，他的反应太多了。"佛南雇用人手，"欧喜德终于找到切入点。"所以我们享有当场诛杀的权利，只要抓一个过来当人质盘问，逼他吐露就行了。然而不能带来这里，会惹人注意，崔，哪里比较好？"

"狗毛酒吧。"他回答。

阿曼妲一听面有难色，毕竟那是她苦心经营的酒吧，当然不乐意那里被当成处决地或是刑讯的处所，阿曼妲开口要抗议，欧喜德脸色一沉，对着她大声咆哮，扭曲的五官一点都不像他的本相。阿曼妲畏缩地同意了。

接下来欧喜德抬高嗓门宣布："凯尔·梅尔斯是当场诛杀的对象。"

"他是族群的成员，需要经过审判的过程。"阿曼妲冲动地提醒，随即又畏首畏尾，欧喜德无言的怒吼果然冲着她而来。

"你都没有问是谁企图刺杀我。"我试着缓和现场的气氛，如果这行得通的话。欧喜德即使勃然大怒，但依然保持教养，并没有立刻提醒我还活得好好的，玛莉小星却命丧黄泉，也没说他爱玛莉小星的程度远比对我的关心还要多——虽然两个念头双双从他脑中一闪而过。

"他也是狼人，"我说，"大约五英尺十英寸高，二十几岁，脸颊刮得很干净，棕色的头发，蓝眼睛，脖子上有一大块胎记。"

"噢，"阿曼妲说道，"感觉很像是佛南修理店里面新来的修车技工，上星期才来的，外号叫幸运欧文，哈！你当时和谁在一起？"

"我和艾瑞克·诺斯曼在一起。"

一时之间室内笼罩着寂静而不太友善的气氛，毕竟狼人和吸血鬼向来彼此抗衡，就算不是敌人也是对手。

"所以那家伙呜呼哀哉了？"崔问得很实际，我点点头。

"他怎么找上你的？"欧喜德勉强用理性的声音问道。

"这个问题很有趣，"我说，"当时在州际公路上，艾瑞克从什里夫波特市开车送我回家，我们一起去那里的餐厅用餐。"

"谁会知道你当时在那里，和谁在一起？"欧喜德低头瞪着地板沉思，阿曼妲发问道。

"又有谁知道你昨天晚上经由州际公路回家呢？"我对崔·道森的评价真的越来越高，他的思考模式非常实际，问题问得恰到好处。

"我只跟室友提过要出去用餐，没有讲地点，"我答道，"餐厅里还有一位第三者，但他没有嫌疑，艾瑞克会在场是因为他充当司机，但我非常肯定艾瑞克和另一个人不可能泄露消息。"

"你怎能如此肯定？"崔问道。

"为了保护我，艾瑞克用身体挡下那颗子弹，"我说，"至于他带我去见的那个人是我的亲戚。"

阿曼妲和崔对我的家庭背景不够了解，不明白这句话的重要含意，但欧喜德了解得比较深入，他瞪大眼睛说："这是你捏造的。"

"不，我没有。"我不甘示弱地瞪回去，即使这一天对他而言痛苦不堪，但我不需要跟他交代我的私人生活。某个念头突然一闪而过——"嗯，我想起来了，餐厅的侍者是狼人。"这样一来谜底就呼之欲出了。

"是哪家餐厅？"

"波伊森法式餐厅。"我的法文口音不太标准，但是在场的狼人都点头。

"肯达尔在那里工作，"欧喜德说道，"肯达尔·康特，一头红褐色的长发。"我点头证实，他一脸伤心的表情。"我还以为肯达尔会站在我们这一边，我们曾经有几次一起喝啤酒聊天。"

"他是杰克·康特的长子，不过举手之劳稍微拨个电话就够了。"阿曼妲说道，"或许他不知情……"

"这不是借口。"崔说道，深沉的嗓音在小小的厨房里回荡。"肯达尔一定知道苏琪的身份，狼主竞赛以后她就无人不知无人不晓，号称族群之友，可是他不但没有通报欧喜德说苏琪在我们的势力范围内，需要被保护，反而跟佛南告密，透露苏琪的位置，或许连几点离开都说了。幸运欧文当然有充裕的时间在那里守株待兔。"

我很想反驳事情的发展不尽然是这样，可是转念一想，这些推论和事实就算不是完全符合，至少也相距不远，不过为了确定，我还是打电话给艾蜜莉亚，问她是否曾经跟任何人说过昨天晚上我去了哪里。

"没有，"她说，"我跟澳大薇亚聊过，她根本不认识你。还有一通电话是豹人打来的，我们曾经在你哥哥的婚礼上碰过面，相信我，我们对话的内容绝对和你无关。另外就是欧喜德，他的语气很沮丧，至于坦雅，我什么都没说。"

"谢谢你，"我说，"你的力气恢复了吗？"

"嗯，感觉好多了，澳大薇亚已经回蒙罗市去找她投靠的家庭。"

"好吧，我们回头见。"

"你要赶回来上班吧？"

"当然，我一定得回去上班，"为了去罗兹市我已经请假一个星期，目前这一阵子只能乖乖地按照既定的排班表工作，否则会惹恼其他的女招待，当面跟我抗议萨姆偏心，只让我一个人休息。我挂断电话。"她没有告诉任何人。"

"所以你——跟艾瑞克以及另一个男人，在一家高档餐厅悠闲地吃了一顿晚餐。"

我不可置信地看着他，这句话实在太离谱，我立刻全神贯注地探索，这么混乱的心智状态是我以前不曾深入过的，欧喜德不只为玛莉小星的惨死悲痛欲绝，还因为没有保护她，心底充满内疚感，也对我无端地被扯入冲突当中勃然大怒，此外，还非常急切地想要敲破别人的脑袋来发泄心中的恼怒，单单这些情绪还不够，欧喜德——毫无理性的——痛恨我跟艾瑞克一起出门。

出于对落寞的尊重，我试着闭上嘴巴不要反驳，毕竟这种五味杂陈的情绪我也有过，但实在忍耐够了，突然间我对他厌倦到了极点。"好吧，"我说，"这是你的战役，和我无关，你一开口我就来了，不论是狼主的竞赛或是今天的事情，我都不计代价应邀来帮助，去你的，欧喜德，或许佛南比你更胜一筹。"我猛一转身大步走出厨房的时候，看见崔·道森瞪着欧喜德的眼神。我走下台阶来到停车场，如果当下有空罐子，一定被我踢得老远。

"我送你回家。"崔突然现身在旁边，我一言不发地走到货卡的车门旁边，暗暗感激他提供了离开这里的方法，因为刚刚冲出门的时候，我完全没想到下一步该怎么办，万一还得跑回去找电话簿招计程车，那就糗大了。

黛比的灾难过后，我深信欧喜德是真的讨厌我，结果显然不只是厌恶而已。

"真的有点讽刺，不是吗？"沉默半晌之后我才开口。"昨天晚上我差点挨子弹，是因为佛南相信杀了我可以伤害欧喜德，但在十分钟之前，我简直可以发誓他弄错了。"

崔一脸为难，似乎宁愿因为切洋葱辣得掉眼泪也不愿意面对这个话题，沉默了一阵子才开口："欧喜德的表现就像智障的蠢蛋，不过他真的焦头烂额，一堆烦恼。"

"我了解。"我闭上嘴免得多说多错。

结果那天晚上我真的准时去工作，换衣服的时候满心懊恼，用力一扯，差点把裤子拉破了，连梳头发的力道都比平常大很多。

“男人都是混蛋，把人搞得头昏脑涨。”我跟艾蜜莉亚抱怨。

“没错，”她说，“今天我到处搜寻鲍伯的踪影，发现树林里竟然有一只母猫生了一窝小猫，结果你猜怎样？竟然都是黑白相间的花猫。”

我听了哭笑不得，真不知道要说什么。

“该死，我何必再信守对他的承诺？从现在开始我也有享乐的权利，他可以交配，我当然也可以，假如又跑到床上呕吐，我就要拿扫把对他不客气。”

我试着不要直视艾蜜莉亚的脸庞，努力用平静的语气回答，“我不怪你，”宁愿徘徊在爆笑的边缘，总比气得想揍人一顿好。我拿起皮包，对着浴室的镜子查看马尾巴绑得好不好，接着从后门离开，开车去莫洛特上班。

才跨进员工入口，甚至没开始工作，我就已经有一种身心俱疲的感受，这实在不是一种好现象。

把皮包放进抽屉的时候，没看到萨姆的人影，一路经过走廊、办公室、储藏室和厨房（多数的时候厨房的门都从里面反锁），最后看到萨姆站在吧台后面，我一边系上白色的围裙，一边对他挥手示意，同时把点餐的小册子和铅笔塞进口袋里，左右张望地搜寻预备交班的艾琳和我负责服务的区域。

没看还好，一看心情就往下沉，看起来今晚是不得安宁了，几位穿着太阳兄弟会 T 恤的混蛋盘踞了其中一张桌子。太阳兄弟会是一个手法激进的组织，认定吸血鬼天生就罪该万死，跟恶魔同一类，所以应该被处决。太阳兄弟会的“传道士”当然不会公开这么说，但他们的确不断地鼓吹要全面根绝活死人。甚至听说他们还出版了一本小手册，指导成员要如何执行这个目标。罗兹市的爆炸事件之后，他们的憎恨行动更加胆大妄为。

随着数以百计的吸血鬼涌入这个无疑是世界上对他们接受度最高、最友善的国家，美国人奋力地调适和接纳一些他们无法理解的事物。而太阳兄弟会的组织也不断在扩大，自从某些天主教盛行的国家采纳了一发现吸血鬼就击杀的政策，美国也开始接受那些受到宗教和政治迫害的吸血鬼难民，结果这项政策引发了强烈的反对。最近就看到一张汽车贴纸，内容是，"只有在你从我撕裂的喉咙处扳开我冰冷手指的时候，我才会说吸血鬼活着。"

我向来轻视那些太阳兄弟会份子，把他们当成无知又难以容忍的一群，不过在酒吧里面，这个话题和堕胎的争议、枪支管制以及军中同性恋的议题一样，都被我归为同一类，尽量不参与讨论。

当然啦，艾琳的想法或许和我不一样，她把太阳兄弟会份子当成朋友，却和我形同陌路，软耳根的她对太阳兄弟会那种假冒伪善的宗教教义毫无抵御和辨别的能力。

艾琳走出后门之前，板着脸，三言两语地描述了一下今晚顾客的状况，我目送她下班，纳闷她的孩子最近怎么样，以前我常当临时保姆，为她照顾小孩，现在他们如果听信母亲的话，大概也会恨我吧。

我摇摇头，甩掉忧郁的情绪，因为萨姆花钱不是雇我来阴阳怪气的，我逐步去服务顾客，递送饮料，确保每个人都有足够的食物，替掉了叉子的女人换上干净的餐具，拿了额外的餐巾纸给鲶鱼，他一面吃鸡柳条，一面和坐在吧台上的客人聊天。我服务太阳兄弟会的顾客和其他的一视同仁，他们似乎也没有特别留意我的存在，这样也好，或许他们终究会平和地离开，不致引发任何的麻烦，没想到事与愿违，帕梅拉突然走了进来。

帕梅拉像纸张一样的苍白，面貌宛如《绿野仙踪》里面的爱丽丝，如果小女孩有机会长大变成吸血鬼的话，大概会是这副模样。尤其今天晚上，她特意用一条蓝色发绳绑住又直又细的长发，平常都穿裤装的她，今天一反常态地穿了洋装，即使看起来有点像《天才小麻烦》①电视剧里面演吸血鬼的角色，依旧显得可爱动人，她的衣领和灯笼袖的部分镶着雪白的花边，前方一排白色小纽扣，搭配裙子上的大圆点，只是没有穿丝袜，不过以她那种惨白的肤色而言，无论买什么颜色的丝袜搭起

---

① 《天才小麻烦》，上世纪50年代播出的美国电视剧，主角是个常常惹麻烦的小男孩，1997年改编成同名的电影。

来都会怪怪的。

"嘿,帕梅拉。"我招呼道,看着她走一直线朝我而来。

"苏琪。"她温馨地回应,像雪花一般轻轻地吻一下我的脸颊,嘴唇感觉起来冰冰的。

"什么风把你吹来的?"我问道,晚上的时间帕梅拉通常在尖牙同盟酒吧忙得不可开交。

"我来约会,"她说,"模样看起来还可以吧?"她转了个圈。

"噢,当然,"我回答,"你一直都很漂亮,帕梅拉。"这是实话,虽然帕梅拉的衣着品位通常都非常保守,甚至更老旧而且不合时宜,但似乎颇有个人独特的风格,带着一种甜美但会置人于死地的魅力。"哪一位幸运的男士有如此的荣幸呢?"

她流露出两百岁的吸血鬼还能拥有的戏谑表情。"谁说一定是男士?"她说道。

"噢,对,"我左右张望了一下,"究竟是哪一位幸运人士?"

正当此时,我的室友艾蜜莉亚走了进来,美丽的黑色亚麻长裤、高跟鞋,乳白色毛衣,再配一对琥珀色的玳瑁耳环达成整体的效果,看起来有点保守,但还算有现代感。艾蜜莉亚朝我们而来,对着帕梅拉微笑。"你点饮料了吗?"

我从来没见过帕梅拉露出过这样的微笑,感觉有点……腼腆,羞答答的。"还没有,等你一起。"

她们双双坐在吧台前面,由萨姆服务,两个人旋即打开话匣子,聊得很开心,饮料喝完以后,就起身预备离开。

出门之前从我身旁经过,艾蜜莉亚说道:"见面再聊啰。"——这是她告诉我今晚很可能不回来的方法。

"没问题,祝你们玩得愉快,"我说。在场的男士不止一个人目送她们离去的背影,如果眼角膜也像玻璃一样会蒙上一层雾气的话,酒吧里的男人大概各个都会视线模糊,看不清楚。

我再一次巡视自己负责的桌子,送上新点的啤酒,替另一张桌子结账,最后才到那两个穿着太阳兄弟会 T 恤的顾客旁边,他们依然瞪着大门口，似乎期待帕梅拉随时会蹦进来轻蔑地大喊一声："呸！"

"是我眼花吗？还是我看见的跟我想的一样？"其中一个转头问我，他大约三十几岁，胡子刮得很干净，一头棕发，长相很普通。另一位如果只有我和他一起搭乘电梯的话，我一定会小心戒备的，他身材瘦削，下巴有一圈胡碴，身上的刺青让人联想到关在监狱里的黑道大哥，无独有偶的还在脚踝上绑了一把刀，这一点是我从他脑袋里听见他身上有武装的时候，一眼就瞥见了的。

"你认为自己看见了什么？"我娇滴滴地反问，棕色头发的家伙认定我头脑简单又愚蠢，这样的掩饰还不错，显然艾琳还没有沦落到把我所有怪异的小秘密都全盘托出，因为找遍良辰镇，没有人会承认（如果选个星期天，你站在教堂门口随机发问）有读心术这档事存在。不过如果换成星期六晚上站在莫洛特酒吧外面询问，他们大概会说不无可能。

"我好像看到一个吸血鬼大剌剌地走进来，好像她有权利出现在这里一样。随后又看见一个女人高高兴兴地跟她一起离开，若不是亲眼看见，真的会不敢相信。"他看着我寻求认同，想要确认我是否和他一样的不爽，监狱大哥当然是点头如捣蒜。

"对不起——你看到的应该是两个女人一起走出酒吧，这有什么好奇怪的？搞不懂你的问题在哪里。"我当然是心知肚明，只是有时候得演演戏假装一下。

"苏琪！"萨姆突然叫我。

"两位先生还需要什么吗？"毫无疑问的，萨姆正试图唤醒我的理性，我如梦初醒地问。

他们两个一脸怪异地盯着我瞧，正确无误地推论出我跟他们是道不同不相为谋。

"不用了，我们正预备离开，"监狱大哥说道，显然希望我因为赶走花钱的客人挨一顿排头。"已经结账了吗？"老早就预备好了，我把账单放在中间，他们分别瞄了一眼，将十元美钞压在上面，推开椅子站起来。

"等一下，我马上找零钱过来。"我转身走开。

"不用找了。"棕头发的家伙粗声粗气地说，似乎对我的服务不太满意。

"一对混蛋。"我咕哝地走向吧台的收银机。

萨姆说道:"苏琪,你必须忍耐。"

我看着萨姆,一脸错愕的表情,我们两个人一起站在吧台后面,他正在调一杯伏特加可林,眼睛盯着手指的动作,速度维持不变,静静地说:"你必须一视同仁地服务,把他们当成一般的客人。"

萨姆通常把我当成信任的同僚而不是受雇的员工,这一次却一反常态,让人很受伤,而且让我更难过的是,我知道他是对的。毕竟以刚才的状况,表面上我是彬彬有礼,暗地里却很不爽。如果不是因为他们身上穿着太阳兄弟会的 T 恤,我会(理所当然的)硬生生地咽下他们的论断,不予置评。莫洛特不是我的酒吧,萨姆才是老板,万一客人不上门,他得承担损失的后果,假如最后被迫关门大吉,要解聘女招待的话,我也会尝到苦果。

"对不起。"我说,虽然这句话说得很辛苦,勉强对着萨姆露出灿烂的笑脸,多此一举的再度去巡视我负责的区域,这一轮或许可以说从殷勤的服务跨界到几近打扰的程度,但如果不这样,而是躲进员工洗手间或是公共厕所的话,我肯定会委屈地痛哭,因为一方面被人责备,另一方面知道自己做错的感觉很痛苦,况且最让我难过的,是被人教训一顿,告知不要忘记自己的身份。

那晚酒吧打烊的时候,我尽可能匆促而安静地离开,心里明白自己必须克服受伤害的感觉,疗伤的地点最好是在家里。我不想和萨姆再来一段"交心"的谈话,也不想和任何人提及。不幸的是,霍莉满怀好奇地盯着我打量。

我只好仓促地离开,连围裙都来不及脱,就拿着皮包走到停车场,发现崔斜倚在车子上,我一时来不及反应,吓了一跳。

"把你吓住了?"他问。

"不,只是沮丧而已。"我说道,"你在这里做什么?"

"我要跟你的车回家,"他说,"艾蜜莉亚在吗?"

"没有,她去约会了。"

"那我肯定要先进门去检查。"彪形大汉说道,爬上货卡车一路尾随我开上蜂雀路。

放眼望去似乎找不到反对的理由,事实上,有人作陪的感觉还不错,况且又是一个值得信任的人。

房子的状况跟我离开——精确的说法是艾蜜莉亚离开——的时候一样,屋外的安全灯自动开启,厨房洗水槽上方和后阳台的灯都亮着,我拿出钥匙,走向后门。

正要转动门把的时候,崔的大手扣住我的手臂。

"屋里没人。"我已经用自己特有的方式检查过了。"还有艾蜜莉亚的咒语保护。"

"你留在这里,让我先进去查看。"他温柔地说,我只好点头同意,几秒钟的寂静过后,他才开门说我可以进去了,我本来预备跟着他一起去查看屋里其他的地方,他却开口提议:"如果可以的话,我想要来一杯可乐。"

他用待客之道这一招让我打消了尾随他一起检查的念头,如果当场拒绝请他喝饮料,奶奶一定会拿苍蝇拍打我的头。

当他回到厨房来宣布屋里没有侵入的迹象时,我已经为他准备好加了冰块的可乐,外加一份三明治和餐巾纸。

崔一言不发地坐下来,把纸巾铺在大腿上,拿着三明治和可乐大快朵颐,我端着饮料在对面坐下来。

"听说你的男朋友失踪了。"崔拿起纸巾擦嘴巴。

我点点头。

"你认为他怎么了?"

我稍微解释了一下整个情况。"从此他就无声无息了。"我做出结论,整个故事好像被制成录音带一样,几乎是自动播放。

"真可惜。"他这么说,用一种安静而且一点也不戏剧化的讨论方式来处理相当敏感的话题,不知怎么的,给我感觉似乎好多了。沉思了一分钟之后,崔又补了一句:"希望你很快就听到他的消息。"

"谢谢你,我也很想知道他究竟怎么了。"这种说辞算是非常的保留。

"呃，我该离开了，"他说，"如果你晚上一个人觉得不安的时候，可以打电话，我会在十分钟之内赶到。战火一起，你一个人在这里不安全。"

这番话勾起一幕影像，仿佛有一排战车朝我家的车道开过来。

"你认为状况会很糟糕吗？"我问道。

"老爸跟我提过上一次战争的事情，当时他父亲的年纪还很小，什里夫波特市的狼群和蒙罗市的族群宣战，那时候什里夫波特市的族群连'半吊子'在内，大约有四十位。"半吊子是狼人的专有名词，用来形容那些因为被咬而变成狼人的类别，他们只能变到半狼半人的程度，永远无法像天生的狼人一样，达到完美无瑕的狼形。"不过蒙罗市的狼族包含一群大学生在内，大约有四十到四十五位，结果战争结束，双方几乎都折损一半的人数。"

我想到那些熟识的狼人。"但愿战事现在就停止。"

"不可能的，"崔的回答很务实。"他们已经尝到鲜血的气味，况且避开欧喜德本人，反而朝他的女朋友下手，无疑是用一种懦弱的方法来开启战火，然后又试图对你开火，结果只会更糟糕。你连一丁点的狼人血统都没有，又是族群之友，这些应该给你一个无可侵犯的地位，绝对不是当成箭靶的。然而在今天下午，欧喜德发现克莉斯汀·赖若比也惨遭杀害。"

我再一次目瞪口呆，震惊至极，克莉斯汀·赖若比是——曾经是——前一任狼主的遗孀，在狼人社区里具有崇高的地位，后来非常勉强地为杰克森·哈韦亚斯竞争狼人领袖的身份背书，现在遭到秋后算账的下场。

"怎么专找女性，不对男人下手？"我终于开口。

崔阴沉的表情充满轻蔑。"嗯。"狼人说道，"唯一解读的方式，就是佛南想让欧喜德脾气失控，把大家逼到一触即发的程度，自己一个人保持沉着和冷静，现在看起来他快达到目的了，因为欧喜德介于悲伤和备受侮辱的情绪当中，随时会擦枪走火，虽然他应该像狙击手一样保持冷静的头脑。"

"佛南的策略不是很……反常吗？"

"是啊，"崔沉重地说，"我也搞不懂他是怎么一回事，显然是不想亲自和欧喜德面对面冲突，就我所知，他不只想打败欧喜德，还想歼灭所有和他有关联的人，几个狼人还有一些有小孩的，都已经重新宣誓对他效忠，经过那些攻击女人的行动，他们都非常担心他会对小孩采取怎样的举动。"狼人站起身来。"谢谢你的招待，我必须回家去喂狗，等我离开以后，记得锁好大门，听见了吗？你的手机呢？"

我把手机交给他，崔的手脚很大，动作却是出奇的敏捷，干净利落的把自己的手机号码键入我的通讯录里面，接着挥挥手就转身离开了。他的家就在摩托车修理厂旁边，听他估计说从这里到他家只有十分钟的路程，让我松了一口气。我先锁好大门，再检查厨房的窗户，果不其然，艾蜜莉亚在下午开了其中一扇窗忘了关，因此我不得不检查屋里所有的窗户，连楼上的都不放过。

检查完毕，我勉强有了些安全感，开了电视，坐在电视机前面，其实我心不在焉，不知道电视的内容是什么，心里要想的事情太多了。

几个月以前我应欧喜德的要求去参加狼群领袖的擂台赛，留意作弊的情况。结果很不幸，我的出现引发众人的注意，而我发现佛南作弊的手段也被公开了。这时候我才突然想到，我被扯进一场不相干的战争里面，其实是因为欧喜德的缘故，认识他所带来的只有悲伤，别无其他好处。

这种不公平的待遇终于激起一股怒火，让我几乎松了一口气，但是善良的一面催促我及时扑灭星星之火，毕竟黛比·波特意图杀人并不是欧喜德的错，至于派翠克·佛南在擂台赛里面耍手段也不能归咎于他，因此，佛南采用血腥和不合常理的方式来巩固自己在族群里的地位，始作俑者也不是欧喜德，我忍不住纳闷这种行径非常不像狼的天性。

只能说是派翠克·佛南个人的作风。

电话突然响起，吓得我差一点就跳到一尺高。"哈啰？"我掩不住害怕的语气,心里很生气。

"狼人哈韦亚斯打电话通知我,"艾瑞克说道,"证实他和族群的领袖已经宣战了。"

"是啊,"我说,"你竟然需要找欧喜德证实?难道我的信息还不够吗?"

"因为你遭受攻击的原因,除了可能是被欧喜德连累之外,我还想到另一种可能性,相信奈尔也提到他有很多敌人存在。"

"嗯——哼。"

"不知道其中之一是不是也迅速采取行动,如果狼人有眼线,精灵界肯定也有间谍。"

我想了一下。"因此,他想认识我的举动,也可能间接引发别人杀我的动机。"

"幸好他老谋深算,要我护送你从什里夫波特市来回。"

"即使他拿我的性命冒险,现在却成了我的救命恩人?"

电话彼端一片寂静。

"事实上,"我跳到比较坚固的情绪上。"我更感激你救我一命。"我有点期待艾瑞克会接下去问我有多感激,同时提到那一吻……结果他继续一言不发。

正当我要脱口而出,说一些蠢话来打破沉默的气氛时,吸血鬼终于开口了——"唯有要护卫我们的利益,或是为了保护你,我才会介入狼人的战争。"

这回换成我无言以对。"好的。"我答得有气无力。

"如果再有麻烦上门,或是他们企图再把你牵扯进去,你要立刻通知我。"艾瑞克吩咐道,"我相信杀手真的是狼人领袖派来的,毕竟他是狼人。"

"根据我的形容,欧喜德的某些朋友似乎认识那个家伙,听说好像叫做幸运什么的,他是佛南最近刚刚雇用的技工。"

"奇怪,他竟然会把这么重要的任务托付给一个刚认识不久的对象。"

“谁想到那家伙这么不幸。”

艾瑞克哼了一声，接下去说道：“我不会再跟奈尔提到相关的细节，当然啦，我已经把事情的经过跟他说了。”

想到奈尔没有兼程赶到我身旁，或是打电话问候我是否平安无恙，我心底在一瞬间难过起来，真的有点荒谬，毕竟只见过一次面，现在竟然因为他没有像个嘘寒问暖的保姆而感伤。

“好的，艾瑞克，谢谢你。”听到他说再见，我挂断电话，刚刚应该再问他钱的事情，因为心情沮丧而忘记了，再者，这并不是艾瑞克的问题。

当晚预备上床的时候，我一直都很惶恐，心惊胆战的，幸好没发生什么让我更精神紧张的事件，其间我至少提醒自己五十遍，艾蜜莉亚已经施咒语保护这个房子，无论她在不在家，咒语都会发生功效。

况且门上的锁很牢固。

我很疲倦。

最后我终于睡着了，半夜不只醒来一次，搜寻杀手的踪影。

第八章

　　第二天起床的时候我的眼皮很沉重，整个人昏昏沉沉、头又痛，这种现象应该可以称为情绪的宿醉，看来必须做个改变才行，这样的晚上不能再来一遍。心里纳闷要不要打电话找欧喜德，看他……呃，是否预备好要长期抗战，或许也替我留个角落？可是一想到必须这么做自己才有安全感，我又忍不住生闷气。

　　一个念头不住地闪过我的脑海——如果昆恩在这里，我就可以留在家中，不必担心受怕。在这一刻，我不止担忧受伤男友失踪的事情，还生他的气。

　　其实我只想随便找个人发泄脾气，放松紧张的情绪。

　　呃，这是非常特别一天的开始，不是吗？

　　艾蜜莉亚不见人影，只能假设她和帕梅拉一起过夜，对于她们交往的事情，我当然没意见，只希望在自己孤单和害怕的时候能够有她陪伴，而今她不在，等于是在我的风景画的构图里面留下部分的空白。

　　至少今天早晨的空气比较凉爽，显然在预告秋天的到来，似乎秋色已经布满地平面，随时预备蹦出来占据树叶、青草和花朵。我在睡衣外面披了一件毛衣，走到屋前的阳台喝今天的第一杯咖啡，聆听虫鸣鸟叫声，感觉它们不像春天的时候那么吵闹，不过那叽叽喳喳的叫声让我确信今早树林里面没有反常的事情。喝完咖啡，我试着计划一整天的行程，结果不太顺利，好像碰到路障一样，毕竟一旦怀疑有人企图杀你，还要做计划实在有点困难。如果可以把自己从立即死亡的威胁里抽离的话，我需要吸一楼的地板、洗衣服，然后去图书馆，如果能够做完这些杂事，之后就得去上班。

不知道昆恩在哪里。

天晓得什么时候还会再听到最近刚现身的曾祖父的消息。

不知道昨天晚上还有没有其他狼人死亡。

谁晓得电话什么时候会响。

既然阳台上没有异状，我慢吞吞地走进屋里，开始早晨例行性的琐事，结果一照镜子，立刻为自己的形象感到遗憾，整个人看起来一点也不神清气爽，反而忧心忡忡、一副睡眠不足的模样，只好抹上遮瑕膏来掩饰黑眼圈，再特意加强眼影的部分，最后用腮红增加脸部的红润，没想到适得其反，活脱脱像个小丑，决定擦掉大部分。喂过鲍伯，也为了野猫的事情把他责备了一顿，我又一次检查所有的门锁，跳进车子开往图书馆。

雷那郡图书馆位于良辰镇的分馆规模不大，图书管理员芭芭拉·贝克毕业于洛斯顿的路易斯安那理工大学，大约三十几岁，是个超级好人，她丈夫艾尔西是良辰镇警察局的警探，老实说，但愿芭芭拉对她丈夫的事情一无所知，艾尔西·贝克那个硬汉……偶尔会做好事，但坏事也不少，能够娶到芭芭拉这么好的女人，算他走运，他自己心知肚明。

芭芭拉是图书分馆唯一一位全职的员工，推门进去的时候发现只有她一个人是司空见惯的事情，现在她忙着把书归回书架上。她的衣着很轻便，颜色鲜明，搭配同色系的鞋子，珠宝部分比较偏好夸张大胆的设计。

"早安，苏琪。"她面带微笑。

"芭芭拉，你好。"我试着回以笑容，她注意到我和平常不同，但是没说出口。其实不尽然啦,我的小缺陷还是存在。我把预备归还的书籍放在桌子上,开始寻找上架的新书,大多数的内容都是自助系列,如果从这些书籍畅销和受欢迎的程度以及频繁的借阅率来判断的话,截至目前,良辰镇所有的居民应该都达到完美的境界。

我抓了两本新出版的浪漫小说和一些悬疑小说,再加一本很少涉猎的科幻小说(这大概是因为我的现实世界已经比大多数科幻小说的幻想内容更加疯狂悬疑),当我正好在阅读某个小说的封面简介,试着了解一个从来没看过的作者时,突然听到后面铿的一声,知道有人从图书馆的后门走进来,当时没有多加留意,因为有些人习惯从图书馆的后门进出。

芭芭拉发出声响,我抬头一看,站在她背后的男子身材魁梧,至少六英尺六英寸,瘦得像竹竿一样,手里拿着一把刀横在芭芭拉的咽喉上,短短的一瞬间我以为是抢匪,心里还在纳闷哪个疯子会来图书馆抢劫,难道要来抢逾期归还书籍的罚金吗?

"不要叫。"他嘶哑地命令,牙齿又尖又长,我浑身一僵,芭芭拉已经害怕到无以复加的程度,陷入极度的恐慌,不过馆内还有另一个脑波在活动。

某人正安安静静地从后门走进来。

"如果你敢伤害他的老婆,贝克警探不会放过你。"我大声地说,语气十分肯定。"赶快滚吧!"

"我不知道那是谁,也不在意。"高个子说。

"你最好要在意,混蛋东西!"艾尔西·贝克悄无声息地站到背后,拿枪指着他的后脑。"现在快点放开我太太,把刀子丢在地上。"

偏偏大尖牙不打算束手就擒,反而猛然转身,把芭芭拉推向艾尔西,直接举起刀子朝我冲过来。

我把娜拉·罗勃特[1]的精装本小说丢过去,精准地打中他的脑袋,

---

[1] 娜拉·罗勃特,美国著名畅销书作家,至少出版了 165 本浪漫小说,J. D. Robb, Jill March, Sarah Hardesty 都是她的笔名之一。

再把脚伸出去,书本的打击让他暂时看不清楚,恰好符合我的预料,被我横出去的脚绊倒在地上。

没想到他刚好倒在自己的刀子上,这一点不在我计划的范围内。

图书馆里面突然一片死寂,只听见芭芭拉喘息的声音,艾尔西·贝克和我一起低头瞪着一摊鲜血从男子的身体下方流了出来。

"噢噢……"我说。

"啊啊啊……见鬼了,"艾尔西·贝克说道,"苏琪·斯塔克豪斯,你从哪里学来这一招的?"

"垒球比赛。"我说,表面上是这样没错。

结果可以想象得出来,那天下午的上班当然就迟到了,搞得我比早上的时间还疲倦,不过应该可以活过这一天。截至目前,命运已经一连两次地介入,阻止杀手谋杀我的企图。我必须假设大尖牙跟伪装的高速公路巡警一样,也是被派来对我下手的,只不过笨手笨脚地搞砸了任务。或许事不过三,好运气也会用完,不过也有可能继续走运下去,毕竟有个吸血鬼为我挨子弹,或者出于巧合,艾尔西·贝克的太太把午餐放在厨房的料理台上,警探临时决定替她送过来。但这几率能有多大呢?应该很小,不是吗?结果两次都被我碰到了。

无论警方正式宣称的内容是什么(毕竟我不认识那个家伙,也没有人能说是我熟识的——况且他抓的是芭芭拉不是我),但艾尔西·贝克已经注意到了,随时在监看我的行动;他果然精于判断现场的端倪,看出大尖牙的目标是我,芭芭拉不过是对方要引起我注意的手段。即便不能归咎于我,但是艾尔西·贝克铁定不会轻易地放过我,况且我丢书的力道和准确度也很令人疑惑。

换成我是他的话,或许有同感也说不定。

此时在莫洛特酒吧,我疲惫地重复例行性的工作,暗暗纳闷接下来要去哪里,该怎么做,还有派翠克·佛南究竟哪根筋不对劲,这些陌生人又是从哪里找来的?我不认识那个在玛莉小星家里破门而入的狼人;至于对艾瑞克开枪的家伙,也不过到派翠克·佛南的修理厂上班短短几天而已;那个大尖牙又是陌生的脸孔,他的长相绝不是那种让人过目就忘的类型。

整个状况都叫人摸不着头绪。

我突然灵机一动,既然今晚负责的区域相当冷清,干脆问一下萨姆可不可以趁机打个电话,他点头同意。今天晚上他一直眯着眼睛在打量我,那种眼神意味着很快就要抓住机会找我聊一聊。幸好眼前还有喘息的空间,我进了萨姆的办公室,拿出什里夫波特市的电话簿查看,找到派翠克·佛南的家庭电话,直接打电话给他。

"哈啰?"

这个声音我认得。

"派翠克·佛南吗?"还是要确认一下。

"我就是。"

"你为什么要企图杀我?"

"什么?你是哪位?"

"噢,别装了,我是苏琪·斯塔克豪斯,你为什么要这么做?"

一段冗长的沉默。

"这是你设的陷阱吗?"他问道。

"怎么可能?难道你以为有电话录音?我只是想知道原因,毕竟我跟你又没有过节,也没有再和欧喜德约会,没想到你还是不肯罢手,仿佛我是什么有权有势的对手一样。你不仅杀了可怜的玛莉小星,克莉斯汀·赖若比也遭了毒手,究竟是怎么一回事?我不过是个无名小卒。"

派翠克·佛南缓缓地开口:"你真的认为是我做的吗?狠心杀害族群的女性?连你都不放过?"

"当然。"

"你错了,不是我,玛莉小星的事情我是从报纸上看到的,克莉斯汀·赖若比也死了?"他听起来有点惊慌。

"对。"我开始跟他一样,语气有些犹豫。"某人接连两次试图对我下手,在交叉的战火下,恐怕有无辜的人会受到连累,而我当然不想死。"

佛南说道:"我的妻子昨天失踪了,"他的语气透露出悲伤和恐惧,还有怒气。"是被欧喜德抓走的,我要叫那个浑账付出惨痛的代价。"

"不可能是欧喜德。"我说。(呃,我相当确信他不会做出这种事情。)"你刚刚是说,下令攻击玛莉小星、克莉斯汀·赖若比和我的人都不是你吗?"

"当然不是,为什么要针对妇女?我们向来不愿意杀死血统纯正的狼人妇女,或许只有阿曼妲例外。"佛南毫不避讳地补充了一句。"如果真要下手的话,我们会针对男人。"

"看来你和欧喜德必须坐下来聊一聊,他没有绑架你太太,何况他也认为你攻击妇女是极尽疯狂的举动。"

一阵漫长的寂静之后,佛南说道:"关于坐下来一谈的建议,我想是对的,除非你是处心积虑地捏造这一切,只为了设下让欧喜德杀我的陷阱。"

"我只想好好地活着看到下星期的太阳。"

"我愿意和欧喜德碰面,只要你同意也在现场,并且发誓要把一方的真正想法告诉另一方,因为所谓的族群之友,是泛指族群的每一个人,现在你可以帮忙解决这个问题。"

看来派翠克·佛南心急如焚,一心要找出妻子的下落,甚至愿意冒险相信我。

我想到已然无法挽回的那些死亡,还有未来可能丧失的生命,或许连我自己都无法活命,忍不住纳闷这究竟是怎么一回事。"只要你和欧喜德答应解除武装,好好坐下来谈,我愿意帮忙。"我说,"如果我的怀疑是正确的,你们很可能有一个共同的敌人使出离间计,要叫你们互相残杀。"

"只要那个黑头发的混蛋同意,我就试试看。"佛南说道,"假如我太太真的在欧喜德手里,最好连她头上的一根头发都不要弄乱,还要一起带过来,否则我对天发誓,要把他五马分尸。"

"我明白,也会让他了解的。改天再和你联络。"我承诺,满心希望自己说的没错。

第九章

同一天晚上的半夜,我即将步入险境,一切都是自己的错,仓促之下接二连三地打了几通电话,欧喜德和佛南随即便选定了碰面的地点。幻想中的画面是他们面对面坐下来,双方的副手站在背后,三言两语就化干戈为玉帛,佛南太太随后现身,夫妻俩重新团聚,每个人都很满意,或者至少降低了双方的敌意,而画面中没有需要我的地方。

事实却大相径庭,我又一次置身在什里夫波特市一处废弃的办公室中心,上次狼群举办首领擂台赛也在同一个地方。幸好萨姆陪我来,这里又黑又冷,冷风不断吹拂着头发,我不安地欠动身体,移转身体的重心,焦急地等待一切画上句点。萨姆不像我这样的坐立不安,但颇有同感。

他会在这里都要怪我,一开始他只是对狼人内部的风暴感到好奇,我不得不把实情说出来,万一有人跨进莫洛特酒吧的大门,试图对着我开枪,萨姆总有权利知道为什么他的酒吧会布满弹孔的痕迹。没想到他却坚持要陪同一起来,我当然反对,争执半天的结果是两个人都来了。

或许这是自欺欺人,其实心底很希望有个朋友来照应,而且是同一阵线的人。或许是因为害怕,坦白说,恐惧的心情是千真万确。

夜晚的温度有点凉,我和萨姆分别穿了连帽的防水夹克,虽然不需要帽子挡风,但是万一气温下降变得更冷,帽子就可以派上用场。废弃办公室的空间宽敞而寂静,我们站的地方是一家货运公司的上下货区域,原本是卡车卸货点的金属门在周遭阴暗的安全灯光下,好像一对又大又亮的眼睛。

事实上,现在周围确实有很多对亮晶晶的眼睛,鲨鱼帮和喷射帮两派在争地盘①,噢,不,说错了,是佛南的狼群和哈韦亚斯一方。敌对的双方可能会达成某种程度的了解,也可能不会,至于变形人萨姆和读心人苏琪则是不偏不倚,坚持中间的立场。

狼人脑波形成的红雾从北边和南方逐渐靠近,我转向萨姆,真心诚意地说:"真不应该让你跟着来,一开始就不该大嘴巴的告诉你。"

"你开始养成隐瞒我事情的习惯了,苏琪,我宁愿你凡事都跟我说,尤其碰上危险的时候。"萨姆金红色的头发被风吹得乱七八糟,这时候他的差异性越加显著,萨姆是真正的变形人,可以随心所欲地变化成任何动物,这样的能力很少见,不过他个人偏爱的形状是狗,因为狗儿比较熟悉,又很友善,人们通常不会无缘无故地对狗开枪。我抬头望着他的眼睛,看见其中的野性。"他们来了。"他迎风仰起鼻子说道。

接着两组人马在距离我们大约十英尺左右的地方停下脚步,现在要全神贯注了。

佛南这一边的狼人数目略胜一筹,好些都是熟悉的面孔,其中也包括警探凯尔·梅尔斯,佛南真是胆大妄为,一方面声称无辜,另一方面还敢把梅尔斯带来现场。另一位少女也是熟面孔,她是佛南战胜杰克森·哈韦亚斯的那天晚上,当众占有作为庆祝仪式的一部分。那天她看起来像个青少年,今晚至少老了一百岁。

---

① 鲨鱼帮和喷射帮,源起于 1961 年上映的电影《西城故事》,两帮人马积怨已久,甚至在体育馆飙舞。

欧喜德的人马包括褐色头发的阿曼姐,表情严肃地对我点头致意,另外有几位在我和昆恩一起去狗毛酒吧那天曾经照过面,当时穿着大红色皮衣的女孩,此刻站在欧喜德背后,既害怕又兴奋,情绪很复杂。但是让我最惊讶的是道森竟然也名列其中,看来不再是他所声称的独行狼了。

欧喜德和佛南分别向前一步。

这是双方都同意的谈判模式,我站在佛南和欧喜德中间,两个领袖各自抓着我的一只手,在他们对话的时候由我担任测谎器;我已经发誓,如果有一方说谎,我就必须通知另一方,尽己所能。我能透视心思,不过大脑可以骗人、耍诡计或是艰涩难懂,这种事情我从来没做过,但愿今晚我能够顺利地发挥所有能耐来精确判断,用智慧来运用天赋,帮忙阻止这场夺命的战争。

欧喜德僵硬地靠近,在安全灯的照耀之下,脸庞显得冷酷而严厉,这时候我第一次发现他最近不仅变瘦,而且苍老了很多,当他父亲还活着的时候,本来全黑的头发,现在竟然灰白了。另一方面,派翠克·佛南的脸色也不太好,原本就过重的身材现在至少又增加了十五到二十磅,看来担任狼主对他而言不算有利,妻子被绑架的惊吓也在他脸上刻画出痕迹。

今天这么做是前所未有的经验,佛南握住我伸出去的右手,那一瞬间,思绪的浪潮立刻蜂拥而来,因为他极其专注,本来扭曲的狼人脑波突然变得容易阅读。我伸出去的左手被欧喜德握得很紧,那漫长的一分钟里面,简直像洪水泛滥一样,必须使出极大的力气才把它们顺利地导入正途,让自己不致被淹没在里面。一般而言大声说谎比较容易,要在自己的脑袋里面一再地说谎就比较困难,也很难自圆其说。我闭上眼睛,经过丢铜板的结果,欧喜德率先发问。

"派翠克,你为什么杀害我的女人?"这句话仿佛是硬生生地从欧喜德的喉咙处割开来。"她是纯种的狼女,生性非常温柔。"

"我从来没有命令任何人去杀害你的人马。"派翠克·佛南回答,语气疲惫至极,连站着都乏力,而他心里的想法几乎是大同小异,也是慢

106

条斯理、充满疲惫,遵循他一贯的思考模式。老实说,看透他的心思要比欧喜德容易一些,这个人表里一致。

欧喜德非常专注地凝听,接下去又问:"你有没有指派族群以外的任何人去追杀玛莉小星、克莉斯汀·赖若比和苏琪?"

"我没有下令杀害你们当中的任何一个人。"佛南又一次强调。

"他的确这么想。"我证实。

不幸的是佛南不肯住嘴。"我恨你,"他的口吻依旧充满倦怠,"如果你被卡车撞死,我会放鞭炮庆祝,但我没有杀人。"

"这也是他的真心话。"我有点嘲讽的语气。

欧喜德再度质问:"凯尔·梅尔斯就站在你的阵营里面,你还敢信口雌黄自称无辜?刺死玛莉小星的人就是他。"

佛南一脸茫然的模样。"凯尔不可能在场。"

"他的确这么想,"我告诉欧喜德,接着转身面对佛南。"凯尔的确是谋杀玛莉小星的凶手。"我虽然不敢失焦,依旧听见凯尔·梅尔斯的周围开始窃窃私语,也看见佛南其余的人马纷纷躲开他。

接下来轮到佛南发问。

"我的妻子,"他声音嘶哑,"为什么是她?"

"我没有抓走莉比,"欧喜德否认,"我不会去绑架一个女人,况且对方还有小孩,也不会命令任何人做出这样的事情。"

他的确是这么想的。"欧喜德自己没做,也没有吩咐别人。"但对派翠克·佛南恨之入骨,因为在擂台赛的高潮点,佛南没有当场诛杀杰克森·哈韦亚斯的必要,却为了替未来的领导权铺路,宁愿先铲除对手。不过杰克森也不可能服膺他的统治,最后一定是背上的刺,非要拔之而后快。这些念头分别从双方传过来,一波波强烈的意念几乎让我的脑袋发烫,逼得我不得不说:"你们两个,安静一点。"后面的萨姆散发出温暖和关怀的思绪,我说道:"萨姆,不要碰我,好吗?"

他理解地走开了。

"据我了解,你们两个都不是杀死这些死者的凶手,也不是背后的藏镜人。"

欧喜德说道："把凯尔·梅尔斯叫出来质问。"

"我的妻子人在哪里？"佛南咆哮。

"香消玉殒了。"一个清晰的声音说道，"我随时预备要顶替她的位置。凯尔是我的人。"

大家跟着抬头看，因为声音是从屋顶传下来的，总共有四位狼人一字排开，说话的黑发女子站在最靠近的边缘，让人不得不承认这一招很有戏剧化的效果。虽然女性的狼人拥有权力和地位，但是族群的领袖向来是由男性担任……毫无例外可言。这个女人虽然个子娇小，或许只有五英尺两英寸左右，却显然来势汹汹而且大权在握。她已经做了变身的准备，换句话说，就是身上一丝不挂，不过这一招也可能是想让欧喜德和佛南先检视一下未来可能到手的货色——平心而论，质和量都不错。

"普莉希拉。"佛南说道。

这似乎不像一般狼人会有的名字，我忍俊不禁地笑了，在目前这种剑拔弩张的气氛下，嬉笑可不是好事情。

"你认识她，"欧喜德对佛南说道，"这也是你计划的一部分吗？"

"不，"我主动代答，开启心里的雷达搜寻周围的思绪，抽丝剥茧，扣住其中特定的项目。"佛南，凯尔是她的党羽，"我说，"他背叛你。"

"我还以为只要铲除几个关键地位的贱人，就足以让你们自相残杀，然后再由我来收拾残局。"普莉希拉说道，"可惜，这一招竟然不见效。"

"她是谁？"欧喜德又一次质问佛南。

"她是圣凯瑟琳郡的狼族领袖，亚瑟·贺伯的配偶。"圣凯瑟琳郡位于这里的南方，就在新奥尔良市的东边，在卡特里娜飓风的袭击下损失惨重。

"亚瑟死了，我们已经无家可归，"普莉希拉·贺伯直截了当地说。"我们要你们的地方。"

哇，真是大言不惭。

"凯尔，你为什么要这么做？"佛南质问他的副手，凯尔应该趁还有脱身的机会时先上屋顶,现在迟了一步,佛南和哈韦亚斯的狼群已经把他团团围住了。

"凯尔是我弟弟!"普莉希拉嚷嚷,"你们最好不要动他一根寒毛。"刚刚充满自信的语气里,现在多了一丝急切和拼命的意味。凯尔抬起头来,发现自己置身险境、进退维谷,百般无奈地看着他姐姐,我确信他希望姐姐闭上嘴别再多话。这应该是他一生中最后的念头了。

佛南的手臂突然从袖子里探出来,毛茸茸的,力道奇大无比地挥向背叛的手下,掏出狼人的内脏,欧喜德的爪子则扯下凯尔的后脑勺,叛徒就此倒在地上,喷出来的鲜血形成一道弧线,溅在我身上。现场胶着的紧张气氛、血腥的气味和我不由自主的惊叫声,触动背后的萨姆即将变身,在巨大的能量中发出哼哼的响声。

普莉希拉·贺伯勃然大怒,悲恸地大吼,直接从屋顶上飞跳到底下的停车场,动作优雅得一点都不像人类,她的狼人党羽纷纷跟着一跃而下。

战争爆发了。

萨姆和我闪到什里夫波特市的狼群里面,普莉希拉的族群开始从四面聚拢过来,萨姆说:"我要变身了,苏琪。"

我搞不懂在这种处境底下,他变成牧羊犬有什么用处,不过我还是说:"没问题,老板。"他歪歪嘴巴对着我微笑,脱掉衣服,伏下身体。四周的狼人纷纷依样画葫芦,夜晚的寒气里弥漫着黏糊糊的声响,仿佛把很多硬物放进浓稠黏糊的液体里搅动,这些声响代表着由人变成动物的过程,巨大的狼纷纷直起身来,在我的周围甩动身体,我认出欧喜德和佛南的外形,试着计算临时决定联手抵御外敌,站在我们阵营的狼群数目,可是他们彼此簇拥,各自就位面对即将发生的战火,实在很难把人数算清楚。

我转向萨姆,想要拍拍它,这才发现身边站的是一头狮子。

"萨姆……"我低语,他发出一声狮吼。

这一刻,每个人都僵住了,时间似乎变得很漫长,一开始,什里夫波特市的狼群和圣凯瑟琳郡的狼人一样的心惊胆战,随后他们似乎察觉到萨姆是站在他们阵营这一边,纷纷发出兴奋的狼嚎,声音在空旷的办公楼里回响不已。

接下来就是一场硬仗。

英勇的萨姆试图绕着我,其实根本不可能,但他真的非常有骑士风度,我这个人类手无寸铁,是在场最无助的一位,这种感觉很不舒服——实际上,是害怕极了。

因为现场最脆弱的人就是我。

萨姆显得威严又勇敢,巨大的爪子一闪,直接命中一只狼,对方就被摆平在地上。我跳来跳去地左躲右闪,好像精神错乱的小矮人,避免挡住任何一方,同时又来不及注意所有的状况;一群圣凯瑟琳郡的狼人联手围攻佛南、欧喜德和萨姆,其余个别的战争分散在周围。我发现这一群特别肩负起击溃首脑的任务,显然不是乌合之众也不是乱枪打鸟,看来普莉希拉·贺伯是有全盘的计划,虽然刚刚来不及救出她弟弟,但还不至于因为这样而延误速度。

既然不具威胁性,现场似乎也没有人把我放在眼里,但是随时有可能被战火波及,这些龇牙咧嘴的战士倘若伤到我,我的灾情肯定非常惨重。此刻变成一匹灰狼的普莉希拉以萨姆为目标,既然要单挑,就挑现场最大最危险的对手,我猜是要借此证明她比任何人更有种。不过当她在激战中蜿蜒推进的时候,被阿曼妲咬住后腿,普莉希拉的反应是回头对着小一号的狼人龇牙咧嘴地威吓,阿曼妲仓皇避开,接着她又继续推进,阿曼妲跑回来再度咬住她的后腿,这一咬的力道大得足以咬断骨头,不仅是恼人的骚扰而已。普莉希拉干脆转身对付她,我还来不及嚷嚷:"噢,不妙。"普莉希拉那像钢铁般坚硬的下颚就攫住阿曼妲,一口咬断了她的脖子。

我骇然大惊地瞪着这一幕,普莉希拉把阿曼妲的尸体甩在地上,猛然一转身就扑到萨姆背上,他甩了又甩,可是普莉希拉的犬齿狠狠地咬住他的脖子,不肯松开。

我体内有某种东西像阿曼妲的颈骨一样应声折断,完全丧失仅有的理智,仿佛跟着变成一匹狼似的扑到半空中,为了避免从动物起伏的背脊上滑下来,两只手臂死命地环住普莉希拉毛茸茸的脖子,两脚扣住她的腰,手臂收紧就像要抱住自己。普莉希拉不想松开萨姆,只能左右扭动身体试图摆脱我,但我就像一只自寻死路的猴子拼命地黏着她不放。

这一招最后迫使她不得不放开萨姆来应付,我把手臂箍得越来越紧,她想咬但是咬不着,因为我在她背上,就算把身体弓到一个程度,尖牙几乎擦到我的脚,可是依旧很难撑得住。我顾不得痛,继续扣紧手臂,虽然两只手痛得不得了,但我若是一松手,肯定会像阿曼妲一样的下场。

虽然这一切发生的速度快得难以相信,感觉却像一辈子那么久,我的脑子里想的并不是要她"死吧,死吧!"而是希望她住手,不要再打了。偏偏她一直不罢休,真是该死。接下来又是一声震耳欲聋的怒吼,可怕的牙齿和我的手臂相差不到一寸的距离,我明白自己应该放手了,手臂松开的那一瞬间,整个人就摔了出去,滚过人行道,跌在几尺以外的地方。

突然噗的一声,克劳汀娜凭空现身,矗立在上方,身上穿着背心和睡裤,一副披头散发的模样,从她岔开的双腿中间,我看到狮子差一点就把整颗狼的脑袋瓜咬断,表情嫌恶地吐出来,接着转身打量整座停车场,估量下一个威胁出现在何方。

一只狼突然扑向克劳汀娜,她用利落的动作证明自己全然的清醒,趁着狼人还在半空中,双手已经抓住狼耳朵,借力使力地把他甩飞出去,就像调皮的小男生踢啤酒罐一样。那只狼砰的一声撞在卸货台上,从声音判断应该是回天乏术。这次攻击的速度和后果真是让人难以置信。

克劳汀娜纹丝不动地站在原处,我明智地躺在那里按兵不动。老实说,我是精疲力竭、惊吓过度,身上血迹斑斑,不过似乎只有大腿上的血迹是我自己的。虽然奋战的时间很短暂,全身保留的力气却在一瞬间全都用完了,速度快得吓死人,至少在人类是这样,不过克劳汀娜看起来精力很充沛。

"放马过来,你这个**浑毛**!"她尖叫着招招手,一个狼人悄悄地从背后摸上来,她双脚不动地扭腰转身,这姿势一般的人类根本不可能做到,狼人发动攻势,下场跟前一个同党一样。就我看来,克劳汀娜简直是不费吹灰之力,呼吸不疾不徐,只是睁大眼睛,比平常更专注而已,她一直保持微微蹲踞的姿势,随时预备采取行动。

周围传来更多的狼嚎、吠叫、咆哮和痛苦的哀嚎,还有一些让人不敢多想的拉扯声响,大约过了五分多钟之后,现场所有的噪音归于平静。

这段时间里面,克劳汀娜甚至没有低头瞥一眼,只是专注地守护我的身躯,当她终于低头的时候,忍不住皱了一下眉头,显然我看起来很凄惨。

"我迟了一步。"她挪动另一只脚站到一边,弯腰抓住我的手,一眨眼之间,我就站起身来。我给她一个拥抱,不只是想要,也是出于需要,因为克劳汀娜向来全身香喷喷的,而且摸起来比人类的躯体更结实,她很高兴地跟着拥抱我一下,两个人依偎了好一阵子,我才恢复平静。

然后我才抬头环顾周围,生怕自己会看到什么恐怖的场景,殉难者堆积成一堆堆的毛团散落在附近,人行道上暗沉的污渍绝不是滴落的油渍,一只污黑肮脏的狼在尸体间嗅来嗅去,寻找特定的对象。狮子伏在几码以外的地方不住地喘息,毛发上血迹斑斑,肩膀上有一道撕裂伤,应该是普莉希拉造成的,背上也有被咬的痕迹。

一时之间我不知道第一件事要做什么。"谢谢你,克劳汀娜。"我亲吻她的脸颊。

"我不可能永远都及时赶到,"克劳汀娜警告道,"不要期待救援随时到来。"

"难道我身上有精灵救命的按钮吗?你怎么知道要赶过来?"看得出来她并不打算回答这个问题。"总而言之,我非常感激,嘿,我猜你一定听说了,我碰到了曾祖父。"我开始语无伦次,能够活着是一件值得庆祝的大事。

她点头。"王子是我爷爷。"

"噢，"我说，"所以我们是亲戚啰?"

她俯视着我，眼睛清澈黝黑，相当的平静，根本不像刚刚在一眨眼之间徒手摆平两只狼的女人。"对，我想应该是吧。"

"你怎么称呼他呢? 叫爷爷? 还是老先生?"

"我称呼他'主子大人'。"

"噢。"

她走开一步去查看刚才对付的狼人(我确信他们都断气了)，我则去探视狮子的状况，蹲在旁边抱住他的脖子，他发出低沉的吼声，我主动搔一下狮子的脑袋和耳朵后面，就像对待鲍伯一样，吼声变得更洪亮了。

"萨姆，"我说，"非常谢谢你，我欠你一条命，你的伤势怎样? 我该如何帮忙呢?"

萨姆吐了一口气，把头趴在地上。

"你累了?"

他周围的空气开始凝聚，我抽身退开，明白接下来将发生什么事。不久之后，躺在旁边的躯体不再是动物而是人类。我焦急不安地扫视萨姆的身体，发现伤口还在，但是比狮子身上的小多了。所有的变形人都具备了神奇的自愈能力，这一点足以说明我的生活面临多大的变化，以致萨姆一丝不挂的事实反而是小事一桩，现在我已经克服那种心理障碍了——这样好多了，毕竟放眼望去，四周都是赤条条的人体，因为在场的无论是尸体或是受伤的狼人都开始变回人形。

面对狼的尸体反而比较容易。

凯尔·梅尔斯和他姐姐当然都断气了，还有克劳汀娜解决的那两位，另外阿曼妲也死了，和我在狗毛酒吧有一面之缘、身材瘦削的女孩还活着，不过大腿的伤势很严重。我认出在场的还有阿曼妲的侍者，似乎毫发无伤，崔·道森护着自己的手臂，看来是骨折。

派翠克·佛南躺在一圈非死即伤的狼群中间，全部都是普莉希拉手下的狼人，我步履艰难地穿过残破和血迹斑斑的躯体，感觉现场所有的眼睛——无论是狼或是人，在我蹲下去的时候，都目不转睛地盯着看。我的手贴在佛南的脖子上，静悄悄的，再查看手腕，甚至把手贴在他的胸口上，还是没有动静。

"走了。"我宣布，那些依旧维持狼的外观的开始嚎叫，更可怕的声音则是出于人类外形的狼人哀嚎。

欧喜德东倒西歪地朝我走过来，看起来多少算是毫发无伤，只有胸毛上面有一点血迹，走过断气的普莉希拉身边时，还狠狠地踢了她一脚，他在派翠克·佛南旁边跪下来，低着头，仿佛在跟尸体鞠躬一样。接着他站起身来，脸色阴沉，野蛮而且充满决心。

"我是本族的领袖！"他的语气十分果断，完全不容置疑，侥幸存活的狼人各自咀嚼这个消息，现场的气氛安静得很诡异。

"你必须离开了。"克劳汀娜站在后面静静地说，我像受惊的兔子，整个人跳了起来，因为欧喜德浑身散发的美感和那股原始的野蛮气势似乎具有催眠的效果。

"什么？为什么要离开？"

"他们即将大肆庆祝战争胜利，欢迎新的领袖上任。"她说。

娇瘦的女孩紧扣双手，痛击一个落败——但依旧不住抽搐——的敌人的后脑勺，骨头应声碎裂，发出恐怖的嘎吱声，周围所有惨败的狼人都遭到处决的命运，至少伤势严重的都不例外，另外一小群总共三个人，蹒跚地爬到欧喜德前面跪下来，歪着脑袋。两名是女性，一位是青少年，他们朝欧喜德露出脖子表示降服，而他显得异常兴奋，全身的反应都一样。我回想起派翠克·佛南荣登领袖地位时的庆祝方式，不知道欧喜德是预备和人质交配还是要杀了她们。我做个深呼吸，再缓缓地吐气，无论本来想说的评语是什么，总之都被萨姆伸过来的大手捂住了。我又气又恼，狠狠地瞪着他看，萨姆猛烈地摇头，眼睛和我的对峙了很久，确定我不会多话之后才挪开手，同时伸手环住我的腰，非常突兀地把我转离当时的场景，迅速护送我离开现场。克劳汀娜负责垫后，我的眼睛直直地盯着前方，不敢左右张望。

也不去听那些喧闹的声音。

第十章

萨姆在卡车里有预备多的衣服,当他穿上时,克劳汀娜说道:"我得回去睡觉了。"口吻好像她醒过来是为了把猫放出来或者需要上洗手间,说完人就咻的一声不见了。

"我开车。"我主动提议,因为萨姆受伤了。

他把钥匙递给我。

我们在沉默中前进,刚才历经了不同程度的惊吓,让我着实费了一点力气才想起开回州际公路、返回良辰镇的路线。

"那是战争过后的正常反应,"萨姆说道,"欲火旺盛。"

我的视线小心翼翼地避开萨姆的大腿,以免碰上类似的旺盛反应。"是的,我了解,我已经参加过很多场了,实在太多了。"

"况且欧喜德夙愿得偿,终于坐上领袖的宝座。"又一个值得"庆贺"的理由。

"但他这么做是因为玛莉小星的去世。"总之我的重点是他应该会伤心过度,没有余暇想到大肆庆祝敌人的落败。

"他介入这场战争是因为受到威胁,"萨姆说道,"欧喜德和佛南本来可以早一点厘清误会的,结果一直拖到这样的关头才肯坐下来谈判,实在是愚蠢至极,如果不是因为你适时出面说服双方,他们依然处在一个一个被歼灭的下场,最后爆发自相残杀的战争,谁也得不着好处,白白的让普莉希拉·贺伯坐收渔翁之利。"

狼人的行径让我非常反感,侵略性强烈又冥顽不灵。"萨姆,你是为了我才遭受这一切的,我真的很抱歉,如果不是你,我早就没命了,我不只欠你一份人情,还很抱歉。"

"让你活着,"萨姆说道,"对我而言非常重要。"他就此闭上眼睛沉沉地睡去,直到返回他的拖车里。他一跛一跛地爬上台阶,坚定地关上前门。我带着落寞的心情,非常沮丧地坐上自己的车子开回家,心底纳闷要怎么把这天发生的事情融入我之后的生活里面。

艾蜜莉亚和帕梅拉一起坐在厨房里,艾蜜莉亚在泡茶,帕梅拉在做刺绣,手指飞快地拿着针线穿过刺绣的布料,我不知道哪一点让我最震惊——是她娴熟的技巧还是以刺绣当消遣?

"你和萨姆究竟在忙些什么啊?"艾蜜莉亚笑嘻嘻地问,"两个人看起来好像整夜狂欢,第二天又赶着去上班的一脸疲态。"

接着她仔细一看就发现不对劲。"怎么了,苏琪?"

连帕梅拉都放下手里的刺绣,表情严肃地盯着我。"你身上有味道,"她说。"鲜血和打斗的气味。"

我低头一看,这才发现自己真是惨不忍睹,不仅衣服上血迹斑斑、又破又脏,脚还隐隐作痛,接下来是医疗时间,有护士艾蜜莉亚和帕梅拉携手照料,真是一件好事;虽然一开始看到伤口,帕梅拉有点兴奋,不过她像个好心的吸血鬼一样克制住自己,我知道她会跟艾瑞克详细报告这一切,但实在没有力气去在意。艾蜜莉亚对着我的脚念念有词,是治疗的咒语,她还很谦虚地声明疗伤不是她最擅长的项目,但是咒语总归有点疗效作用,我的脚不再肿胀。

"你不担心吗?"艾蜜莉亚问道,"这是狼人造成的,万一被感染呢?"

"它的传染率几乎比任何传染病都要低。"这个问题我已经请教过所有认识的变形人,关于透过咬噬而感染的几率,毕竟他们当中有医生也有研究员。"多数人都必须被咬很多次而且咬痕遍布全身才可能被传染,而且就算那样也不保证一定中奖。"这不像大型的流感或一般感冒,而且如果事后迅速清理伤口,感染率还会骤降。因此刚才上车之前,我已经先倒了一瓶水冲洗脚上的伤口。"所以我不会去杞人忧天,只是全身酸痛,未来很可能会留下疤痕。"

"你明白艾瑞克对狼人的评价很低,你还为他们危及自己的性命,"帕梅拉露出充满期待的微笑,"他知道了肯定会不高兴的。"

"是、是、是,"我虽然点头如捣蒜,其实才不在乎呢。"叫他去死好了!"

帕梅拉笑得很灿烂。"我要跟他说。"

"你为什么这么喜欢戏弄他呢?"我好奇地问,发现因为疲惫过度,我的动作开始变得迟钝。

"以前没有这么多机会和武器可以戏弄他,现在却大不相同了。"她答道,跟着艾蜜莉亚一起离开我的卧室,终于剩下我一个人独处,而且是活得好好的,躺在舒服的床铺上,接着我就睡着了。

第二天早上洗的澡几乎可以算是一种灵魂的涤净和升华,就生平最棒的洗澡惊艳名单而言,这个至少可以列入第四名。(最棒的一次是我和艾瑞克一起洗鸳鸯浴,只要一想到那次的经验,身体就情不自禁地震颤起来。)清洗干净以后,脚伤看起来还好,虽然因为肌肉过度拉扯,导致全身非常酸痛,我还是很庆幸一场灾难就此化解,并且顺利歼灭了邪恶的一方,至少就灰色地带而言。

我站在热水柱底下清洗头发,一边想到普莉希拉·贺伯,通过这次非常短暂的照面,发现她至少试图为自己被剥夺居住权的族群寻找一个立足的地方,而且研究之后找到可以乘虚而入,甚至就此建立基地的区域。或许,如果她直接找派翠克·佛南表达恳求,他会乐意给她的族群一个家,但绝不可能双手奉上领导权;为了这个位置,他不惜杀死杰克森·哈韦亚斯,当然也不可能和普莉希拉有任何共同合作的安排——就算狼人的社会允许(这一点还有争议),女性的狼族领袖也是非常罕见的案例。

呃,她现在也不是了。

理论上来说,我很敬佩她想为自己的族群重建新家园的努力,既然亲眼见识过普莉希拉的风采,我很庆幸她没有成功。

身体干净了,精神自然焕发,我开始擦干头发和化妆,今天是早班,必须在十一点抵达酒吧,我套上平常白衣黑裤的制服,决定稍微变化一下,任由头发披在肩膀上,接着穿上黑色的锐步运动鞋。

平心而论,整体的感觉还不错。

昨晚的事件死了很多人,也有很多的悲伤,不过至少入侵的族群以惨败收场,未来什里夫波特市一带应该会平静一阵子。战争在极短的时间内就结束了,狼人依然没有对外面世界公布自己的存在,不过这一步应该很快就来了。吸血鬼公诸于世的时间越长,狼人就越有可能步上他们的后尘。

我把这一项事实收纳到一个巨大的盒子里,其中装的都是和我不相干的事项。

我脚上的擦伤不确定是不是艾蜜莉亚弄的,总之都已开始结疤,另外手脚都有淤青的痕迹,幸好被制服遮住了。今天穿长袖是个明智的抉择,天气果然变凉了,事实上,再加一件夹克会更好,可惜出门上班的时候忘了带在身上。离家的时候,艾蜜莉亚还没有露脸,不知道帕梅拉是不是躲在家里那个为吸血鬼准备的秘密洞穴里……嘿,不要多管闲事,那不是我的问题!

开车的时候,我又把很多事情增列在不应该瞎操心和不该多管闲事的名单里。可是到了上班地点,所有的自我提醒突然都被打断,而且飞到九霄云外,一看到老板,许许多多的念头蜂拥而来。这不是说萨姆看起来像被揍得鼻青脸肿,事实上,当我按照平常的习惯进到办公室、把皮包放入抽屉的时候,他看起来几乎一如往常——坦白说,昨天的一场斗殴反而让他精气蓬勃。或许变身成比牧羊犬更雄壮威武的动物感觉很不错,能够有机会踢烂狼人的屁股,让它们肚破肠流……骨头碎裂,都让他很享受。

好吧,呃——之前说的那些打打杀杀的事情,目的是要救谁的性命呢？脑中乱七八糟的思绪在瞬间之内就澄清了，我冲动地弯下腰去，亲一下他的脸颊，闻到那种属于萨姆特有的气味：有刮胡子水、森林和某种狂野又熟悉的味道。

"你感觉还好吧？"他问道，仿佛我经常用吻脸的方式来打招呼一样。

"比我预料的状况好一些，你呢？"

"有一点酸痛，不过还可以忍受。"

霍莉探头进来。"嘿，苏琪、萨姆。"她走进来放皮包。

"霍莉，听说你和霍伊特成为情侣了。"但愿我脸上的笑容看起来诚恳又高兴。

"是啊，进行得还算顺利，"她试着漫不经心地说。"他对科迪真的很好，他的家人也很和气。"虽然染黑了头发，发型非常前卫还浓妆艳抹，霍莉的脸依然流露出某种渴望和柔弱。

"希望你们能成功。"我这句话说得很轻而易举。霍莉看起来很高兴，她和我一样心知肚明，如果真和霍伊特结婚，在各方面而言她就变成我嫂嫂了，因为詹森和霍伊特简直像亲兄弟。

萨姆接着谈到有个啤酒供应商目前出了一些问题，霍莉和我分别系上围裙，一天的工作就此开始。我探头到厨房里面跟同事们打招呼，莫洛特现任的厨师是一个名叫卡森的退役军人，烹饪速食的厨师常常来来去去，卡森算是比较胜任的，很快就掌握了拉法叶汉堡的诀窍（就是把汉堡蘸上前任厨师特制的酱汁），鸡柳条和炸薯条处理得恰到好处，也不会乱发脾气或是没事找杂役的麻烦，上班准时现身，工作结束时厨房收拾得很干净，光是这些优点，就让萨姆愿意忽视卡森很多怪异的行径。

今天上门的顾客稀稀拉拉，霍莉和我端送饮料，萨姆在办公室打电话，这时候坦雅·葛利森从前门走了进来，这个娇小浑圆的女孩模样可人，身体和挤牛奶的农家女一样健康，脸上化着淡妆，表情充满自信。

"萨姆在哪里？"她问道，樱桃小嘴微弯地露出微笑，我跟着露出虚假的笑脸，讨厌的女人。

"办公室里。"好像我永远都知道萨姆在哪里一样。

"那个女人,"霍莉停下手中的工作说道,"像一口深不可测的井。"

"为什么这样说?"

"她在哈萨特社区,跟某个女人住在一起。"霍莉说道,良辰镇这么多市民当中,霍莉是少数几位知道世界上有变形人和狼人这种生物的存在,我不确定她是否清楚哈萨特的居民是豹人,但她知道他们都是近亲繁衍,行为怪异。在雷那郡里,哈萨特向来是被嘲笑的区域。她认定坦雅(狐狸人)和他们的关联一定有问题,至少也很可疑。

我突然一阵焦虑,心里在想,坦雅和萨姆可以一起变身,萨姆一定很高兴,愿意的话,甚至可以变成狐狸。

想到这一点,还要面带微笑地服务顾客就有点力不从心。真丢脸啊,有人对萨姆感兴趣,欣赏他真正的本性,单是这样我就应该为他高兴才对,可是我不但不爽,还觉得她配不上萨姆,也警告他要当心。

坦雅从通往萨姆办公室的走廊走出来,脸上失去早先自信的光彩,直接从前门离开。我笑看她的背影,哈哈! 萨姆从办公室出来拿啤酒,表情似乎也不大开心。

这回换成我笑不出来了。我为巴德·迪尔伯恩警长和艾尔西·贝克送上午餐的时候(艾尔西一脸不悦地瞪着我),心里一直犯嘀咕,决定要偷觑一下萨姆的脑袋;现在我运用天赋的技巧精进了很多,自从跟艾瑞克的血液交流过后,虽然嘴巴不愿意承认,可是日常生活中,无论是阻挡或隔绝他人的思绪都比较容易,虽然明知道探索别人的隐私不礼貌,可是做得太习惯,这简直成了我的第二天性。

这样的借口很勉强,不过我还是不喜欢猜测大半天,我习惯知道真相。即使要透视变形人比寻常的人类更困难,萨姆又是其中更难的,我还是发现他充满挫折感、犹豫不决、心事忡忡。

我随即良心发现,对自己厚脸皮和没礼貌的行为感到震惊,不过就昨天而已,萨姆还为我冒上生命的危险,救了我一条小命,结果我今天就不知感恩,像个置身在玩具箱里的小孩,在萨姆的脑袋里翻箱倒柜、探头探脑。我一脸羞愧,脸颊通红,一时分神没听见女客人在说些什么,直到她再次问我是不是身体不舒服,才猛然惊醒过来专注在工作上,记下她要点墨西哥辣肉酱、脆饼和一杯甜茶。她的朋友,大约五十几岁的女性点了拉法叶汉堡配沙拉,我记下她要的酱汁和啤酒,匆匆走到柜台去通知。我站在萨姆旁边,朝壶嘴点点头,片刻之后他把啤酒递过来,我心神不宁地不敢多话,结果他反而好奇地看了我一眼。

换班的时候我简直如释重负,霍莉和我稍微跟艾琳、丹妮尔交接了一下后,抓了皮包就离开酒吧,外面的天色几乎全黑,路灯都亮了,乌云遮住星空,看来稍后会下雨。投币式的自动点唱机传来凯莉·安德伍德①模糊的歌声,希望由耶稣来指引她人生的道路,听起来似乎是个好主意。

我们到了停车场,站在车子旁边,一阵风吹来,感觉冷得刺骨。

"我知道詹森是霍伊特最好的朋友,"霍莉的语气有点犹豫,表情耐人寻味,我知道她不太肯定我是否愿意聆听她的私事。"我一直很喜欢霍伊特,早在高中时期就觉得他是个好男孩,我猜——但愿你不会因此生我的气——原先阻止我和他约会的理由是因为他和詹森形影不离。"

我不知道要怎么回应。"你不喜欢詹森?"我终于开口。

"噢,不,我喜欢詹森,谁会讨厌他呢?可是他对霍伊特而言够好吗?如果他们之间的联系削弱了,霍伊特会快乐吗?我没办法亲近霍伊特,除非我相信他愿意和我长相厮守,就像他和詹森常常黏在一起。你应该明白我的意思。"

"我懂,"我说,"我爱我哥哥,但也了解他真的不太习惯去顾虑别人的感受。"这算是比较委婉的说辞。

霍莉说道:"我喜欢你,不愿意伤害你的感情,这些你应该都清楚。"

"是的,"我承认,"我也喜欢你的为人,霍莉,你是个好母亲,尽心尽力地照顾小孩,和前夫保持良好的关系。可是丹妮尔呢?我敢说你和她关系紧密,就像詹森和霍伊特一样。"丹妮尔是另一位离婚妈咪,她和霍莉打从小学一年级开始就形影不离,不过她比霍莉幸运,有更多的支

---

① 凯莉·安德伍德,美国乡村音乐歌手,格莱美奖得主。

121

援系统,她的父母老当益壮,而且乐于帮忙她带两个小孩,丹妮尔现在也有了固定交往的对象,已经交往了好一阵子。

"我不敢说丹妮尔和我之间永远不会有歧见,苏琪,"霍莉套上风衣,从皮包底部掏出汽车的钥匙。"可是我们最近开始分道扬镳,当然偶尔还是一起吃午餐,小孩也是一起玩耍。"她沉重地叹了一口气。"我不知道,每当我对良辰镇以外的世界感兴趣,想要探索一番的时候,丹妮尔就会认为我的好奇心有问题,后来我决定变成威卡教徒,她非常反对,至今还是不赞成。假如她知道狼人的存在,或者我身上发生的事情……"有个变形人女巫曾经企图强迫艾瑞克让她分享吸血鬼企业的一杯羹,还召集了本地所有的巫师,逼迫他们提供协助,包括不情愿的霍莉在内。"那件事情改变了我的人生。"她说。

"的确,这就是和超自然生物打交道的结果,不是吗?"

"对,他们也是这个世界的一部分,总有一天每个人都会知情,那一天……全世界将会不一样。"

我眨眨眼睛,非常意外。"这是什么意思?"

"等他们公之于世的时候,"霍莉对我缺乏洞察力的反应感到很惊奇。"他们必定要走出来承认自己的存在,世界上每一个人都必须调适,无一例外,但总有一些人不愿意,也可能会强烈地抵制,或许有战争也说不定。狼人和其他的变形人大战一场,人类起而攻击狼人和吸血鬼,或是吸血鬼——你知道他们对狼人不屑一顾——趁着某天的深夜,一举杀害所有的狼人,换得人类说一声谢谢。"

霍莉真的具有诗人的特质,又有远见,只不过有点悲观。没想到她竟然有这么深刻的看法,让我再一次羞愧极了,读心人不应该对这种事吃惊,看来是我太努力回避他人的思绪,以致错失重要的线索。

"或许,但也可能都不会发生,"我说,"或许人类就是接受,当然不是每一个国家皆然,你想想吸血鬼在东欧或南美洲国家的处境……"

"教宗一直没有解决那个问题。"霍莉评论。

我点头。"大概不知道要说什么吧,我猜。"多数的教堂陷入两难的处境,至今都还没有针对活死人存在的事实,在经文和神学上采取特定的政策。一旦狼人公开身份,肯定又是一个难题,他们的确是活人,这一点不容置疑……如果反对那些已经死过一次的,狼人又几乎活得太久了。

我欠动身体的重心,本来就无意站在停车场解决世界的问题和思索人类未来的发展,昨晚的疲惫到现在都没有恢复过来。"再见,霍莉,或许改天晚上你、我和艾蜜莉亚可以一起去克莱斯看场电影?"

"没问题,"她有点惊讶,"虽然那个艾蜜莉亚对我的巫术评价不高,不过至少可以聊一聊。"

太迟了,我们三人应该合不来。不过管他的,到时候再说吧,试试看也好。

回家的一路上,我都在纳闷是否有什么人在那里守株待兔,一看到后门停着帕梅拉的车子,答案就昭然若揭。当然啦,帕梅拉开的车型很保守,一辆丰田汽车,后方贴着尖牙同盟的标语,我还以为会是休旅车。

帕梅拉和艾蜜莉亚一起坐在客厅观赏 DVD,幸好没有搂搂抱抱,鲍伯蜷缩在躺椅上,艾蜜莉亚的大腿上放了一碗爆米花,帕梅拉拿着一罐真血牌的人造血,我绕过去看一下他们在欣赏的电影片名:《决战异世界》①,嗯。

"凯特·贝金赛尔②火辣又性感,"艾蜜莉亚说道,"嘿,今天上班还好吗?"

"还可以,"我说,"帕梅拉,你怎么会连休两天?"

"这是我的权利,"帕梅拉说道,"已经整整两年没有休过假,艾瑞克同意让我放松一下,你觉得那套黑衣服穿在我身上好看吗?"

"噢,肯定跟贝金赛尔一样的出色。"艾蜜莉亚转头对着帕梅拉微笑,显然目前正处于那种你侬我侬、如胶似漆的阶段。以我目前严重缺乏亲密关系的状态而论,最好还是躲远一点,眼不见为净。

"关于乔纳森的事情,艾瑞克有任何新发现吗?"

---

① 《决战异世界》,2003 年上映的美国电影,内容关于狼人和吸血鬼的战争。

② 凯特·贝金赛尔,英国影星,主演《珍珠港》、《决战异世界》等。

"不清楚,你为什么不自己打电话问他?"帕梅拉一脸没兴趣的模样。

"对,你在休假。"我咕哝,气鼓鼓地大步上楼回房间,脾气乖戾的同时还有一些羞愧,我不假思索地流畅按完尖牙同盟的电话号码——这不是好现象,连手机的快速拨号键上面也有这个电话号码,天哪,这些问题真的不想在这种时候去面对。

电话铃响,我撇开那些阴郁的情绪和冥想,跟艾瑞克讲话的时候必须要全神贯注才行。

"尖牙同盟,咬你一口的酒吧,我是莉贝。"她是尖牙狂热派的其中一位,我在记忆皮箱里搜寻了半天,试着为这个名字配上一张脸,有了——身材高挑,曲线浑圆,大饼脸,棕色的头发很漂亮。

"莉贝,我是苏琪·斯塔克豪斯。"

"噢,嗨。"她似乎吓了一跳。

"嗯……嗨,听着,我可以和艾瑞克说话吗?"

"我去看主人有没有空接听。"莉贝喘了一口气,一副充满崇拜又神秘兮兮的口吻。

"主人……"见鬼了。

所谓的尖牙狂热派男女都有,就像吸血鬼的粉丝和疯狂的追星族一样,分分秒秒都想黏着吸血鬼不放。在尖牙同盟这种地方工作,对他们而言就像面包和奶油,被咬就宛如神圣的献祭一样——按照尖牙狂热派的规矩,只要有吸血鬼想尝一口,等同于无上的光荣。万一因此失血过多死掉了,呃,还是很光荣。因此在典型的尖牙狂热派悲怆性的生命和混乱的性关系底下,最根本的愿望其实是期待某个吸血鬼认为他"有资格"被转化成吸血鬼同类,就像要通过一场严峻的资格考试一样。

"谢谢你,莉贝。"我说。

莉贝砰的一声放下电话,走开去找艾瑞克,看来是对我不爽。

"我是。"五分钟之后艾瑞克说道。

"你在忙吗?"

"啊……吃晚餐。"

我皱皱鼻子。"嗯,希望你吃饱了。"我说得虚情假意。"嗯,关于乔纳森的事情有什么新发现吗?"

"你后来又看到他了?"他尖锐地问。

"啊,没有,只想知道是否有进展。"

"如果再碰上的话,马上通知我。"

"好,知道了,有什么发现吗?"

"他到过很多地方,"艾瑞克说道,"也来过酒吧,但我不在场。帕梅拉现在在你家,对吧?"

我的心突然往下沉,或许帕梅拉和艾蜜莉亚来往不是因为备受吸引,而是用来掩饰真正的任务;一边和艾蜜莉亚在一起,一边监视我。该死的吸血鬼,我忍不住懊恼,因为这一招和我最近的遭遇真的似曾相识,造成的伤害很深。

我不打算直接问,事实比怀疑更糟糕。

"对,"我咬牙切齿地回答,"她在这里。"

"很好,"艾瑞克的口吻心满意足。"万一他又冒出来,我确信帕梅拉能够应付,这当然不是她在你家的原因。"他的补充说明毫无说服力,这种事后补救的方式刚好证明艾瑞克察觉到我恼怒的反应,试着摸头安抚一下,但肯定不是出于内心的愧疚。

我对着柜子皱眉头。"你要告诉我真正的原因吗? 为什么这家伙让你如此神经紧张?"

"罗兹市的事件过后,你就没有再看见女王了?"艾瑞克说道。

这显然不是顺利聚焦的对话内容。"没有,"我说,"她的脚怎么样了?"

"逐渐长回来了。"艾瑞克迟疑了一下才回答。

不知道脚是直接从残肢上长出来,还是整只腿继续长长,直到最后的阶段脚板自动出现。"这样是好事,对吧?"能够有两只脚走路总是比较好。

"一旦身体有缺损,那种自动恢复的过程绝对是痛不欲生。"艾瑞克说道,"而且需要一段时间,她非常……她会动弹不得,没有抵御的能力。"最后这句话他说得慢吞吞的，似乎知道有这种事情，但从来没有大声说出来。

我凝神思考他想告诉我的事情，包括表面的含意和意在言外的信息，和艾瑞克对话的内容很少是单一层面的。

"她恢复的状况还不足以掌控大局，"我做出结论，"那要由谁来负责呢？"

"目前就靠所有的警长来应付，"艾瑞克说道，"除了死于爆炸事件的乔维斯以外，剩下我、克里欧和艾拉·佑尼，如果安竺还活着，整个情况会比较明朗。"惊慌和罪恶感同时纠缠在我心底，安竺本来可以存活的，结果因为我的恐惧和嫌恶，我袖手旁观任由他被杀了。

艾瑞克沉默了一分钟之久，让我忍不住纳闷他是否察觉到我心底的恐惧和罪恶感。如果被他发现昆恩为了我而杀了安竺肯定很糟糕，结果艾瑞克继续说了下去："安竺本来可以掌控大局，因为他地位稳固，又是女王的左右手，假如她的手下总有一个人得死的话，我宁愿挑赛伯特，他四肢发达，独缺大脑，虽然可以保护女王的身体，不过这一点安竺也可以应付，还能兼顾她的势力范畴，守卫得宜。"

我从来没听过艾瑞克如此健谈地讨论吸血鬼内部的事务，整个人开始害怕，忍不住毛骨悚然，知道他接下来要说些什么。

"你预料到最近会有一股势力崛起，进行某种形式的吞并。"我的心脏直接向下坠落到谷底，不要再来一遍了。"你认为乔纳森是另一个阵营派来的侦察兵。"

"小心一点，否则我会开始认为你能透视我的心。"艾瑞克的口气虽然像棉花糖一样轻柔，背后却隐含了尖锐的刀刃。

"不可能的。"就算他认定我在说谎，也没有直接揭穿，只是好像有点后悔一时松口说了这么多事情，接下来的交谈内容非常短暂，只是再一次吩咐万一看到乔纳森的话，要立刻打电话通知他，我当然满口答应。

挂断电话以后我突然睡意全消，夜晚的寒气逼人，我赶紧套上羊毛的睡裤，白底印着粉红色绵羊的图案，加一件白色 T 恤。我翻箱倒柜，找出路易斯安那州的地图，拿一支铅笔把我认识的区域标示出来，再从以往我在场听到的对话里面，把相关的资讯拼凑一番；第五区在艾瑞克的掌控之下，女王是第一区的警长，也就是新奥尔良市和邻近的区域，这样很合理，但是介于两者中间就是一片混沌了。最近终于呜呼哀哉的乔维斯本来控制的地区，包括巴吞鲁日，自从女王辖下的新奥尔良一地受到卡特里娜飓风的袭击，发生惨重的灾情以后，就搬到巴吞鲁日暂居到现在，从这点来看，那里的重要性应该被提升为第二区，但是实际上那里是第四区。我轻轻地画了一条稍后可以涂掉的线，预备等一下再做修改。

我绞尽脑汁寻找其余的资讯，第五区位于州内最顶端，几乎横跨了整个北部地区，看来艾瑞克的财富和权势比我想象的更多，在他势力范围以下的区域分布相当平均，就是克里欧·贝比特的第三区和艾拉·佑尼的第二区。接下来从密西西比州的最西南角一路直到墨西哥湾区，这一大片区域由第四区的警长乔维斯和第一区的女王分别掌控，至于吸血鬼的政治角力而导致的数字顺序和安排，我只能用想象的。

我瞪着地图看了整整好几分钟之久，才把所有画上去的细线涂掉，抬头看钟，自从和艾瑞克通过电话到现在已经过了一小时，我怀着忧郁的心情刷牙洗脸，上床的时候先做了祷告，躺下来却睡不着，不断思索一个无可否认的事实，在眼前这一刻，全路易斯安那州最有权势的吸血鬼，其实是艾瑞克·诺斯曼，和我以血液相连的旧情人。他曾经当着我的面宣称不想当国王，也没有吞并新领土的意愿，经过刚刚厘清的过程，以他势力范围的规模而论，他断然的说辞似乎相当可信。

我相信自己对艾瑞克有某种程度的了解，几近于人类认识吸血鬼的最大程度，但这并不意味了解得很深入。我相信他没有吞并全州的意愿，否则早就下手了，何必拖到现在。不过这么大的权势意味着他本身将变成一个巨大的箭靶，引起他人的觊觎。

我真的应该睡觉了，再看时钟一眼，已经过了一个半小时。

比尔竟然悄无声息地溜进我的卧房里。

"怎么了？"我问道，试着压低嗓门，保持平静和镇定，虽然我全身的神经早已紧绷起来，几乎要大叫。

"我有点焦虑不安。"他以平常那种冷静的声音回答，让我差点笑出来。"帕梅拉必须离开回尖牙同盟酒吧，打电话叫我来顶替她的位置。"

"为什么？"

他坐进角落的椅子里，房间有点黑，可是窗帘没有完全密闭，室外安全灯的光线透了进来，再加上浴室的小夜灯照明，我可以看到比尔身体的轮廓和模糊的脸庞，他和所有的吸血鬼一样都会微微发光。

"帕梅拉打电话联络不上克里欧，"他解释，"艾瑞克出去办事不在俱乐部里面，帕梅拉也找不到他，可是我收到他的语音留言，确信他会回电，克里欧没有回电才让人担心。"

"帕梅拉和克里欧变成朋友了？"

"不，差远了，"他务实地说，"但是帕梅拉打电话到她经营的夜间杂货店，克里欧向来都会接听的。"

"帕梅拉为什么要和她联络？"我提问。

"她们每天晚上固定用电话联络，"比尔说道，"接着由克里欧打电话给艾拉·佑尼，形成一条链，这样的模式不应该中断，尤其是最近。"

比尔起身的速度快得让我眼花缭乱。"你听！"他低语，声音无比轻柔，简直就像蠹虫的翅膀。"听见了吗？"

我什么都没听见，僵硬不动地躺在棉被底下，迫切地希望整件事情就到此为止。狼人、吸血鬼、各种麻烦以及大大小小的战争……通通消失无踪！可惜天不从人愿，没有那么幸运。"你听到什么？"我试着像比尔那样轻声细语，其实是白费力气。

"有人来了。"他说。

然后我听到前面有人在叩门，声音很轻。

我掀开棉被爬起来，狼狈又慌张，连鞋子都找不到，只好光着脚丫子走向卧室门口，夜晚寒气逼人，一时来不及打开暖气，脚板踩在冰冷的木头地板上。

"我去应门。"比尔说道，用迅雷不及掩耳的速度抢在我前面。

"噢，我的天哪。"我咕哝地跟在后面，心里纳闷艾蜜莉亚人在哪里，在楼上睡觉还是窝在客厅的沙发上？但愿她只是睡着了，现在气氛阴森森令人毛骨悚然，担心她已经死掉了。

比尔近乎无声无息地滑过漆黑的屋子，经过走廊到客厅（空气中还弥漫着爆米花的味道）再到前门，透过窥视孔往外看，这个动作不知怎么的感觉很好笑，我必须捂住嘴巴才不至于格格狂笑。

幸好没有人隔着窥视孔对比尔开枪，也没有撞门的企图，或是尖叫声。

持续不断的死寂气氛让我开始起鸡皮疙瘩，感觉比尔好像没有移动，人却已经到了我的耳朵旁边，冷静地说："是个年轻的女孩，头发剪得很短，染成白色，也可能是金色，发根是黑的，身材很瘦，应该是人类，一脸惊恐的模样。"

不只她一个人会害怕。

我拼命思索这个午夜的不速之客是哪一位，突然间灵光一闪，我好像猜到了。"法兰妮，"我低声说，"可能是昆恩的妹妹。"

"让我进去，"女孩的声音说，"噢，求求你让我进去。"

这就像以前读过的鬼故事一样，手臂上寒毛直竖。

"我必须跟你说昆恩的事情。"法兰妮说道，我当下做出决定。

"开门，"我用正常的声音告诉比尔，"我们必须让她进来。"

"她是人类，"比尔的口气好像是"一个凡人能够惹出多大的麻烦？"他拉开大门。

我不能说法兰妮整个人摔进来，但真的是丝毫的时间都没有浪费，她一跨进来就关上大门。我对法兰妮的第一印象不太好，不只气焰很盛而且态度不佳，缺乏讨人喜欢的魅力。但是爆炸事件之后，她在医院里照顾躺在病床上的昆恩，我才对她多了一些认识，知道她有过艰困的生活，深爱她的哥哥。

"发生什么事？"我问道，看着法兰妮跌跌撞撞地走向最近的椅子径自坐下来。

"你竟然有个吸血鬼在这里，"她说道，"可以先倒杯水吗？然后我再努力按照昆恩的吩咐去做。"

我匆匆走进厨房去替她倒开水,顺手开了电灯,可是回到客厅的时候,依然维持原来的漆黑。

"你的车子在哪里?"比尔问她。

"抛锚了,大约距离这里一英里左右,"她回答,"我不能留在那里枯等,直接打电话通知拖车厂,把钥匙留在车子里,只能祈祷他们把车子拖走不要被看见。"

"现在就告诉我究竟发生了什么事。"我说。

"你要我长话短说,还是要听全部?"

"简短就可以了。"

"来自于拉斯维加斯的吸血鬼,打算占据路易斯安那州。"

这句话真是叫我目瞪口呆。

第十一章

比尔的声音非常激烈："在哪里？什么时候？有多少人？"

"他们已经除掉好几个警长了。"亲自来传达这么重大的消息，法兰妮的口气似乎有些幸灾乐祸，"小型武力去对付势力薄弱的区域，大队人马则包围尖牙同盟酒吧，专门对付艾瑞克一个人。"

法兰妮的话还没有完全说完，比尔已经拿出手机拨打电话，我慢了一步，只能瞠目结舌地瞪着他。直到这时，我才察觉到原来路易斯安那州的处境这么岌岌可危，而且仔细一想，这一切似乎是我造成的，但是为时已晚。

"怎么会这样？"我问她，"昆恩是如何介入的？他好吗？是他派你来报信的吗？"

"当然是他派我来的。"她说道，仿佛这是天底下最愚蠢的问题一样。"他知道你和那个吸血鬼艾瑞克有关联，以致你本身也变成目标之一，拉斯维加斯的吸血鬼甚至派人来掂过你的斤两。"

乔纳森。

"我的意思是他们在评估艾瑞克的资产，而你被认定是其中的一

131

部分。"

"这和昆恩有什么关系?"这么问或许有点语意不明,不过她懂我的意思。

"我们的母亲,该死又爱惹麻烦、让人烦不胜烦的母亲,"法兰妮怨恨地说。"你知道她被几个猎人俘虏,后来被强暴的事情对吧? 就在科罗拉多州,大概一百年前吧。"事实上,顶多是十九年前的陈年往事,因为法兰妮就在那时候出生的。

"昆恩一个人杀死所有的猎人,把她救回来,虽然还是半大不小的孩子,他亲自找上当地的吸血鬼,请他们帮忙清理血腥的现场,带走妈妈,为此欠了一屁股的债务。"

我知道昆恩的母亲曾经有这么一段不幸的遭遇,现在只能猛点头,希望她快一点说到我还不知道的事情。

"好吧,总之妈妈被强暴以后怀了身孕,那个婴儿就是我,"法兰妮桀骜不驯地瞪着我看。"生了我以后,她的脑袋就一直不对劲,跟这样的妈妈一起生活很艰辛,你懂吗? 偏偏昆恩一直在竞技场搏命偿还债务。"(就像变形人版的神鬼战士。)"她的脑袋一直没有恢复正常,"法兰妮又重复了一遍。"甚至每况愈下,越来越糟糕。"

"这些我都知道。"我试着保持平稳的语调,比尔似乎耐不住性子,猛打手势要法兰妮加快速度,但我摇头以对。

"好啦,所以昆恩付了很多钱,把她送到拉斯维加斯附近的一个机构,那里是全美国绝无仅有、可以帮助像我妈妈那种人生活的中心。"难道是精神错乱的虎人护理之家?"可是妈妈趁机跑掉了,杀了一个观光客,抢走对方的衣服,随便搭上便车一路跑到拉斯维加斯去,路上还搭上一个男人,后来也被她杀了,当场洗劫抢走他的钱,跑去狂赌一番,直到我们发现她的踪影。"法兰妮停下来深吸一口气。"昆恩在罗兹市负伤还没有痊愈,现在又出事,简直让他痛不欲生。"

"噢,不。"然而我有一个预感,这还不是故事的结尾。

"是啊,哪一个比较糟糕,是她临时脱逃,或是胡乱杀人?"

或许观光客自有判断。

我隐约注意到艾蜜莉亚悄悄走了进来，也发现她看到比尔没有诧异的反应，显然比尔进来替代帕梅拉的位置时，她依然清醒，至于法兰妮，她倒没见过，静静地在一旁聆听没有打岔。

"总而言之，拉斯维加斯有很多吸血鬼聚集在那里，因为选择太多样化了。"法兰妮说道，"他们抢在警察之前找到我母亲，又一次替她收拾烂摊子，结果原来是负责收容的棕榈之家在她失踪之后，通知当地所有的超物帮忙留意，等我赶到他们带走妈妈的赌场时，吸血鬼跟昆恩说他们都处理完了，这一笔债要由昆恩来清偿。他说自己最近受到重伤才勉强复原，没办法再下场比赛，他们就威胁要我去当捐血人，或是吸血鬼客人的援交服务，昆恩勃然大怒，差点把说话的那个人宰了。"

原来如此，我和比尔对看一眼，所谓"雇用"法兰妮的提议不过是一个诱饵，让昆恩上钩同意其他的交易。

"后来他们就说有一个国家的处境目前真的是岌岌可危，最适合下手并吞，言下之意就是路易斯安那州。昆恩说，只要内华达州的国王和苏菲安妮结婚，就免费奉上，根本不必浪费力气，反正她手上也没有筹码了。没想到国王人就在现场，悍然拒绝，说他不只厌恶跛脚，此外不管苏菲安妮的领土有多丰饶，即使连阿肯色州都免费奉送，他也不要娶一个有杀夫嫌疑的吸血鬼。"自从吸血鬼法庭宣判苏菲安妮无罪，撤销她杀死丈夫（阿肯色国王）的罪名以后，她不只是路易斯安那州女王，同时还兼管阿肯色州，结果是有名无实，因为一场爆炸事件，苏菲安妮根本没机会去巩固她的统治权，目前只能列入待办事项的名单里，等两只脚长回来以后再处理。

比尔再一次掀开手机拨打号码，无论对方是谁，都没有回应。他深色的眼珠目光炯炯，开始全神戒备，倾身拿起本来放在沙发旁边的长剑。没错，他的确是有备而来，那种东西可不是从我的工具屋拿来的。

"他们打算快刀斩乱麻，静悄悄地解决所有纷争，避免人类的媒体听到风声，而且事先把说辞都构想好了，适时解释本来熟悉的吸血鬼脸孔完全换成一批陌生人的原因。"比尔说道，"女孩，你哥哥究竟在这里头扮演了什么角色？"

"他们逼迫他招出你们总共有多少人,以及他所了解的路易斯安那州的处境,巨细靡遗地告诉他们。"法兰妮说道,说了这些还不够,接下来这一招更完美——她开始一把鼻涕一把眼泪。"昆恩也不想说啊,还企图跟他们谈判,偏偏他屈居劣势,什么筹码都没有。"现在法兰妮看起来至少老了十岁。"他试了好几百万次要打电话给苏琪,可是他们密切地监视,毫无机会,又怕因此拖累了苏琪,暴露出她的所在地,他们终究还是自己发现了,昆恩一得知他们的企图以后,决定冒一个很大的风险——就我们兄妹而言——先派我过来示警,幸好我已经找了朋友从你这里把我的车子开回去。"

"你们的其中之一应该打电话给我,或者写信也可以。"罔顾眼前的危机,我还是忍不住表达自己枯等这么久的怨恨。

"他不忍心让你知悉状况有多么糟糕,因为你一定不会坐视不管,会想办法帮忙,可是所有的办法都用尽了,没有其他的出路。"

"呃,没错,我总会试着把他救出来,"我说,"朋友就是这样,只要某人有麻烦,你不能袖手旁观。"

比尔一言不发,但我感觉他的眼睛盯着我看,当他碰到困难的时候,也是我两肋插刀去把他救出来的,有时候我真遗憾自己干吗多此一举。

"你哥哥为什么现在和他们在一起?"比尔尖锐地问道,"既然已经供出情报了,他们又是吸血鬼,为什么还需要他出力?"

"他们抓着人不放,是要利用他和超物界谈判,尤其是狼人那一边。"法兰妮的口气突然好像总经理的秘书那样干练,事实上我有点替她惋惜,身为人类和虎人结合的后代,她完全缺乏那种特别的力量,既没有优势也没有可供谈判的筹码,她的脸被睫毛膏弄得脏兮兮的,指甲已经啃到快要见肉的程度,看起来一团糟。

现在不是操心法兰妮外貌的时候,因为拉斯维加斯的吸血鬼正虎视眈眈,预备接管这个州。

"我们该怎么办?"我问道,"艾蜜莉亚,你查过屋子的防御咒语了吗?包括车子在内?"她简洁地点点头。"比尔,你打电话到尖牙同盟,并且通知所有的警长了吗？"

比尔点头证实。"克里欧没有回应，艾拉·佑尼已经听到遭受攻击的风声，说会开始防范，并且想办法转到什里夫波特市去，她和六个手下在一起。因为乔维斯挂了，副手是布斯·克芮蒙，由他底下的吸血鬼照顾女王，布斯说他今天晚上刚出门，他的小孩奥萃留守照顾女王和赛伯特，可是奥萃至今都没有回报，连苏菲安妮女王派去小石城的代理人都没有回音。"

大家一时说不出话来，气氛陷入了沉寂，这一回苏菲安妮很可能真的逃不过这场死劫。

比尔一甩头，试着回过神来。"所以，"他说道，"我们或者留在这里，或者替你们三位另外找地方躲藏，等我确定你们平安无事以后，就必须尽快赶去和艾瑞克会合，如果要活过今晚的话，他铁定需要每一个帮手。"

其他一些警长显然死掉了，艾瑞克可能也活不过今夜，这份认知像一个大巴掌直接掴到我脸上，我一口气几乎吸不上来，脚步差一点踉跄，真的是无法想象。

"我们会安然过关的，"艾蜜莉亚说得很坚决，"我相信你是一个好战士，比尔，但我们也不是毫无防卫的三脚猫。"

无论艾蜜莉亚的巫术能耐有多么厉害，我们的确没有抵御的能力，至少在对抗吸血鬼方面。

比尔猛然转过身去，定定地盯着通往后门的走廊，显然听到一些人耳听不见的声响，一秒钟之后，我也听见了熟悉的声音。

"比尔，快点让我进去，越快越好！"

"是艾瑞克！"比尔心满意足地宣布，身子一闪，动作快得让人眼花缭乱，人已经到了后门，没错，艾瑞克在外面，我心头一块石头立刻掉在地上，整个人放松了下来；他还活着，只不过蓬头垢面，不像平常那样整齐，衬衫破了，光着脚丫子。

"我被阻断了，没办法回俱乐部，"他边说边和比尔一起走过来。"只有一个人，我的房子也不安全，其他人都联络不上，比尔你的留言收到了。苏琪,我又来打扰你了。"

"当然可以。"我自动地回答,其实应该要再三考虑才对。"不过我们或许到——"我正想提议大家一起越过墓园到比尔的房子去避难,毕竟那里空间宽敞又有吸血鬼需要的设备,没想到问题点突然从另一个来源爆发了——自从法兰妮说完前因后果以后,大家的注意力就从她的身上移开,谁知道她一口气说完这段戏剧化的经过,原本压抑住的消沉情绪立刻笼罩下来,让她联想到我们随时都要大难临头,无人可以幸免。

"我必须离开这里,"法兰妮说道,"昆恩吩咐我留下来,可是你们……"她不只提高嗓门,整个人还站起来,情绪激动地转来转去,脖子上青筋毕露。

"法兰妮,"比尔开口,苍白的双手捧住法兰妮的脸庞,直视女孩的眼睛,法兰妮立即安静下来。"你这个笨女孩,乖乖留在这里,按照苏琪的吩咐去做。"

"好的。"法兰妮平静地回答。

"谢谢。"我说道,艾蜜莉亚震惊异常地瞪着比尔看,显然从来没有见识过吸血鬼运用邪恶的催眠术。"我要去拿猎枪。"我自言自语,结果还来不及移动身体,艾瑞克已经转向大门旁边的柜子,伸手探进去取出贝内利猎枪,一脸困惑地转身递给我,我们四目相对。

艾瑞克竟然记得我收藏猎枪的地方,那是当他失去记忆,和我住在一起的时候发现的。

直到我可以别开视线的时候,这才瞥见艾蜜莉亚有点怯生生的深思表情,根据和艾蜜莉亚短暂相处的经验判断,知道那不是我喜欢的神情,这种表情意味着她即将表达某一种观点或提议,内容肯定是我不感兴趣的。

"我们会不会太杞人忧天了?"她反诘地问道,没有要人回答的意思。"根本是没事自找麻烦。"

比尔看着艾蜜莉亚,仿佛她突然变成一只装模作样的狒狒,法兰妮则是一脸事不关己的表情。

"毕竟,"艾蜜莉亚流露出那种隐约充满优越感的笑容,"为什么会有人要对付我们?说得更精确一点,我指的是你,苏琪,因为吸血鬼铁定不会针对我而来,除了这一点之外,他们为什么要到这里来?你在吸血鬼的防卫系统里面又不是什么举足轻重的人物,有什么特别好的理由非得杀你或者把你俘虏吗?"

艾瑞克在大门和窗户之间巡回检查了一遍,等到艾蜜莉亚的高见发表完毕,他也巡视完了。"怎么了?"他问道。

我说:"艾蜜莉亚在跟我解释,即使吸血鬼企图征服路易斯安那州,也没有具体的理由会来这里找我。"

"他们当然会。"艾瑞克断然说,几乎没看艾蜜莉亚一眼。他盯着法兰妮看了整整一分钟后点头赞同,然后就站在客厅的窗户旁边盯着外面。"苏琪和我有血液相连,况且我也在这里。"

"是啊,"艾蜜莉亚沉重地说,"真要感谢你,艾瑞克,就是你把这栋房子变成一条进攻的捷径。"

"艾蜜莉亚,你不是能力高强的巫师吗?"

"是啊。"她答得小心谨慎。

"你父亲不是非常富有,而且在路易斯安那州拥有巨大的影响力,对吧?你的师傅也是伟大的女巫?"

哇,是谁在网络上下了一番工夫做身家调查啊?看来艾瑞克和科普力·卡麦克的共通点还真不少。

"对。"艾蜜莉亚说道,"好吧,如果可以把我们团团围住,他们当然很高兴,不过只要艾瑞克不来,我们应该不用担心受伤的问题。"

"你还在怀疑我们是否真的有危险?"我说,"难道你忘了吸血鬼看到血就很兴奋?"

"如果我们死掉了,对他们就毫无用处可言。"

"人生难免有意外。"我说道,比尔哼了一声,没想到他竟然发出如此平凡而世俗的声音,我看了他一眼。大战将至,比尔兴奋得摩拳擦掌、跃跃欲试,尖牙伸了出来,法兰妮一个劲地盯着他看,表情维持不变。如果有些微的几率让她保持冷静、甘心配合的话,我会请比尔让她脱离这种不自然的状态,我虽然喜欢安静不动的法兰妮,却痛恨因此让她失去自主意志。

"为什么帕梅拉要离开?"我问道。

"她在尖牙同盟的用处比较大,其他人都到俱乐部会合,万一被困在其中,只有她能通知我,是我太愚蠢了,才召集他们到酒吧集合,应该叫他们分散躲起来才对。"从现在的表情来判断,艾瑞克会牢记这次的失误,永不再犯。

比尔贴在窗户旁边,聆听屋外的声响,他看着艾瑞克摇头示意,外面还是没有动静。

艾瑞克的电话突然响了,听了一分钟之后,说道:"祝你幸运。"说完就挂断电话。

"其他的多数人在俱乐部里面。"他告诉比尔,后者点头以对。

"克劳汀娜在哪里?"比尔问我。

"不知道。"奇怪,为什么某些时候我置身险境,克劳汀娜会现身来救我,有些时候却不见人影?是我麻烦太多,把她摧残到精疲力竭了?"因为你们在这里,我猜她应该不会现身,如果你和艾瑞克无法克制自己不去骚扰她,她现身救我也没有意义。"

比尔突然浑身一僵,应该是灵敏的耳朵听到一些动静了,他转过身来,意味深长地看了艾瑞克一眼。"虽然不是我会选择的同伴,"比尔恢复他一贯的冷淡口吻。"但我们的组合也不错,唯一遗憾的是女人。"他看着我,深邃的眼睛洋溢着强烈的感情,是爱?是感伤?在他寂静无声的脑海中一点线索都没有,让我无法判断。

"我们还没进坟墓呢!"艾瑞克一样的冷静。

现在连我都听得见车子开入车道的声音,艾蜜莉亚不由自主地发出惊恐的叫声,法兰妮的眼珠子瞪得很大,依然坐在椅子里好像麻痹了一样,艾瑞克和比尔各自陷入沉思。

车子停在屋子前方,开关车门的声音此起彼落,某个人走上台阶。

一种清脆的敲打声音——不是叩门,是轻敲阳台的栏杆。

我慢条斯理地走过去,比尔拉住我的手臂,挡在我身体前面。"谁

138

在那里?"他大声问,随即拉着我退开三尺的距离。

他以为来人会朝大门开枪射击。

结果不是这样。

"是我,吸血鬼维特·麦顿。"对方轻快地回答。

好吧,出乎意料,尤其对艾瑞克而言,他闭了闭眼睛。维特·麦顿的身份和背景揭露了很多资讯,至于那些资讯是什么,我就一无所知了。

"你认识他吗?"我跟比尔交头接耳。

比尔说道:"是的,曾经见过面。"仅此而已,没有再补充其他的细节,径自陷入沉默中。在这一刻,我真是迫不及待地想要知道某人究竟在想什么,这是前所未有的经历,寂静的气氛快要把我搞疯了。

"是敌人还是朋友?"我大声问。

维特哈哈大笑,是真心的笑——表示友善,是一种"我和你一起笑而不是在嘲笑你"的那种笑声。"非常好的问题,"他说,"但是唯有你自己才能够回答,我有这个荣幸和大名鼎鼎的读心人苏琪·斯塔克豪斯小姐说话吗?"

"只是酒吧女招待苏琪·斯塔克豪斯,谈不上什么荣幸。"我冷若冰霜地回应,同时听见某种低沉的骚动声响,似乎是动物在发声,大型的动物。

我的一颗心直接坠到脚底。

"咒语撑住没问题。"艾蜜莉亚飞快地自言自语。"咒语撑住没问题,咒语撑住没问题。"比尔深邃的眼睛盯着我看,一波波的思绪接二连三地迅速从他脸上掠过,法兰妮一副心不在焉的模样,似乎从现状中抽离,唯有眼珠盯着门口看。她也听到声音了。

"昆恩和他们在外面。"我跟艾蜜莉亚低语,她是室内唯一搞不清状况的人。

艾蜜莉亚惊讶地说:"他竟然站在他们那一边?"

"他们制住他的母亲当人质。"我提醒她,其实心情很沉重。

"但他妹妹在这里。"艾蜜莉亚说道。

艾瑞克和比尔一样沉思不语，事实上，他们正相互看着对方，我猜应该是在进行无声的对话，不用出声音就可以讨论。

这种不发一语的思索肯定不是好现象，意味着他们还没有决定究竟要往哪个方向跳下去。

"我们可以进门吗？"那个迷人的声音询问，"或者和你们其中之一面对面讨论？你的房子似乎有不少守卫在保护。"

艾蜜莉亚用力拍了一下手臂。"对极了！"咧着嘴对我笑。

这种自我庆贺的方式没什么不好，只不过时机好像不恰当，我报以微笑，虽然脸颊僵得快要裂成两半。

艾瑞克似乎回过神来开始振作，最后再和比尔对看了一眼，两个人一起放松下来，艾瑞克转向我，轻柔地吻一下我的嘴唇，眼神专注地凝视了我很久很久。"他会饶你活命。"艾瑞克声明，我知道这句话其实不是在对我说，比较像自言自语。"你太独特，不应该随意浪费。"

接着他开了大门。

第十二章

客厅依旧没有开灯，外面的安全灯倒是全亮，因此从屋里往外看非常清楚，吸血鬼独自一个人站在前面的阳台上，身材不是很高，相貌倒是很突出，一身正式的西装，卷卷的头发剪得很短，但是灯光的亮度不足以判断，发色好像是黑的。他气宇轩昂地站在那里，就像"绅士季刊"①的时尚男模特。

艾瑞克几乎挡住整个门口，所以其他部分看不清楚，但要是直接跑到窗户旁边去打量又很没品。

"艾瑞克·诺斯曼，"维特·麦顿说道，"十几年不见啰。"

"不像你在沙漠里拼命工作。"艾瑞克漠然地回应。

"是啊，那里生意兴隆，有些事情想和你讨论一下——恐怕事态很紧急，可以进去说吗？"

"你带了多少人马？"艾瑞克问道。

"十个，"我在他背后呢喃。"昆恩和九名吸血鬼。"假如人类的脑袋

---

① 绅士季刊，美国的男性时尚杂志。

在我的意识层留下一个嗡嗡响的洞，吸血鬼的大脑则是个空洞，所以只要盘算空洞的数目就知道了。

"总共四位同伴。"维特说得从容不迫，非常的诚恳。

"看来你的算术不太好，"艾瑞克说道，"应该是九个吸血鬼外加一位变形人。"

维特的手微微抽搐了一下，侧面轮廓随着身体的欠动而改变，"要蒙骗你显然很困难，老家伙。"

"老家伙？"艾蜜莉亚咕哝。

"叫他们从树林里站出来，让我看清楚！"艾瑞克大声说。

艾蜜莉亚、比尔和我再也顾不得谨慎和庄重，直接站到窗户旁边眺望，拉斯维加斯的吸血鬼一个接一个从树林里站出来，位置就在树林的边缘，光线暗淡，多数的相貌都显得很模糊，唯有一个女孩身材高大匀称，咖啡色的头发又多又密，还有一个身高和我不相上下的男人，留着胡须，耳环只戴了一边。

最后从树林里现身的是老虎，我确信昆恩变身成老虎是因为不想和我面对面，沦落到这样的处境只能感到遗憾，不只我自己百感交集、情绪翻腾，昆恩的心情应该也不好受，就像汉堡肉一样受煎熬。

"有几张面孔很熟悉，"艾瑞克说道，"他们都归你指挥管辖吗？"

这句话有一些含意我不太能够领会。

"是的。"维特的回答很笃定。

艾瑞克显然明白其中的含意，从门口退开一步，我们三个人一起转身注视他。"苏琪，"他说。"这是你的房子，我没有权利邀请他进门。"艾瑞克转向艾蜜莉亚。"你的咒语有特定的范围吗？"他问道，"只会容许他一个人进门？"

"对，"她答，真希望艾蜜莉亚的语气更确定一点。"只有咒语接纳的人邀请他进门才有效，例如苏琪。"

猫咪鲍伯慢吞吞地走向大门口，刚好坐在门槛的中心点，尾巴缠在自己的脚掌上，眼睛一眨不眨地审视着这个陌生人，维特一开始看到鲍伯出现的时候还笑嘻嘻的，随后笑容便消失无踪。

“这不是普通的猫咪。”维特说道。

“当然不是，”我故意提高嗓门让他听个清楚。“就跟外面那一只一样。”老虎发出呼噜的声音，我猜是要表达友善，而这差不多是昆恩得以鼓起勇气跟我表示他对整个该死事件非常遗憾的方式，但也可能不是。我走过去站在鲍伯后面，他抬头看了我一眼，施施然地走开了，来去之间都是一副事不关己的冷淡模样，唉，猫就是猫。

维特·麦顿靠近前方的阳台，显然咒语不许他越过木板，他只能站在台阶底下等候，艾蜜莉亚打开阳台的电灯，突如其来的亮光让维特难以适应地眨眨眼睛，他的长相即使不算英俊，也很吸引人，棕色的大眼睛和果断的下巴，微笑的时候露出漂亮的牙齿。

他郑重其事地盯着我看。“关于你个人魅力的传闻，显然不是夸大其词。”我花了一分钟诠释这句话的含义，因为太过害怕，脑筋有些迟钝一时转不过来，我发现间谍乔纳森也在院子的吸血鬼当中。

“噢……啊，”我兴趣不大地说，“只有你可以进来。”

“真是荣幸。”他鞠个躬，谨慎地往上跨了一步，似乎松了一口气，之后就非常顺利地越过阳台，才一眨眼之间已经站在我面前，口袋中的手巾——我可以对天发誓，那条手帕洁白无瑕——几乎碰到我白色的 T 恤，我极力压抑才不致露出畏缩的反应，僵硬地站着不动，直视他的眼睛，感受到他眼睛背后的压力冲着我而来，显然试图运用心志控制的把戏看看有没有效果。

按照已往的经验，这一招通常没效，我让他先死了这条心，才退后一步让出进门的空间。

维特在门口站住不动，郑重其事地把屋里的每一个人都打量了一遍，其间脸上一直堆着笑容。瞥见比尔的时候，笑容甚至更加的灿烂。“啊，康普顿，”他招呼，我以为他接下去会有一两句评语，没想到就此打住了，接着他把艾蜜莉亚彻底审视了一番。“魔法的来源。”他嘟哝地说，稍微跟她点头致意。针对法兰妮的评估很迅速就过去了，唯有在认出她身份的那一瞬间，流露出十足不悦的神情。

我应该把她藏起来才对，可惜根本没想到，现在拉斯维加斯的吸血鬼得知昆恩事先派妹妹过来预警,不知道下场会如何;我忍不住纳闷我们能否撑过这次的考验。

如果能够活到天亮,我们三个人可以驾车离开,万一车子遭到破坏,呃,还有手机可以打电话叫计程车来接,但除了昆恩之外,很难说拉斯维加斯的吸血鬼还找来哪些白天的帮手……至于艾瑞克和比尔,就算他们可以联手突破外面吸血鬼的包围阵线,也不确定他们能走多远。

"请坐。"我心不甘情不愿地开口,还是要顾及待客之道。大家纷纷走到沙发和椅子旁边,只有法兰妮站在原处不动,当然最好的方式是尽可能保持冷静和镇定,不过室内紧张的气氛几乎一触即发。

我开了台灯,问吸血鬼们要不要来一杯饮料,他们全都显得很诧异,只有维特接受提议,看我点点头,艾蜜莉亚走到厨房去热人造血,艾瑞克和比尔坐在沙发上,维特挑了椅子,我则坐在躺椅的边缘,双手紧握放在大腿上,在维特选择开场白之前,屋里的气氛寂静凝重。

"你的女王死了,维京人。"

艾瑞克震了一下,刚好走进来的艾蜜莉亚愕然地停住脚步,一秒过后才把那杯真血牌饮料递给维特,他微微点个头接下,艾蜜莉亚低头瞪着他看,一只手藏在睡袍底下,我正要吸口气叫她不要轻举妄动的时候,她挪开步伐走过来站到我身边。

艾瑞克说:"我已经猜到了。还有几个警长?"我必须这么说,单从声音无法判断出艾瑞克的感受。

维特装模作样地沉思了一下。"让我想一想,噢,对! 全都死光了!"

我紧紧抿着嘴唇以免发出一点声音,艾蜜莉亚从壁炉旁边搬出平常放在那里的直背椅,放在我的座位旁边,宛如重重的沙袋似的坐下来。现在就座之后,我看到她手里抓着一把刀,是厨房里用来切肉的刀,非常锋利。

"他们底下的吸血鬼呢?"比尔模仿得无懈可击。

"有一些还活着,包括一个年轻人叫瑞硕的……艾拉·佑尼的手下有几个幸存,克里欧·贝比特即使投降以后,全部的人马还是被歼灭了,至于赛伯特似乎伴随着苏菲安妮一起毙命。"

"尖牙同盟酒吧?"艾瑞克撑到最后才问出来,因为实在不忍心说出口,我很想走过去伸手环住他的肩膀安慰一下,但他肯定不接受,那样太软弱了。

维特故意喝了一大口真血,屋内一阵冗长的沉默。

然后他开口:"艾瑞克,你的人都在俱乐部里面,至今没有投降,坚决说要等待你的消息再决定,我们预备放火烧俱乐部;你有一个小孩逃走了,好像是女性,举凡我手下蠢得落单的吸血鬼,似乎都被她干掉了。"

噢,太棒了,帕梅拉!我低头掩饰情不自禁流露出的笑容,艾蜜莉亚笑嘻嘻地看着我,连艾瑞克都忍不住得意,不过只有一瞬间而已。唯有比尔毫无变化。

"警长死了这么多,为什么只有我活着?"艾瑞克终于丢出这个四百磅重的疑问。

"因为你是其中最有效率、最有产能,也是脑筋最实际的。"维特老早就把答案预备好了。"况且在你的辖区有一个最大的印钞机,为你卖命工作,"他朝比尔点个头,"只要你发誓效忠,我们的国王愿意让你续任下去。"

"看来如果拒绝的话,下场应该是不言而喻。"

"我的人马在什里夫波特市已经准备了火炬,"维特兴高采烈地直说下去。"实际上用的是比较现代化的工具,不过你应该明白我的含意,当然啦,这里的小帮手我们也可以应付,看来你的喜好很多元化,艾瑞克,我一路跟踪,以为你会和最优秀的吸血鬼精英在一起,结果却是一群古怪的家伙。"

我没有气得脸红脖子粗,毕竟这一点毋庸置疑,我们的确是古怪的一群;同时我们也没有投票表达赞同与否的权利,问题的重心都在艾瑞克这个人究竟有多自负上。

在沉默之中,我不住地纳闷艾瑞克还要考虑多久才下决定,如果他不屈服,我们通通活不了,这就是维特言下之意所谓的"应付",即使艾瑞克刚刚说我太宝贵,不可能死掉,但我可不认为维特会在意我的"价值",至于艾蜜莉亚就更不用说了。就算我们得以制服维特一个人(比尔和艾瑞克联手或许没问题),可是屋外的吸血鬼只要采取他们针对尖牙同盟的威胁方式,直接放火烧房子,我们一样鸣呼哀哉——没有邀请他们或许进不了门,但我们也出不去。

我和艾蜜莉亚对看一眼,她心里充满恐惧,使出全身的力气才挺直背脊,如果打电话通知科普力,他当然愿意为女儿的性命谈判,也有足够的财力当后盾,既然拉斯维加斯的吸血鬼这么急于入侵路易斯安那州,肯定也会饥渴地接受贿赂,交换科普力·卡麦克女儿的性命。至于法兰妮一定也没问题,毕竟她哥哥就在外面不是吗?他们肯定愿意让法兰妮活命来确保昆恩听命行事?况且维特刚刚也声明比尔的技术是他们所需要的,因为他的电脑资料创造了丰厚的利润,权衡之下,只有艾瑞克和我最无关紧要。

我想到萨姆,但愿可以和他通电话聊聊也好,但我不忍心拖他下水,这只会害他没命。我闭上双眼,暗地里和他道别。

屋外突然有声响,我花了半晌才察觉那是老虎的吼声,昆恩想进来。

艾瑞克看我一眼,我摇头以对,现场的麻烦已经够多了,不需要再把昆恩扯进来,艾蜜莉亚呢喃地喊一声:"苏琪……"伸手按住我的手,手上握着刀。

"不要莽撞,"我说,"这样没用的。"希望维特没有察觉她的企图。

艾瑞克睁大眼睛凝视着未来,在沉默中射出蓝色的光芒。

接下来发生的事情完全出乎意料,法兰妮从催眠状态下猛然挣脱出来,张开嘴巴开始尖叫,第一声尖叫才出口,大门就开始砰砰砰地震动,不过五秒钟,昆恩就用他四百五十磅的体重把我的门撞裂一个洞,法兰妮脚步蹒跚地站起来,维特企图拉住她,但是相差半寸的距离,她已经跑过去抓住门把猛力拉开。

昆恩纵身跳进屋里,速度很快,把他妹妹撞倒在地上,他矗立在上方,对着所有的人怒吼。

维特果然有胆量,毫不畏惧地开口:"昆恩,你听我说。"

不久昆恩就闭上嘴巴,一旦变形人幻化成动物的外形,里面还存留多少人性其实很难说,我有证据确信狼人能够清楚地了解我的话,也在以前昆恩变成老虎的时候和他沟通过,他的理解力绝对没问题,然而法兰妮的尖叫声触发他的怒火,一时之间似乎找不到目标发泄,我趁着维特的注意力全在昆恩身上,掏出口袋的名片。

我实在不愿意这么早就掏出曾祖父免死金牌般的名片来运用("我爱你,爷爷——赶快救我出去!"),更不想要毫无示警地把他扯入一屋子的吸血鬼群里,但如果真的有一个需要精灵介入的时机,那绝对是现在,甚至时机还算晚了一步。手机本来就在睡裤的裤袋里,我偷偷拿出来掀开盖子,真希望我把他的电话输入在快速拨号键上,我低头一边看号码一边按键,维特正在和昆恩说话,试着说服他法兰妮并没有受伤。

所有的事情我是不是都做对了?我是否等到确定需要的时候才打电话找奈尔?我一直把名片留在身上又随时带着手机,这一招不是很聪明吗?

有时候当你所有的步骤都做得很正确的时候,结果还是错的。

电话刚接通,突然一只手伸过来快速地夺走我的手机,啪的摔在墙壁上。

"不能把他扯进来,"艾瑞克低声跟我咬耳朵,"否则会爆发一场大战,害死所有的人。"

死的应该是他自己才对,因为我相当确定如果曾祖父发动一场大战来救人,我肯定可以活命,但现在希望渺茫,根本走投无路了,我用近乎憎恨的眼光瞪着艾瑞克看。

"无论你打电话给谁都没用,谁也帮不了你,"维特·麦顿志得意满地说,接着又有点犹豫,仿佛突然想到什么事情。"除非你还有什么我不知道的秘密。"

"你对苏琪的了解的确不多,"比尔说道,自从麦顿进来以后这是他第一次开口。"但请记住:我愿意为她而死,如果你敢伤害她,我就要你的命。"他黝黑的眼睛盯着艾瑞克看。"你敢这么说吗?"

艾瑞克显然不愿意,所以在"谁最爱苏琪"的竞赛上明显落于人后,虽然在此时此地,这其实不相干也不重要。"还有一点你必须要知道,"他告诉维特,"更贴切地说,如果苏琪有个三长两短,你所无法想象的势力必定不会放过你。"

维特一脸深思的表情,"当然,你可能只是随便吓唬我,"他说,"不过我相信你很认真。假如你说的是这只老虎,我想他不会冲冠一怒为红颜把我们全杀了,别忘了他妈妈和妹妹都在我们的掌控下,单单看到他妹妹在这里,老虎已经交代不清了。"

艾蜜莉亚走过去伸手环住法兰妮,一方面安抚她,一方面让自己涵盖在老虎的保护圈内,她看着我,传递的思绪非常清晰:我应该使出魔法吗?要不要用停滞咒?

聪明的艾蜜莉亚竟然想出用这种方式和我沟通,我急切地考虑她的提议,停滞咒会让一切停驻在原地,但不知道咒语是否也包括外面的吸血鬼,万一震住的只有屋里这些人,情况根本改善不了。她可以只针对特定的对象吗?真希望艾蜜莉亚也会读心术,这是从来没有过的愿望,只是有太多事情我不知道,只好勉强地摇头。

"这太荒谬了,"维特说道,故意一脸不耐。"艾瑞克,这是最后的底线,也是最后的提议,你要接受我的国王并吞路易斯安那州和阿肯色州,或者要奋战到死?"

气氛再一次陷入悬宕,但时间比较短暂。

"我愿意接受你国王的统治权。"艾瑞克垂头丧气地说。

"比尔·康普顿呢?"维特追问。

比尔看着我,深邃的眼睛一直停驻在我身上。"我接受。"

就这么简单,旧时代的统治权画上句点,路易斯安那州来了一位新国王。

第十三章

紧张的情绪就像被刺破的轮胎，累积的压力突然释放开来。

艾瑞克说道："维特，通知你的人撤退，我要听到你亲自说出来。"

维特简直开心极了，眉开眼笑地从口袋里掏出一只精巧的手机，打给一位名叫戴莉拉的女人，把撤退的命令传递下去，艾瑞克也用自己的手机拨到尖牙同盟酒吧，通知克蓝西关于领导权的变化。

"别忘记跟帕梅拉说，"艾瑞克清晰地强调，"免得她又拔掉维特其他的暗桩。"

随后的气氛变得有点尴尬，每个人都在纳闷后续会如何发展。

既然确信危机已过，还有机会活到明天，我开始希望昆恩能够恢复人形，有机会交谈一下。毕竟很多事情都需要厘清，也不确定自己这样的感觉究竟对不对，然而我还是觉得这是一种背叛。

我当然知道自己不是世界的中心点，也明白他陷入这种处境是出于被迫，不是自愿的。

吸血鬼向来很狡猾，常常诉诸于威胁和强迫的手段。

但在我看来，这已经是他的妈妈第二次让昆恩掉进陷阱里面进退两难,虽然是疏忽和偶然,两次不幸都和吸血鬼扯上关连。我当然知道这不是她的责任,不能都归咎于她,的确,她当然不想要被强暴,也不愿意精神状况有异常、疯疯癫癫地过日子,虽然从来不曾谋面,可能以后也没机会认识,不过她肯定是一颗随时都可能被点燃的未爆弹,何时发作谁也没把握。昆恩已经尽其所能了,还派妹妹事先来警告,不过我也不太确定这么做的帮助究竟有多少。

只能说他肯尝试就是一种加分。

此时此刻,看着老虎用鼻子磨蹭法兰妮的动作,我发现自己决定和昆恩交往真的是铸下大错,遭受背叛的怒火难以熄灭,无论再怎么努力跟自己讲道理,看到失踪的男朋友竟然和敌人阵营的吸血鬼站在一起,那个画面再次点燃我心底的怒火,我摇摇头,暂时摆脱这些情绪,环顾屋内。

艾蜜莉亚顾及礼貌,挑了适当的时机松开仍旧在啜泣的法兰妮的肩膀,一溜烟地跑进浴室里,看来现场紧张的气氛已经大到超过女巫室友的承受范围,果不其然,浴室传出来的声响证实我心中的怀疑。艾瑞克还在和克蓝西通话,想借由伪装的忙碌来调适环境上面临的巨大变化,虽然无法掌握他的思绪,但是这一点我很肯定;接着他朝走廊而去,大概想寻找隐秘的独处空间,重新评估未来的处境。

维特到屋外跟手下的吸血鬼交代事情,我听见其中一个喊:"耶!太棒了。"仿佛他的球队刚刚得着关键性的胜利,看来也真的是这样。

我自己则感到两脚无力,思潮汹涌翻腾、乱七八糟的理不清,比尔伸手环住我的肩膀,扶我坐到艾瑞克空出来的位置里,冰冷的嘴唇轻轻地掠过我的脸颊,除非我的心是石头做成的,才有可能不被他刚刚对维特说的那番话影响——无论今晚的遭遇是多么的胆战心惊,我都没有忘记——他愿意为我而死,这番话让人动容,毕竟我是人,不是石头做成的。

比尔跪在脚边,仰着苍白的脸庞倾诉真心。"希望有一天你会回心转意,"他说,"我绝不会强迫你接受。"说完,他起身走到屋外去会见新的吸血鬼盟友。

好吧。

但神特别眷顾我，这一天还没有结束。

我拖着沉重的脚步回房间，推开房门，打算洗把脸或者刷牙，甚至梳一下头发也好，总之就是提振精神，让自己不要垂头丧气失魂落魄。

没想到艾瑞克坐在床铺上，脸埋在手里。

进去时他抬头看着我，一脸错愕的神情，哎，这也难怪，毕竟他刚才面临了新旧统治权时代的翻转，和守卫人员折损的变化。

"当我坐在床铺上，闻到你的香气时，"他的声音低得几乎听不见，"苏琪……所有的记忆都回来了。"

"噢，我的天。"我走进浴室关上房门，开始梳头发刷牙和洗脸，但是再怎么拖延还是要出去面对，如果这时候不敢面对外头那位吸血鬼，我的懦弱程度就跟昆恩不相上下。

我一出现艾瑞克就迫不及待地说："我无法相信自己……"

"对对，我了解，爱上一个平凡的人类，说了一堆海誓山盟的诺言，还那么细心体贴，满心想要和我永远厮守在一起……"我咕哝地说，总有一道捷径可以快速脱离这一幕场景吧。

"我无法相信自己在几百年的时光里，第一次感受如此强烈，如此快乐和幸福。"艾瑞克有点气愤地声明，"你应该稍微奖励我一下。"

我揉揉额头，现在是深夜时分，一切的发展过于戏剧性，本来以为活不过今晚，原先认定是男朋友的男人完全颠覆了我对他的认识和印象，结果"他那边"阵营的吸血鬼现在跟"我这边"成了联合阵线，在情感上我认同的是路易斯安那州的吸血鬼，即便其中有部分的吸血鬼行径非常骇人听闻。可是维特·麦顿和他的手下会略胜一筹，不那么恐怖吗？我想不然，单单今天晚上他们就冷血杀害了几位我有所认识也有好感的吸血鬼。

面对这么多的变化，我实在没有余力再来应付艾瑞克灵光乍现的一面。

"如果真有讨论的必要的话，可以改天再说吗？"我问道。

"可以。"迟疑良久以后他才同意，"现在的确不是好时机。"

"我猜无论任何时候，都不是讨论这件事的好时机。"

"但我们不能逃避。"艾瑞克坚持。

"艾瑞克……噢，好吧，"我伸手比了一个"擦掉"的手势。"很高兴新任的国王要你续任下去。"

"一旦我死了，你会伤心。"

"是啊，因为我们以血液相连，啦啦啦。"

"不单是那个原因。"

"好吧，你说对了，假如你死了，我铁定会难过的，不过我很可能也活不了，所以不至于伤心太久，现在可以请你闪人了吗？"

"噢，是的，"他又恢复了艾瑞克原有的气焰。"我现在就闪，但是之后还会见面，放宽心，我的爱人，我们要达成某种程度的相互理解。至于拉斯维加斯的吸血鬼，他们非常适合统治另一个以观光收入为主轴的州，内华达的国王有权有势，维特也不容轻忽，行事无情又残酷，却不会轻率毁灭另一个可能有用处的东西，他很精于掌控自己的脾气。"

"所以你对这次的权力转换并非真的很不满？"我忍不住诧异的口气。

"凡事总有第一遭，"艾瑞克说道，"所谓的'不满'根本于事无补，我无法让死人复生，也没办法独自一人击败内华达国王，总不能要求我的人民打一场必输的仗，白白地牺牲。"

艾瑞克的务实态度让我望尘莫及，他的观点不无道理，等我休息够了以后，可能也会认同，但不是此时、此刻、此地。在我看来，似乎是过于冷漠无情，当然啦，这或许可以归功于他有好几百年时间的淬炼才变成这个德性，可能也经历过好几遍这样的过程，以致司空见惯了。

好个凄凉萧瑟的前景。

离开之前，艾瑞克弯腰亲吻我的脸颊，真是另一个收集脸颊之吻的夜晚。"老虎的事情我很遗憾。"他说，就我而言，这句话应该是今夜的收场白了。我颓丧地跌坐在卧室角落的小椅子上，直到确定所有的人都一一离开，只剩下一个温热的脑波。应该是艾蜜莉亚，我从房间探头出来确认一下。没错，所有的不速之客都走光了。

“艾蜜莉亚?”我嚷嚷。

“嗯。”她出声回应,我走过去一看,发现她坐在客厅里面,跟我一样的精疲力竭。

“你要试着去睡一下吗?”我问道。

“不知道,总要试试看吧,”她摇摇头,“这件事情改变了一切。”

“哪一件事情?”很惊讶她竟然了解我的感受。

“噢,就是吸血鬼吞并的事啊,我爸爸和新奥尔良的吸血鬼谈妥了很多生意,预备替苏菲安妮工作,修复她位于新奥尔良的企业总部和其他受风灾侵袭的产业,我最好打电话通知他这档事,他肯定想要提早和新来的家伙建立关系。”

艾蜜莉亚的这一面跟艾瑞克同样的实际,反倒是我自己和整个世界脱节且格格不入,一时之间想不起来还能打电话给谁,可以和我一起来哀悼,为苏菲安妮、艾拉·佑尼、克里欧……和一长串吸血鬼的殒落而叹息。有生以来我第一次忍不住纳闷,吸血鬼是否太习惯接纳生命的无常和殒落,看看他们周围有那么多生命来来去去,倏忽消失无踪,一代又一代地跨进坟墓里,但吸血鬼依旧活着,虽死犹活,不断地继续。

哎,我这个疲惫的凡人——终有一天也要告别世间——迫切地需要睡一觉,假如今晚还有另一场充满敌意的并吞场面,请恕我无力奉陪了。我把所有的门窗再锁一遍,对着楼上的艾蜜莉亚大叫一声晚安,爬回我的床铺上,不幸睁着眼睛至少躺了整整三十分钟,就在快要翩然入梦之前,肌肉竟然抽筋,我差一点就完全清醒过来,以为是有人进来警告我即将大难临头。

到最后连抽筋都没办法制止我昏睡过去,而且是睡得很沉很沉,等到醒来的时候,阳光已经照在窗户上,我睁眼一看,昆恩竟然坐在卧室角落里同一张小椅子上,昨晚我就是坐在那里和艾瑞克对谈。

这种发展不太好,我可不愿意一堆男人像冒失鬼似的在卧室里进进出出,可以长相厮守的一个男人就够了。

“谁让你进来的?”我问道,用一只手肘撑起身体,就一个睡眠不足的人而言昆恩看起来神清气爽,身材魁梧、脑袋瓜光滑,还有一对紫色的大眼睛,看起来就觉得很顺眼。

"艾蜜莉亚,"他说,"我知道不应该擅自进来,应该等你起床再说,因为你很可能不想让我跨进来。"

我躲进浴室里给自己一分钟的时间,这一招未免太熟悉了。出来的时候外表比刚刚稍微整齐一些,头脑也比较清醒,昆恩替我端来一杯咖啡,才喝了一小口,立刻觉得好多了,有余裕应付接下来要面对的一切,但不适合在卧室里。

"到厨房。"我们走到向来是这栋房子心脏的位置,失火之前这里很老旧,现在焕然一新,但是旧的厨房依旧让我很怀念,原本家族围坐了很多年的桌子换成现代版的,新椅子也比旧家具舒服多了,可是偶尔想到失落的一切,我还是觉得很遗憾。

我有一种不好的预感,"遗憾"将会是这一天的主题,在充满烦恼的睡眠里,显然吸收到一部分昨晚听起来让人伤感的务实主义,为了要稍微逃避一下将要面临的对话,我走到后门口探头一看,确认艾蜜莉亚的车子不在场,幸好屋里只有我们。

我坐下来,面对这个我希望爱上的男人。

"宝贝,你看起来就像刚刚听到我横死的消息一样。"昆恩说道。

"或许那样还比较好。"我说得斩钉截铁,必须一头撞进去,不能顾左右而言他,昆恩听了忍不住瑟缩。

"苏琪,我还能怎样?"他反问,"我还能怎么做呢?"他的语气里带着一丝怒火。

"我又能怎么做?"我呛回去,因为自己也没有答案。

"我派了法兰妮!试图警告你!"

"太慢了,也做得太少。"我指控,随即开始质疑自己:这么说会不会显得太无情、不公平而且不知感恩?"如果早在几星期以前你就打电话给我,即使一次也好,或许我现在的感受会不相同。不过我猜你像无头苍蝇一样忙着寻找你母亲的下落。"

"所以你因为我妈妈的缘故要跟我分手。"他的口气充满怨恨,这是人之常情。

"对。"我暗地里测试自己的决心,迟疑半晌终于还是说了。"我想是这样没错,重点不在于你母亲,而是整体的处境,只要她活着,永远都高居第一位,她因为受创太严重以致神智失常,相信我,我很同情,也很遗憾你和法兰妮生活中有这么多的艰难要排除,这些我很能够理解。"

昆恩低头看着手中的马克杯,表情充满怒火和疲惫,这或许是整个摊牌场面中最难堪的一刻,但却是无可避免的,我自己也很痛,不愿意最后的结局是这样。

"好,你了解这一切,也明白我很在乎你,却还是不愿意和我走下去。"昆恩咬牙切齿一字一句地说。"你连尝试都不愿意。"

"我也在乎你,也希望我们还有更多的未来。"我说,"但是昨天晚上的事件远超过我能忍受的范围,记得吗?我是从别人的口中得知你过往的经历的。或许一开始绝口不提是因为你知道这会是一个关键点,不是你下场比赛——那种事我根本不在意,而是你的母亲和法兰妮……呃,她们是你的家属,又无法……独立,绝对少不了你,她们永远是你的第一优先。"我停下来喘口气,咬紧牙关,接下来是最困难的一步。"可是我想当第一位,虽然这种想法很自私,或许是痴人说梦,也可能很肤浅,但我希望自己是某个人最优先的考虑,即便这么想是错的,却是我要的,错就错吧,我的感受就是这样。"

"那就没有再说下去的必要了。"片刻的思索之后,昆恩这么说,一脸落寞地看着我。我当然同意,他一双大手平贴在桌子上,用力撑起身体转身离去。

我觉得自己像个大坏蛋,心情悲惨得不知如何是好,一个只顾自己的坏女人。

但还是忍心地让他走出大门。

第十四章

我正预备要出门去上班——没错，就算折腾了一整晚，工作还是要顾——外面突然有敲门声，车道上有一些动静，我匆忙系上鞋带。

联邦快递的卡车不常来我家，驾驶室里下来的女孩很陌生，大门昨天被昆恩撞得伤痕累累，看起来难以恢复了，连开门都有点困难。我在心底注记要打电话给克莱斯的罗伊家具，询问更换大门的事情，或许詹森肯帮我重新安装。等我终于把破损的大门拉开的时候，联邦快递的小姐盯着裂缝看了很久。

"你要签收吗？"她把包裹递给我，非常识相地不做评论。

"当然。"我有些困惑地收下包裹，从尖牙同盟送来的，啊哈！

卡车掉头转向蜂雀路的时候，我打开包裹，是一只红色的手机，上面是我的电话号码，还有一张字条："很抱歉另一只被我摔坏了，爱人。"底下签了一个大大的"艾"字，盒子里同时附了充电器，也有车用的，另有一张通知单，注明前六个月的账单已经付清了。

带着另一股困惑的情绪，又来了一辆卡车，这次我甚至懒得从阳台上下去,卡车来自于什里夫波特市的家得宝①,运来一扇崭新的大门,看起来很气派,同时还有两个工人负责安装,账单都付清了。

不知道艾瑞克愿不愿意也替我清理烘干机的排气口。

我提早抵达莫洛特酒吧,希望和萨姆聊一下昨夜的事件。偏偏他办公室大门紧闭,里面有声音传出来,虽然不是史无前例,但这种状况真的很少见,立刻激起我的关怀和好奇,萨姆的大脑记号当然很熟悉,另一位以前也碰过,我听到里面挪动椅子的声响,急忙赶在房门推开之前躲到储藏室里面。

走出去的是坦雅·葛利森。

我等了一会儿,最后决定就算冒险也要和萨姆聊一聊,因为这件事真的很要紧,只不过他可能没有聆听的心情。老板依旧坐在他那张吱吱嘎嘎响的旧躺椅里面,两只脚架在桌子上,头发比平常更凌乱,好像多了一圈红棕色的光环,同时一脸深思的模样,有点心不在焉,但是当我一开口说要谈一谈时,他点点头,吩咐我关上房门。

"你知道昨天晚上发生什么事情了吗?"我问道。

"听说是充满敌意的接管。"萨姆说道,往后倾斜靠在躺椅的弹簧上,椅子不堪折磨地发出刺耳的声响。今天我真的是濒临脾气爆发的边缘,只好咬住嘴唇免得开口骂人。

"对,可以这么说。"用充满敌意的接管来形容似乎挺恰当的,我跟他说了昨夜在我家发生的事情。

萨姆一脸懊恼。"我从来不介入吸血鬼的事务,半兽人和吸血鬼融合不来。我真的很遗憾你被扯进风波里面,苏琪,都是混蛋艾瑞克的缘故。"他看起来似乎还有话要说,但决定闭紧嘴巴。

"你听过内华达国王的事情吗?"我问道。

"我知道他拥有一家出版王国。"萨姆即刻给了答案。"旗下至少有一家赌场和好几家餐厅,还有一家管理公司负责处理吸血鬼娱乐界的人士,他是幕后的大老板,你知道的,例如猫王活死人的滑稽剧,还有那

---

① 家得宝,美国著名的连锁卖场,专卖居家装饰用品和建材。

些向猫王致敬的纪念品艺术家团体,想到这里实在觉得挺有趣的,另外有一些很专业的舞蹈团。"我们都很清楚真正的猫王依旧活在人间,可惜已缺乏表演的能耐。"如果一定要有人来接管倚赖观光收入的州,菲利普·迪·卡斯楚无疑是不二人选,他可以确保新奥尔良按照应该有的面貌重现往日光彩,因为他要那份收入。"

"菲利普·迪·卡斯楚……这个名字很有异国风味。"我说。

"我们没见过,不过听说他非常……嗯,具有独特的魅力,不知道他会不会移居路易斯安那州,或是由那个维特·麦顿担任这里的代表,无论如何酒吧都不会受影响,但肯定会影响到你,苏琪。"萨姆放下双腿从躺椅上站起来,弹簧吱吱嘎嘎地抗议。"但愿有些方法可以把你带离吸血鬼的圈子,就此脱离麻烦。"

"我认识比尔的那一天晚上,如果当时就明白现在知道的这些事情,不知道是否会做出不一样的决定,"我说道,"或者干脆袖手旁观让他死掉算了,"我把比尔从一对卑鄙下流的夫妇手中救出来,后来发现他们不只卑鄙还是杀人凶手,就是所谓的榨血人,专门把吸血鬼引到某个地方,再用银链制服他们以便榨血,血液拿到黑市去卖,价钱好得不得了。榨血人过的是在刀口上舔血的危险生活,这对夫妇为此付出了惨痛的代价。

"你只是说说而已,"萨姆又开始晃动躺椅(吱嘎!吱嘎!)接着站了起来。"你绝不可能那么做。"

听到别人衷心的赞美感觉真好,尤其是在早上和昆恩那一席对话之后。我很想跟萨姆倒苦水,但他已经朝门口的方向移过去,显然两人上班的时间到了,我也跟着站起来,一前一后地走出办公室,开始日常的工作,只不过心不在焉就是了。

为了振作颓丧的情绪,我试着想象未来光明美好的前景,想想值得期待的事情,结果一片空白什么也想不起来。我站在吧台旁边良久,一手抓着点餐单,心里好凄凉,还得告诫自己不要一脚踏入忧郁的悬崖,接着伸手打了自己一巴掌,笨蛋!我有房子,有朋友,还有一份工作,已经比全世界数百万的人口更幸运了,你还想怎样!事情总会改善的。

这一招果然奏效，虽然撑不了多久。我对每个人微笑，笑得有点僵，但至少在笑。

大约过了一两个小时，詹森和他太太克里丝塔一起步入酒吧，怀孕的克里丝塔臭着一张脸，詹森看起来……呃，有点严苛，只要碰到心情不佳或沮丧时，他就像个凶神恶煞似的。

"最近还好吗？"我问。

"噢，一般，"詹森语气夸张地说，"可以送些啤酒过来吗？"

"没问题。"我说，心想他从来不曾考虑过克里丝塔。她长得很漂亮，比詹森年轻好几岁，是个豹人，但技术不太好，主要是因为哈萨特社区近亲通婚的缘故，如果没碰到满月时间，克里丝塔变身就会有困难；而且就我所知，她已经有两次流产的记录，这样的失落让人同情，况且我也很清楚豹人社区认定她很软弱，现在克里丝塔第三次怀孕，这或许也是凯温同意她和詹森结婚的唯一理由。不过詹森是被咬而不是天生成的，换句话说，他之所以变成豹人是因为接二连三重复被咬的缘故——咬他的是一个醋劲大发的男人，一心想把克里丝塔占为己有。因为是后天造成的，所以詹森没办法变成真正的豹，顶多是半人半兽的版本，他倒是很享受其中的过程。

我送上啤酒和两只冰镇过的马克杯，同时等待他们是否预备要用餐，我对克里丝塔喝酒的问题有些疑虑，但还是决定不要多管闲事。

"我自己要一份乳酪汉堡配炸薯条。"詹森的选择毫无意外。

"你呢，克里丝塔？"我问道，试着友善一些，她毕竟是我的嫂嫂。

"噢，我身上的钱不够吃饭。"她说。

我一时无言以对，一脸询问地望着詹森，他无所谓地耸耸肩膀，这个动作表示——跟他妹妹表示——"我真愚蠢，这件事情做错了，但我不会让步的，因为我是个固执的白痴。"

"克里丝塔，我很高兴能请你吃午餐。"我静静地说，"你要什么呢？"

她杏目圆睁地瞪着丈夫，"我要跟他一样，苏琪。"

我在另一张单子上注记她点餐的内容，走到柜台去通知厨房，本来就积了一肚子的火气，现在詹森还火上加油点燃一根火柴，引爆我的怒

159

火。整件事情的前因后果清晰地印在他们的脑袋里，等我逐渐明白是怎么一回事的时候，对这对夫妻真是厌恶极了。

克里丝塔移居到詹森的房子里，但几乎每一天都开车去哈萨特——她的避难所——报到，在那里她不用伪装，习惯被熟悉的亲人包围，尤其想念她的妹妹和外甥。坦雅·葛利森向克里丝塔的妹妹租了一间雅房，也就是克里丝塔和詹森结婚前住的房间，克里丝塔和坦雅立刻成了姐妹淘，因为坦雅买起东西好像在拼命，简直以此为职业，有几次克里丝塔搭了顺风车去闲逛，结果把詹森给她家用的花费全都花得精光，两人因此大吵一架，虽然之后克里丝塔信誓旦旦绝不再犯，然而一连两次发薪水的时候都这样，毫无改善。

现在詹森拒绝当冤大头，一毛钱都不给她花，自己采购日常用品、拿干洗的衣服、处理所有的账目，还跟克里丝塔说如果她要钱就自己去找工作赚，毫无谋生技能又怀着身孕的她当然什么斩获都没有，所以身无分文。

詹森试图强调自己的观点，但在公开场合羞辱自己的妻子根本是完全离题了，你就知道我哥哥是怎样的大白痴。

碰到这种事情我能够怎样？呃……最好别插手，他们必须自行解决，我看着这对心智发展有障碍的夫妻，简直像长不大的儿童，对他们的夫妻关系实在乐观不起来。

怀着深沉的不安，回想起他们那超乎寻常的结婚誓言，那或许是哈萨特的规矩，但在我听起来很怪异，身为詹森最近亲的家属，如果他有越轨的行为，我保证要代他接受惩罚，如同克里丝塔的叔叔承诺要负担她的责任一样，当时许下诺言实在是轻率欠考虑。

我把食物送到他们桌上，看到夫妻俩各自板着一张脸，眼睛看哪里都好就是不看对方，已经陷入冷战的程度，我小心翼翼地放下盘子和一瓶番茄酱，赶紧落荒而逃，单单帮克里丝塔付账已经介入得够多了。

但我可以找上另一个牵连在其中的关键人士，也跟自己保证一定要那么做，这一来，所有的怒火和不愉快都灌注在坦雅·葛利森身上，我真的很想好好地对付一下那个女人，她干吗老在这里徘徊，缠着萨姆不放？又把克里丝塔扯进这种花钱像流水的漩涡里,究竟有什么目的?(我丝毫不认为坦雅和我的嫂嫂突然变成姐妹淘是一种单纯的巧合。)坦雅是要把我气炸才甘心吗?就像马蝇一直在旁边嗡嗡嗡……却又不够近得打死它。我机械式地进行着手边的工作,心里却在考虑要怎么把她赶出我的生活圈,有生以来我第一次纳闷是否可以强行压住她完整地扫描一番,由于坦雅是变形人,这一点不太容易,但应该可以找出驱策她的因素,我相信这些资讯能够帮助我减轻头痛的程度……功效很大。

我气冲冲地拟订各种报复的计划,克里丝塔和詹森各自沉默地用餐,餐后詹森特意只结自己的账单,克里丝塔的由我支付,他们双双离去之后,我忍不住纳闷他们的夜晚会如何,幸好自己不用跟他们一起住。

吧台后面的萨姆把这一幕看在眼里,压低声音问道:"他们夫妻怎么啦?"

"新婚夫妻忧郁症,"我说,"非常严重的调适问题。"

他忧心忡忡地说:"别让他们把你拖入烂摊子里。"他脱口而出,随后一脸懊恼地嫌自己多嘴。"对不起,我不是故意给你不想听的建议。"他说。

我的眼角有些湿润,萨姆衷心的劝告是出于对我的关心,而在我过度疲惫又刚受煎熬的状况下,这样的关怀挑起多愁善感的泪水。"没关系,老板。"我试着装出活泼、无忧无虑的口气回答他,旋转脚跟走出去巡视我负责的台面。巴德·迪尔伯恩警长一反常态地坐在我的区域里,通常他都会尽量躲开我的工作区,他今天点了一盘洋葱圈,随意蘸着番茄酱,眼睛盯着什里夫波特市的报纸看,头条新闻是"**六个人失踪,警方全力搜寻**",我停下脚步询问警长,等他结束的时候可否把报纸给我看看。

他一脸狐疑地看着我,眼窝深陷的小眼睛盯着我扫视一遍,仿佛怀疑我腰间挂了一把血淋淋的剁肉刀。"没问题,苏琪,"过了半晌他才说,"难道这些失踪的家伙被你藏在屋子里吗?"

我对他眉开眼笑,强烈的焦虑把微笑转变成好像对某人绽放的灿烂笑脸。

"不，巴德，我只想了解一下最近的世界是怎么一回事，免得跟不上形势。"

巴德说道："我会留在桌上。"他又开始埋头盯着看，我想如果有办法的话，他会死咬着我不放，甚至会把吉米·霍法①失踪的罪名钉在我身上。这不是说他必然认定我是杀人犯，只是觉得我行径可疑，很可能牵扯到一些他不希望发生在自己辖区内的事情。自从图书馆里面莫名其妙地死了一个男人以后，巴德·迪尔伯恩和艾尔西·贝克两个人就如此坚信不疑。幸好我很走运，那家伙前科累累，暴力犯罪记录几乎和我的手臂一样长，简直就是凶神恶煞，虽然艾尔西亲眼看到我是出于正当防卫，但就是信不过我……巴德·迪尔伯恩也很怀疑。

巴德解决了啤酒和洋葱圈，起身离开，回去威吓雷那郡那些作恶多端的歹徒。我接过他的报纸拿到吧台后面阅读，萨姆站在我的肩膀后面看。在历经废弃的办公大楼里的那场腥风血雨之后，我故意避开新闻报导，深信狼人社区肯定没办法掩盖这么大条的新闻，顶多只能搅乱警方追踪的途径，结果真的被我猜中了。

报导如下：

历经二十四小时以上的搜寻，警方依旧对什里夫波特市六位市民的失踪事件摸不着头绪，而且办案过程中最大的阻碍在于星期三晚上十点以后，就没有任何人说曾经看到失踪的六个人。

"这些人的失踪事件几乎没有任何共通点。"警探威利·克朗威尔说道。

这些失踪者当中有什里夫波特市的警探凯尔·梅尔斯；阿曼妲·瓦特利；派翠克·佛南，他是本地哈雷摩托车的代理商，还有他的妻子莉比；克莉斯汀·赖若比，她是已故的约翰·赖若比的妻子，退休的学

---

① 吉米·霍法，二十世纪中叶，美国运输工人工会的会长，传闻他的失踪是因为遭受黑手党歹徒的暗杀。

162

校监督;最后还有朱立欧·马得尼,他是巴克斯戴尔空军基地的飞行员。根据佛南邻居的说辞,派翠克·佛南失踪的前一天,他们就没看到莉比·佛南的踪迹,克莉斯汀·赖若比的亲戚也说她已经失去联系三天了,电话都不通,因此警方深切怀疑早在其他人失踪之前,这两位女性市民已经惨遭不幸。

凯尔·梅尔斯警探的失踪搞得警方人心惶惶,他的搭档麦克·洛夫林警探表示:"梅尔斯最近刚被拔擢为警探,我们还没有时间认识对方,我完全不了解他的状况。"二十九岁的梅尔斯在什里夫波特市的警局任职了七年,至今仍是单身。

"假如他们都惨遭不幸,到现在总会发现任何一具尸体,"克朗威尔警探昨天才表示。"我们昨天到他们的住所和公司搜寻任何细微的线索,到目前为止还没有任何发现。"

更神秘的是星期一早上,另一位什里夫波特市的居民,担任摄影师助理的玛莉小星·古柏也在她位于三号公路附近的公寓遭人谋杀。"屋里就像猪肉店一样,"古柏小姐的房东率先抵达现场并且打电话报案,目前还找不到嫌疑犯。"玛莉小星向来人见人爱,"她的母亲史黛拉·古柏伤心地表示,"不仅才华洋溢,人长得又很美丽。"

警方不确定古柏小姐的死亡是否和这些失踪案有关连。

其他新闻方面,休旅车停放场的老板唐·多明尼克也向警方报案,说有三辆休旅车放在他的停车场已经一星期,三位车主至今下落不明,"我不确定车上究竟有多少人,"他说,"他们一起到达,说要租用一个月,签约的人是普莉希拉·贺伯,我想每一辆车子上至少有六个人,看起来都是普通人。"

私人物品都在车子上吗?多明尼克回答道,"不确定,我根本没时间去查看,总之就是好几天看不到人。"

停车场附近的居民也没看过这些人。"他们不太搭理别人。"邻居声称。

警察局长帕菲特·葛兰表示:"我们一定会努力破案的,适当的线索迟早会出现,同时,如果有任何人知道这些失踪者下落的消息,请拨打警方的报案热线和我们联络。"

我想象自己打这通电话去报案。"这些人都死了,起因是狼人大战。"我会这么说,"他们全是狼人,一批流离失所又饥肠辘辘的族群远从路易斯安那州的南部北上,认定什里夫波特市领导层的争议刚好给他们乘虚而入的机会。"

我想应该没有人听得进去。

"所以他们连现场都不知道。"萨姆安静地说。

"看来那里的确是个隐秘的开会地点。"

"迟早吧……"

"是啊,我也在纳闷还剩下什么?"

"欧喜德的手下现在有很多时间,"萨姆说道,"看来线索很少,他们大概把尸体运到乡下烧掉了,或是埋在某人的土地上。"

我浑身战栗,谢天谢地我不用参与,至少我是真的不清楚尸体埋在哪里。再次巡视桌子、上过饮料之后,我又躲回去浏览报纸,翻到讣闻那一页,"路州讣闻"的那一栏,让我大吃一惊。

著名的女企业家苏菲安妮·拉克尔自从卡特里娜飓风之后就搬到巴吞鲁日暂居,日前因为罹患类 AIDS 而在家中过世,吸血鬼拉克尔女士在新奥尔良和全美各地拥有很多公司和产业,根据贴近拉克尔女士的友人陈述,说她至少在路易斯安那州定居了一百年以上。

哇,吸血鬼死了还发讣闻真是前所未见的新闻,根本是捏造的,苏菲安妮才没有感染类 AIDS,这是唯一能够在人类和吸血鬼之间交互感染的疾病,真正的死因或许是木桩先生刺进她的心脏里面。当然啦,虽然不容易感染,很多吸血鬼还是把那种疾病视为蛇蝎畏惧得很,不过这个讣闻至少提供了一个比较可以为人类企业界接受的理由,足以解释为什么苏菲安妮的企业转交别的吸血鬼经营管理,反正也没有遗体可供解剖和验尸,所以这个解释也不太会有人去质疑。但要登上今天的新闻版面,意味着有人在她死后直接打电话通知媒体,也可能在她死前就发出讣闻了。我忍不住发颤。

不知道苏菲安妮那位忠心耿耿的贴身保镖赛伯特究竟怎样了,维特暗示他跟着女主人一起毙命,但又说得很含糊,我无法相信保镖还活在人间,因为他决不会容许任何人近身到足以杀死苏菲安妮的程度,赛伯特形影不离地守在她身边,历经几百年又几百年的时间,绝不可能一个人苟活下去。

我把报纸翻到讣闻那一页,放在萨姆的办公桌上面,心想就算有时间,酒吧这么忙碌,人来人往,并非适合讨论的地方,现在顾客纷纷涌入,单是招呼就跑得我两腿发酸,幸好小费的收入很丰厚。可是过了这么煎熬的一周,我不只很难像以前一样对小费感到开心至极,也没办法正常地享受工作内容,只能尽力挂出笑脸和有问必答。

下班的时候,我累坏了,不想跟任何人说任何话。

不过当然啦,结果还是轮不到我决定。

前面的院子里有两个女人等在那里,预备要大发雷霆,一个是认识的,法兰妮·昆恩,另一位想必就是昆恩的母亲。在安全灯刺目的光线下,我得以有机会好好审视这个生命如同一场灾难的女人,至于名字是什么,似乎没人告诉过我。她依然貌美,散发出一种叛逆的特质,完全不合乎她的年纪,外表大约四十来岁,看起来有些憔悴,眼神忧愁,黑色的头发夹着灰白的发丝,身材又高又瘦。法兰妮穿的小可爱露出胸衣,紧身牛仔裤配马靴,母亲的打扮也差不多,只有颜色略微不同,我猜法兰妮也兼管她妈妈的衣着。

我把车子停在她们的旁边,心不甘情不愿地下车,一点都不打算邀请她们母女进门。

"你这个贱人!"法兰妮一见面就破口大骂,年轻的脸庞怒火熊熊。"你怎么可以那样对待我哥哥?他为你做了那么多!"

那是事情的一方面。"法兰妮,"我尽可能维持冷静和平稳的口气,"我和昆恩之间的一切真的和你不相干。"

前门推开,艾蜜莉亚走到阳台上。"苏琪?需要我帮忙吗?"她问

165

道,我闻到她身上的魔法气味。

"等一下就进去了。"我清晰地应声,没有叫她进门,昆恩太太是纯种的虎人,法兰妮是混血,两个女人都比我强悍。

昆恩太太向前一步,一脸困惑地盯着我看。"你是约翰深爱的女孩。"她说,"却坚持要和他分手。"

"是的,夫人,我们不适合。"

"他们要我回去沙漠里的那个地方,"她说,"疯疯癫癫的变形人都关在那里。"

没错。"噢,是吗?"我清楚地表示那些和自己无关。

"是啊。"说完她就陷入沉默,真是让人松了一口气。

法兰妮却不打算就此放过我。"我把车子借给你,还冒死跑来警告你。"

"非常感谢你,"我的一颗心直往下沉,找不出神奇的字眼来缓和伤痛的气氛。"相信我,我也很希望结果能够大不相同。"

虽然没有说服力但却是真心话。

"我哥哥究竟哪里不够好?"法兰妮问道,"他长相英俊又很爱你,口袋里也不缺钞票,根本就是十全十美的男人。你哪里出了毛病竟然不要他?"

最有种的回答——我真的很喜欢昆恩,但不想在他家人的需要上屈居第二位——有两个理由不能说:第一,没必要去伤害别人,结果也可能让自己受重伤。昆恩太太或许神智不清楚,可是她越听脸色越难看,开始焦躁不安,万一突然变成老虎,后果就很难预料了;她可能跑进树林里,或者发动攻击。可能的场景一幕一幕在我脑海中掠过,我不得不开口——

"法兰妮,"我喊得慢条斯理,小心翼翼地斟酌字句,因为实在接不下去。"你哥哥非常好,没有什么不对劲,我认为他是很棒的男人,但我们若要在一起将会面临很多的困难,我希望他有更好的机会找到一个更幸运的女孩和他匹配,所以决定和他分手,相信我,我也很痛苦。"这些大多是老实话,所以很有帮助,但我同时也希望艾蜜莉亚随时预备好施展白色魔法,运用正确的咒语。为了预防万一,我逐步远离法兰妮和她的母亲。

法兰妮徘徊在采取行动的边缘,她妈妈看起来焦躁难安,艾蜜莉亚往前来到阳台的边缘,魔法的气味更加浓郁起来,那一瞬间,仿佛连夜晚都不敢喘气。

然后法兰妮转过身去。"走吧,妈妈。"她呼唤,两个女人一起坐进车里。我抓住机会跑上阳台,无言地和艾蜜莉亚肩并着肩,一起目送法兰妮发动汽车驶离这里。

"噢,"艾蜜莉亚说道,"原来你决定和他分手了。"

"是的,"我精疲力竭地回答,"他身上的包袱太多了,"接着畏缩了一下。"天哪,真没想到自己竟然会说出这种话,尤其以我的状况而言。"

"他有他妈妈的问题。"艾蜜莉亚今晚真的很有洞察力。

"是啊,他有他妈妈的问题。谢谢你冒着被老虎抓伤的危险,从屋里跑出来支援。"

"否则要室友做什么呢?"艾蜜莉亚轻轻地给我一个拥抱,"你看起来需要喝一碗鸡汤补充体力,然后上床睡一大觉。"

"是的,"我说,"听起来非常需要。"

第十五章

第二天我很晚才起床,简直睡得像石头一样,没有做梦,没有翻身,也没有醒来上厕所,直到睁开眼睛的时候,已经日正当中,幸好今天的工作是晚班,否则就惨了。

我听到客厅有交谈的声音,这就是有室友的坏处,醒来的时候家里有人,偶尔对方还有朋友在场,不过艾蜜莉亚如果先起床通常会为我准备咖啡,这一点足以诱惑我离开床铺。

既然有访客就不能蓬头垢面,再者似乎是男人的声音,我在浴室里匆匆刷牙洗脸,脱掉睡衣,套上内衣、衬衫和长裤,应该可以见人了,我抄捷径走向厨房,发现艾蜜莉亚果真煮了一大壶咖啡,连马克杯都预备了,太棒了。我倒了一杯咖啡,顺手烤了吐司,后门突然砰的一声,我诧异地转过身去,发现泰瑞斯·毛利抱了一大堆柴火走进来。

"抱进来的柴火通常放在哪里?"他问。

"客厅壁炉旁边有一个网架,"他竟然帮我把去年春天詹森砍下来放在工具小屋的木头砍成可烧的柴火。"你真好,谢谢你,"我真是受宠若惊。"呃,你喝过咖啡了吗,要不要吃吐司?或者……"我看了一下时钟。"来个火腿三明治或是汉堡夹肉?"

"听起来还不错。"他径自走向客厅,好像那堆柴火轻如羽毛似的。

原来客厅的访客是科普力·卡麦克,艾蜜莉亚的父亲为什么跑来这里,我一时毫无头绪,匆忙做了几个三明治,倒了一杯水,挑了两种薯片放在盘子旁边当点心,让毛利按个人喜好选择,接下来自己坐在桌子旁边,终于有机会喝咖啡吃早餐,顺便抹上奶奶自制的梅子酱,努力不要在每次使用的时候陷入多愁善感的怀念里面,毕竟这么好吃的果酱白白浪费了实在很可惜,奶奶肯定会有同感的。

毛利回来坐在我的对面,毫无不自在的模样,我跟着放松下来。

"非常谢谢你帮忙。"等他稍微吃了东西以后,我才道谢。

"反正他和艾蜜莉亚说话的时候,我也无事可做,"毛利说道,"此外,如果冬天还住这里的话,他会很高兴艾蜜莉亚有炉火,是谁帮你砍下木头却没有劈成柴火?"

"我哥哥。"

"啊哈。"毛利说道,继续进食。

我吃完吐司又倒了第二杯咖啡,同时问毛利是否还需要其他的。

"已经够了,谢谢你。"他打开烤肉口味的薯片。

我起身去冲澡。天气的确转凉了,我从抽屉里拿出好几个月没碰过的长袖衬衫,这是适合万圣节的天气,已经到了需要买南瓜和糖果的时候……这不是因为会有很多小孩上门玩"不给糖就捣蛋"的游戏,而是好几天以来我第一次觉得正常多了,也就是说,对自己和周围的世界还算满意,虽然有很多要哀伤烦心的,但至少不用担心一出门就被人捆巴掌。

当然啦,一想到这件事,我又开始往坏处想,因为已经好几天都没听到什里夫波特市吸血鬼的消息,不过我又想到他们才刚面临统治权的转换,肯定是充满紧张,不只需要调适也需要谈判,所以最好让他们自己解决比较好。什里夫波特市的狼人也是音讯全无,既然警方依旧在调查失踪市民的下落,没消息就是好现象。

既然刚刚和男朋友分手,这意味着(理论上)我没有牵绊而且留有很多想象的空间，我特意画了眼影来代表自由之身，也擦了口红，事实上很难有什么大冒险，可是我也不愿意孤身没有对象。

整理完床铺之后，艾蜜莉亚过来敲门。

"进来吧，"我折好睡衣收进柜子里面，"怎么了？"

"呃，我父亲想要请你帮个忙。"她说。

我感觉自己拉长了脸，想当然尔，科普力从新奥尔良一路开车来这里找女儿肯定有什么事情，我轻而易举就可以猜出他要的是什么。

"说吧。"我双手抱在胸前。

"噢，苏琪，你的身体语言已经表示反对了！"

"视而不见直接说就好了。"

她大声地叹了一口气，意味着自己是百般不情愿把我拖进父亲的事务里，然而我看得出来，艾蜜莉亚因为父亲请求她帮忙早已高兴得脸颊通红，喜形于色。"呃，因为我跟他说了拉斯维加斯吸血鬼接管路易斯安那州的消息，他希望能够重新稳固自己和吸血鬼的生意关系，但需要人引见，他希望你能帮忙，就像经纪人一样。"

"我又不认识菲利普·迪·卡斯楚。"

"对，但你认识维特，他看起来就是那种考虑自己利益的人。"

"你也认识他啊。"我指出。

"或许，不过最重要的是他知道你的身份，而我只是屋里的另一个女人而已。"艾蜜莉亚的观点我可以理解——但是不喜欢。"他当然知道我是谁，也知道我父亲的身份，但真正的注意力在你身上。"

"噢，艾蜜莉亚……"我呻吟地说，这时候真的很想踢她一脚。

"我知道你不喜欢，但是他说愿意付费，呃，就像中介费用一样。"艾蜜莉亚一脸尴尬地嘟哝。

我挥挥手，撇开那样的念头，我才不要让朋友的父亲因为我打了一通电话或是采取必要的步骤而付我费用，在这一刻，我知道自己这么做是为了艾蜜莉亚的缘故。

我们一起去客厅和科普力面对面讨论。

这一回他的态度热情得不行，比上次来访时好太多了，眼睛定定地盯着我看，一副"我听得非常专注"的表情，我狐疑地看着他，他当然不是笨蛋，立刻就明白了。

"对不起，斯塔克豪斯小姐，很抱歉上次才来，这么快又来打扰你。"他说道，立刻舍弃拍马屁的招数。"但是新奥尔良的事情很紧急，我们试着重建城市，增加新的工作机会，建立这样的关系对我而言很重要，况且我手下雇用了不少的工人。"

第一，就算少了重建吸血鬼产业的合约，我相信科普力·卡麦克的生意也不会大受影响。第二，我一点都不相信他唯一的动机是要重建备受摧残的城市。不过稍稍探索一下他的大脑之后，我愿意相信那至少是他如此急切的部分原因。再者毛利已经帮我劈了一堆冬天的柴火还搬进屋里，那已经比诉诸情感的请求实惠很多了。

"今天晚上我会打电话去尖牙同盟酒吧，"我说，"到时再看看他们怎么说，这是我介入的最大限度。"

"斯塔克豪斯小姐，我欠你一份人情，"他说，"我要如何回报你？"

"你的司机做了，"我说，"如果能够把那块橡木劈完，我就很感激了。"我非常不擅长劈柴，试过好几次，顶多劈了三四块以后就累倒在地上。

"他刚刚就在做那个吗？"科普力装出非常惊讶的表情，让我难以确认那究竟是真心还是假意。"呃，毛利非常乐于助人。"

艾蜜莉亚喜形于色，试着不让父亲注意到。"好吧，那就说定了。"她简洁地说，"爹地，要我帮你做个三明治或热汤吗？我们有薯片和马铃薯沙拉。"

"听起来还不错。"他依旧努力当个普通老百姓。

"毛利和我已经吃过了，"我随意说说，同时补充一句，"我必须进城去，艾蜜莉亚，你需要什么东西吗？"

"买些邮票吧，"她说，"你要去邮局吗？"

我耸耸肩膀。"反正顺路，再见，卡麦克先生。"

"请叫我科普力就好，苏琪。"

我就知道他会这么说，接下来就是装得很有礼貌，果真如此，他的笑容融合了成分恰好的欣赏和尊敬。

我拿了皮包从后门离开,毛利仍然穿着衬衫劈木头,但愿这是他自己起意的,希望他会加薪。

其实进城也无事可做,只想闪避和艾蜜莉亚的父亲做进一步的交谈,顺便跑一趟超市买纸巾、面包和鲔鱼,再到索妮克餐厅外带了一杯奥利奥奶昔。噢,我知道自己很糟糕,这一点毋庸置疑,快乐地坐在车子里享受一番,无意间瞥见距离两辆车以外的地方,有两个人立刻引起我的兴趣,坦雅和艾琳显然没注意到我的存在,径自聊了很久,两个人坐在坦雅的野马车里,艾琳顶着新染的头发,一路到发根都是红通通的,用发夹盘在后脑,上身穿了一件印着老虎头的针织衫,坦雅则是一件浅绿色的上衣,非常专注地聆听。

我试着相信她们不是以我为话题,不希望自己像个偏执狂,到处怀疑别人,可是当你看见以前的好朋友和夙敌两个人聊得口沫横飞时,就算不想往脸上贴金,也会忍不住怀疑自己是她们交谈的主题之一。

不用说她们不喜欢我,老实说我这辈子认识很多人都对我没有好感,而且我非常清楚她们讨厌我的程度和原因,你一定可以想象那有多么的不愉快。最让人困扰的是,此刻我真的认为艾琳和坦雅似乎有意思要联手来采取行动对付我。

不知道是否能找出她们的企图,一旦过于靠近铁定会被发现,可是距离这么远实在不确定是否"听得见",我弯腰假装在找CD的样子,全神贯注在她们身上,试着运用读心术跳过相邻车子里的人靠近她们,这么做真的不容易。

最后是艾琳那熟悉的思考模式帮我进入状况,第一个印象是愉快,因着有一个全新的听众把注意力放在她一个人身上,艾琳喜不自胜,甚至谈到新男友坚信世界上所有的吸血鬼都应该被歼灭,连那些吸血鬼的同伙都不该放过。虽然艾琳本身很少有强烈的看法,却很擅长吸收别人的意见,只要情感上认同就好了。

坦雅心中涌过一股巨大的愤怒,我钻进她的思绪模式里——有了,我依然保持半躲半藏的姿势,偶尔伸手假装在车上的小柜子里摸索一番,事实上在努力收集资讯。

坦雅依然在支领珊卓拉·波特的薪水,原来她被派来这里的任务就是要搅乱我的生活,让我变得不好过。

珊卓拉·波特的姐姐是黛比·波特,被我射杀在厨房里。(请容我提醒一下,她当时企图杀我,已经有好几次了。)

该死,我已经非常厌倦黛比·波特的话题,那女人活着的时候就是我的祸根,死了还是不放过。她们姐妹俩邪恶又歹毒,黛比的死让我充满罪恶感和遗憾,感觉额头上似乎刻了大大的"鞭笞"两个字,杀死吸血鬼已经够糟糕了,不过尸体至少会消失得无影无踪,好像……用橡皮擦涂掉了一样,但是杀死另一个人会改变你的一生。

结果真是这样。

但这种感觉到最后终究会感到厌倦,厌倦那种脖子上拴着大石头的感受,我不只讨厌也很厌倦黛比·波特的存在,然后她的父母和妹妹又不断找上门来骚扰,甚至找人绑架我。后来形势逆转,他们落到我手上,但我决定放手,他们同意不再来打扰我。珊卓拉也发誓要离得远远的,除非父母过世——这让我忍不住纳闷波特夫妇是否还在人间。

我发动汽车开始在良辰镇闲逛,近乎每一辆擦身而过的车子里都坐着熟面孔,一时之间我拿不定主意要怎么做,只好停在小镇的公园里。我走出车子,双手插在裤袋里开始散步,心情依旧混乱极了。

还记得那天晚上跟初恋情人比尔坦承小时候舅公曾经猥亵过我,从此比尔牢牢地记住这件事,还特意安排了一个访客去拜访舅公的家,你瞧!结果舅公从楼梯上摔下来意外身故,我因此对比尔大发雷霆,恼他何必插手过去的事情,但又无法否认舅公的过世让我感觉很爽快,单单内心深处那种释怀的感受就让自己好像是杀手的同谋。

在吉萨金字塔满目疮痍的废墟当中搜寻生还者的时候,我找到一个奄奄一息的吸血鬼,他曾经为了女王的缘故试图全然掌控我,当时安竺身受重伤,但若不是受伤的昆恩勉强爬过去用木桩刺入他的心脏,安竺就会活下来,我明明知情却径自走开,没有制止昆恩也没有拯救安竺的性命,这让我在安竺的死亡上面感受的罪恶感远比舅公的死亡更深。

我在空无一人的公园里面穿梭,百无聊赖地踢开挡路的树叶,心底有一股恶心的诱惑感让我非常挣扎,只要稍微跟超自然世界里的成员随便说几句话,坦雅就会香消玉殒,或者自己找人来处理拔除这个眼中钉也好,因为容我再说一遍——如果她离开人世的话,那多让人如释重负啊。

然而我不能这么做。

但也不能坐视坦雅在脚跟后面到处嗅来嗅去地见缝插针,她已经竭尽全力破坏哥哥和他妻子那摇摇欲坠的夫妻关系,那样做绝对是错的。我终于想到有一个人很适合讨论,而且就跟我住在同一个屋檐下,非常方便。

到家的时候,艾蜜莉亚的父亲和那位乐于助人的司机已经离开了,她则在厨房里面洗碗盘。

“艾蜜莉亚,”我这一喊把她吓了一大跳。“对不起,”我立刻道歉,“脚步声应该大一点。”

“我真希望爸爸和我可以彼此了解多一点,”她承认。“不过这或许是奢求,他要的只是我偶尔替他做些什么就好。”

“呃,至少有人把冬天的柴火劈好了。”

她笑呵呵地擦干双手。“你看起来似乎心事忡忡,有话要说。”

“在我开始一段冗长的故事之前,希望先把事情讲清楚,表面上是应你父亲的要求帮忙,但我其实是为你做的。”我说,“无论如何我都会替你父亲打一通电话去尖牙同盟,因为你是我的室友,你希望我帮忙,所以就是这样,现在我要告诉你自己做了一件可怕的事情。”

艾蜜莉亚和我相对而坐,就像早先我和毛利一样。“听起来很有趣,”她说,“我预备好了,快说吧。”

我跟艾蜜莉亚全盘托出:包括黛比·波特、欧喜德、珊卓拉·波特和她的父母,他们发誓除非自己死了,否则珊卓拉永远不会再来骚扰我,还有他们对我做的一切,以及我自己的感觉,再者就是坦雅·葛利森那个鬼鬼祟祟的间谍,蓄意破坏我哥哥的婚姻。

“哇!”听我说完以后她嚷嚷了一句,思索了大约一分钟。“好吧,第一优先,先确认波特夫妻的现况。"我们运用从新奥尔良海莉表姐的公寓里搬回来的电脑,五分钟之后就发现戈登和芭芭拉·波特夫妇已经在两周之前过世,死因是他们试图左转驶入加油站,结果被大拖车直接拦腰撞上。

我们面面相觑,不安地皱皱鼻子。"哇,"艾蜜莉亚说道,"死得真惨。"

"真不知道她是否在父母还没有入土为安之前,就急忙启动了'气死苏琪'的作战计划。"我说。

"那个贱人不会罢手的,你确定黛比·波特是领养的吗?因为这种怀恨在心的态度似乎一家子都有。"

"他们一家子真是非常团结,"我说,"事实上,我有个印象,黛比和珊卓拉是姐妹情深,远比她和父母的关系还要深。"

艾蜜莉亚深思地点点头。"大概有点病态吧,"她说,"呃,让我先想想有什么办法再说,因为我不下致命咒,而且你也说不希望珊卓拉和坦雅死掉,我只能相信你说的。"

"很好,"我简短地说,"嗯,呃,我当然愿意支付费用。"

"噗!"艾蜜莉亚开口:"干吗?当我必须离开新奥尔良的时候你愿意接待我,还一直忍耐我到如今。"

"呃,但你付我房租啊。"我指出。

"对,只够分摊我这部分的水电费用,你得忍受我的怪僻,对于鲍伯的处境也不生气,请相信我,我真的很乐意帮忙,只是要先想一想如何进行比较好,你介意我找澳大薇亚讨论吗?"

"当然不,"她找经验丰富的老女巫咨询反而让我松了一口气,但又不敢表现出来。"你了解她的状况,对吗?知道她失业又生活拮据?钱都用光了?"

"是啊,"艾蜜莉亚说道,"我不知道要怎么帮忙又不会让她失颜面,这倒是一个好机会,我知道她目前只能寄居在外甥女家客厅里的小角落,她或多或少说了一些,但我似乎无能为力。"

"我再想想看,"我答应,"如果她真的……真的很需要搬出外甥女的家，可以暂居我目前空着的房间。"这个提议其实很勉强，不过老女巫的处境似乎相当凄惨，到可怜的玛莉小星的公寓跑一趟，对她反而像远足一样，虽然命案现场血腥恐怖。

"我们要想一点比较长期的方法，"艾蜜莉亚说道，"我要打个电话给她。"

"好吧，想到以后再告诉我，我要准备上班了。"

从我家到莫洛特酒吧之间的住家数目寥寥可数，但每一栋房子前面都有鬼娃娃挂在树上，院子摆了雕刻的塑料南瓜，阳台上另有一两颗真货，普莱斯考特家更特别，挂了一束玉米、一捆干草和一些不同种类装饰用的南瓜，布置得很有艺术气息，我在心里注记，下次在沃尔玛或邮局碰到洛琳达·普莱斯考特的时候，要记得赞美一下。

等我抵达酒吧时，天色已经黑了，趁着进门之前，我拿出手机拨到尖牙同盟。

"尖牙同盟，咬一口的酒吧，欢迎光临什里夫波特市最著名的吸血鬼酒吧，这里每天晚上都有活死人上门来喝一杯，"电话录音说道。"询问酒吧营业时间请按一，安排私人派对请按二，要跟活人或吸血鬼对话请按三，请你牢记：本店无法容忍恶搞电话，我们绝不会放过你。"

我确信这是帕梅拉的声音，听起来很无聊的样子，我按三。

"尖牙同盟，这里能够满足你所有和活死人有关的愿望，"有一个尖牙狂热派来接听，"我是艾维拉，请问有什么事吗？"

艾维拉，见鬼了。"我是苏琪·斯塔克豪斯，要和艾瑞克说话。"

"找克蓝西可以处理吗？"艾维拉问道。

"不行。"

艾维拉似乎有点为难。

"主人非常忙碌。"她这么说，仿佛我这样的人类难以理解似的。

艾维拉绝对是个新手，但也可能是有点自负，总之"艾维拉"让我不爽。"听好，"我试着轻快地说，"两分钟之内你请艾瑞克来听电话，否则他会被你搞得很恼火。"

"呃，"艾维拉说道，"你干吗这么凶巴巴的。"

"就是要凶你。"

"我要让你等下去。"她凶恶地威胁。我望向酒吧的员工入口,动作要加快了。

哨一声。"我是艾瑞克,"他说,"这是我的旧情人吗?"

好吧,单单这句话就让我的心上下一震,兴奋地颤抖。"是、是、是。"我对自己依旧平稳的语气感到很骄傲。"艾瑞克,不论重要性如何,今天从新奥尔良来了一位大亨名叫科普力·卡麦克,他和苏菲安妮曾经有过商业协议,预备重建她的总部,现在改朝换代,他希望和新国王建立关系。"我做个深呼吸。"你还好吗?"我问道,单单一个忧伤的问题,就把我所有伪装的冷漠全都一笔勾销。

"是的。"他以强烈的个人语气回答道。"是的,我……正在适应,我们非常非常的幸运,还有地位……真的很幸运。"

我非常轻柔地吁了一口气,免得他发现端倪。当然啦,他还是发现了,我不能说自己如坐针毡地急于知道吸血鬼自己的家务事,但也不是很能放宽心情。"好,非常好,"我简洁地说。"现在说到科普力,有任何人愿意跟他聊一聊建筑事务吗?"

"他目前在这附近?"

"我不知道,今天早上在这里,我可以问问看。"

"现在跟我一起合作的吸血鬼或许是他应该询问的对象,她可以跟他约在你的酒吧或是尖牙同盟。"

"好的,我确定他都可以。"

"你再通知我,他必须打电话来这里约时间,就说要找珊蒂。"

我哈哈笑。"珊蒂,啊?"

"对,"他的口气严肃得足以让我匆匆收起笑脸。"她一点都不好笑,苏琪。"

"好啦、好啦,我懂了,让我打电话通知他女儿,叫她父亲打电话来尖牙同盟安排会面的时间,我的任务就结束了。"

"他是艾蜜莉亚的父亲?"

"对,他是个混蛋,"我说,"不过他是艾蜜莉亚的父亲,我猜在建筑

177

方面他是专家。"

"我躺在炉火前面,我们在闲聊你的生活。"他说。

好吧,这个离题太远了,"啊,对,我们是这样。"

"我记得我们一起洗鸳鸯浴。"

"是的,我们一起洗。"

"我们还一起做了很多的事。"

"呃……对,没错。"

"事实上,如果不是在什里夫波特市还有很多事情要处理,我很想自己一个人去拜访你,好好提醒你一下当时你是多么乐在其中。"

"如果记忆正确的话,"我尖锐地说,"你自己也很享受。"

"噢,是的。"

"艾瑞克,我真的要走了,还要上班呢。"——或是在瞬间不由自主地着火燃烧,端看哪一个状况先发生。

"再——见。"他连这句话都说得很性感。

"再见。"我一板一眼地道。

我花了一秒钟才把心思收回来振作起精神,但突然又回忆起好多自己一直努力要忘怀的事情,那些和艾瑞克一起甜蜜厮守的日子——呃,正确的说法是夜晚——我们聊了很多事情,也做很多爱,真的美妙极了,那种彼此陪伴、热情的缱绻、谈笑风生的时光,热情的欢爱,闲话家常,热……哎。

相较之下,进去端啤酒似乎又枯燥又无聊。

不过这是工作,准时上班是员工应尽的职责。我施施然地走进去放皮包,朝萨姆点头致意,拍拍霍莉的肩膀通知她接下去由我接手,早晚班调整是为了变化和方便性,不过主要是因为晚班的小费比较多。霍莉看到我很高兴,因为晚上她跟霍伊特要约会,一起去什里夫波特市看电影和吃晚餐。霍莉临时找了一个青少年当保姆看顾科迪,这些都是直接从她心满意足的大脑中接收到的信息,我必须努力让自己不会混淆在一起,这也表示刚才和艾瑞克的一番对话真的是让我心慌意乱。

接下来的三十分钟内,为了确保每个顾客都有足够的饮料和食物,我简直忙碌到极点,勉强忙里偷闲地抽空打电话给艾蜜莉亚,把艾瑞克的信息传达给她,她答应会立刻转告她爸爸。"谢谢你,苏琪,"她说,"让我再说一遍,有你这个室友真是棒极了!"

但愿她和澳大薇亚一同构思魔法解决方案,帮我处理坦雅的难题时,能够记住这一点。

这天晚上克劳汀娜突然出现在莫洛特酒吧,轻摇款摆地漫步走向吧台,现场的男人各个看得血脉贲张,她穿着绿色丝质上衣、黑长裤,搭黑色高跟马靴,从头到脚加起来我估计至少有六英尺一英寸高,但比较让人惊讶的是她双胞胎哥哥克劳德也尾随在后,这回脉搏加速的对象就像野火燎原一样卷向女顾客身上。克劳德跟克劳汀娜一样黑头发,长度稍微短一点,帅气挺拔的模样丝毫不输给凯文·克莱①服装广告的男模。他的打扮是克劳汀娜的男性版,头发用真皮的发带束在后面,穿了一双非常"男子汉"的马靴,由于平常在蒙罗市的俱乐部里当淑女之夜的脱衣舞者,所以克劳德明明对女人没兴趣,却很知道要怎样用微笑掳获女性的芳心,不,我收回这句话,女人皮包里面的钞票数目绝对是他有兴趣的目标。

双胞胎从来没有一同进来过,老实说,印象中克劳德好像不曾光顾过莫洛特酒吧,他有自己的酒吧要经营,有他自己的问题要处理。

我当然要过去招呼,克劳汀娜给我一个大拥抱,诧异的是克劳德竟然也依样画葫芦地抱我一下,我猜这一招是表演给观众看的,对象大约是整个酒吧,连萨姆都看得目不转睛,这对精灵双胞胎的魅力真是所向披靡。

我们一起站在酒吧前面,我夹在双胞胎中间,两人各自伸出一只手臂搂着我的肩膀,周围所有的大脑就像灯泡一样倏地发亮,充满各式各样的幻想,有一些连我这种经验老到,见识过各种古怪念头的人都吓一跳。没错,有如颜色清晰鲜艳的全屏幕,让我看得清清楚楚。

"我们带来爷爷的问候。"克劳德静静地说,声音很轻,我确信其他

---

① 凯文·克莱,世界知名的服装品牌。

人都听不到，或许萨姆例外，不过他那个人向来谨言慎行，守口如瓶。

"他在纳闷你为什么没打电话，"克劳汀娜说道，"尤其前一天晚上，什里夫波特市还发生那样大的事情。"

"已经都结束了，"我惊讶地说，"反正都安然落幕了，何必再跟他说呢？你当时也在场啊，不过另一天晚上我的确想打电话给他。"

"电话只响了一声。"克劳汀娜呢喃。

"总而言之，某个人把我的手机摔坏了，以致电话无法接通，他跟我说那样做是错误的，只会引发大战，造成惨重的死伤，后来我安然无恙地度过，所以就没问题了。"

"你需要和奈尔谈一谈，告诉他事情的来龙去脉。"克劳汀娜强调，隔着酒吧对鲶鱼·轩尼诗微微一笑，他砰的一声把啤酒杯放在桌子上，力道过大把啤酒溅了出来。"现在奈尔既然现身来见你，就希望你自己跟他说。"

"为什么他不能学世界上其他的人一样，直接打电话询问就好了？"

"他不是常常逗留在这个世界里面，"克劳德说道，"我们的族类有另一个专属的地方。"

"地方不大，"克劳汀娜的语气充满了向往，"但是非常的特别。"

我很高兴有亲戚，何况克劳汀娜简直是我的救生员一样，看到她就有好心情，不过两个双胞胎一起现身让人有点招架不住，仿佛要把人淹没似的——他们又站得这么近，把我夹在中间（连萨姆都觉得太耀眼了），而且身上散发出甜蜜的气息，那种吸血鬼一闻到就神魂颠倒的香气，浓郁地飘进我可怜的鼻孔里。

"看来，"克劳德笑嘻嘻地说，"我们好像有同伴了。"

艾琳一个劲地盯着克劳德，羞怯地悄悄靠近，仿佛看到一大盘热腾腾的烤肉串和洋葱圈。"你这些朋友是谁呢，苏琪？"她问道。

"这位是克劳德，"我说，"他是我的远亲。"

"嗨，克劳德，很高兴认识你。"艾琳说道。

以她现在跟我交恶的状况，和自从与太阳兄弟会会友交往以后对待我的态度来说，还敢靠过来真是有种。

克劳德完全不感兴趣，仅仅点个头。

艾琳以为会有更多的对话，一阵沉默过后她开始觉得无趣，假装听到有顾客在喊她，匆匆地说："我得去拿水壶了！"她笑得很灿烂，仓促地离去。随后就看到她弯着腰，表情严肃地跟一桌客人在说话，那些人我都不认识。

"很高兴看到你们两位，可是我现在必须工作，"我说，"所以你们只是来告诉我关于……奈尔想了解我为什么让电话响了一声就挂掉的原因吗？"

"而且后来就无声无息，一点解释都没有。"克劳汀娜说道，弯腰亲吻我的脸颊，"请你今晚下班以后记得打电话给他。"

"没问题，"我说，"但还是希望他自己打电话来问我。"找人传话当然很好，但是电话迅速又有效率，而且我喜欢听他的声音。无论曾祖父人在哪里，假如真正关心我的安危的话，只要眨个眼睛随时就可以回到这个世界来看我。

至少我是这么认为的。

当然啦，我不懂身为精灵王子究竟有什么职务和责任，但是这一点只能列入"我永远不用面对的问题"上。

又吻又抱地再来一遍之后，双胞胎终于慢吞吞地离开酒吧，很多双充满爱慕的眼神一路目送他们走出大门。

"哇，苏琪，你这些朋友炙手可热喔！"鲶鱼·轩尼诗嚷嚷着说，周围的人纷纷点头同意他的说法。

"我在蒙罗市的俱乐部里面曾经看过那个家伙，他是不是脱衣舞男？"说话的人是个名叫笛碧·莫瑞的护士，在克莱斯附近的医院里工作，和她同桌的那些人也都是护士。

"是啊，"我说，"他是那家俱乐部的老板。"

"长相和钞票一样都不少，"另一位护士说道，她的名字是碧芙丽。"下星期的淑女之夜，我要叫女儿一起去欣赏，她最近刚和一个混蛋分手了。"

"呃……"我心里有点挣扎，要不要说克劳德对任何人的女儿都不会有兴趣的,随即又决定那与我不相干。"祝你们玩得愉快。"我这么说。

既然我花了一点时间和"所谓的"亲戚谈天说笑,现在当然要努力讨好每一位客人,不过刚刚虽然少了我的服务和专注,可是有双胞胎提供的趣味和娱乐,所以也没有人发怒。

工作到最后阶段,科普力·卡麦克走了进来。

他看起来形单影只,有点奇怪,我猜是毛利留在车上等候。

他一身高级西装和高档的发型,看起来和酒吧格格不入,但我还是要称赞他一下:他进门的姿态就好像经常在莫洛特出入一样。我刚巧站在萨姆旁边,他正在为我的客人调一杯波本威士忌加可乐,我顺道跟萨姆说一下这个陌生人的身份。

我送了酒,对着一张空桌子点头示意,卡麦克先生收到我的暗示直接坐下来。

"嘿,要喝什么饮料呢,卡麦克先生?"我问。

"请给我一杯单一纯麦芽威士忌,"他说,"哪个牌子都好,我来这里和人碰面,苏琪,谢谢你那通电话,下次你有什么需要可以随时告诉我,我一定尽全力帮忙。"

"不用了,卡麦克先生。"

"请你叫我科普力。"

"嗯嗯,好的,我去帮你拿威士忌。"

我对单一纯麦威士忌一点概念都没有,但是萨姆肯定清楚,他给了我一个干净发亮的杯子,倒了不少的分量,我虽然在酒吧当女招待,自己却很少喝酒,来这里的大多数客人只会点最普通的东西:啤酒、波本威士忌加可乐、金汤力,和杰克·丹尼尔①。

我把饮料和纸巾放在卡麦克先生桌上,另外送了一小份点心和饼干,就此不去打扰,因为还有其他桌的客人要照顾。但我一直注意他的举动,发现萨姆暗地里也在关注艾蜜莉亚的父亲,不过其他人都专注在

---

① 杰克·丹尼尔,美国著名的田纳西威士忌品牌。

自己的谈话对象和饮料上,没有人留意这个陌生人,毕竟他不像克劳汀娜和克劳德那样引人注目。

有一阵子我没留意的时候,一位吸血鬼加入卡麦克那一桌,我想在场的没有人知道她的身份,应该是最近才变成的;针对这一点,我是指她过世的时间在五十年以内。头发有点少年白,发型很保守,个子娇小,大约五英尺两英寸左右,身材该圆的地方浑圆,该结实的地方结实,戴了一副镶银边的眼镜,纯粹是装饰用的,因为吸血鬼的眼力向来近乎十全十美,也比人类更锐利。

“你要来点人造血吗?”我问道。

她的眼睛就像激光一样具有穿透力,一旦她的注意力贯注在你身上时,你反而会不自在。

“你就是苏琪。”她说。

既然她如此肯定,我好像没有加以证实的必要,所以等着不出声音。

“请来一杯真血牌的人造血,”她说,“要热一点,而且我也想认识你的老板,请叫他过来。”

好像萨姆是根骨头一样,可以招之即来挥之即去,不过她是顾客我是女招待,所以乖乖地帮她把人造血加热,通知萨姆有人要找他。

“再等一分钟。”他正在为艾琳的客人准备饮料。

我点点头,把人造血送过去给吸血鬼。

“谢谢你,”她礼貌地说,“我是珊蒂·赛克瑞,是路易斯安那州新任国王派驻本地的新代表。”

我不知道珊蒂的家乡在哪里,但应该是在美国境内,而且不是在南方。“很高兴认识你。”我实在鼓不起太多的热诚,派驻本地代表?那不是警长诸多项的功能之一吗?这对艾瑞克会产生什么影响?

这时候萨姆走了过来,我转身离开,因为不愿意一副探头探脑的样子,再者如果萨姆决定不要告诉我关于新吸血鬼的意图,稍后大概也可以透视出来,他虽然擅长阻挡,但要特别努力才办得到。

他们三个人埋头谈了几分钟,然后萨姆起身先走回吧台。

我不时瞥向吸血鬼和大人物的方向,以防他们还需要饮料或其他的服务,结果两个人都没有口渴的意思,谈的非常严肃,其间都摆出扑克牌般的脸孔,反正我也缺乏兴趣,虽然珊蒂·赛克瑞的大脑对我而言是一片空白,但我甚至懒得深入卡麦克的思绪。

　　剩余的时间跟平常一样,我甚至没发现新国王的代表和卡麦克先生是何时离开的,接下来就是结束这一切,为安迪·贝尔弗勒预备一张桌子,然后提早准备打烊,等我真的环顾周围的时候,这才发现每个人都离开了,酒吧只剩下了萨姆和我。

　　"嘿,你弄完了吗?"他说。

　　"是啊。"我又一次左右张望。

　　"你有一分钟的空闲吗?"

　　只要萨姆有需要,我向来有时间。

第十六章

　　萨姆坐在办公桌后面的椅子里,一如往常地倾斜成危险的角度,我坐在办公桌前面,挑了一张坐垫比较软的位子,屋里大部分的灯都关掉了,除了吧台上方和萨姆办公室的灯光之外,经过了自动唱片点唱机和烹饪、洗碗盘声以及脚步声各种声音混合起来的杂音之后,建筑物里突然充满寂静的气氛。

　　"那个珊蒂·赛克瑞,"他说,"她的工作有一个全新的内容。"

　　"是吗? 国王的代表究竟要做什么?"

　　"呃,就我所知,她要经常巡视州内各地,看市民和吸血鬼之间是否有任何争议或问题,监督警长的管理是否井然有序,可以完全掌控他们的辖区,然后向国王报告,她就像一个长生不死的麻烦解决者。"

　　"噢。"我想了一下,看不出来这个工作对艾瑞克有什么减损的影响,只要艾瑞克不受影响,他的成员就没问题,除此以外,我才不在乎吸血鬼在搞什么把戏。"所以她亲自来找你聊是为了……?"

　　"她了解我和本地的超自然社区有牵连,"萨姆讽刺地说,"她要我万一知道有什么'问题'发生的话,随时可以找她讨论,还给了我一张名

185

片。"他拿出来秀一下，我不确定自己是否期待名片上鲜血淋漓或者有什么不一样的噱头，结果就是一张普通的名片而已。

"好吧。"我耸耸肩膀。

"克劳汀娜和她哥哥来做什么呢?"萨姆问道。

关于最近现身的曾祖父的事情，想到要隐瞒萨姆就让我于心不忍，偏偏奈尔要求我保守秘密。"自从什里夫波特市那场大战之后，她就没有听到我的消息，"我说，"所以才过来看一下，顺便叫她哥哥一起来露脸。"

萨姆有点尖锐地看了我一眼，但没有多作评论。"或许，"一分钟之后他接着说道，"这之后会有一段很长时间的平静，大家相安无事地工作，超自然社区不再有意外发生。真希望是这样，因为狼人要公开身份的时间点是越来越逼近了。"

"你认为时机快到了?"我不确定美国人会如何看待，今后深夜出现的不光是吸血鬼而已，还有其他的生物。"你认为所有的变形人会一起现身宣布?"

"我们别无选择，"萨姆说道，"这已经在网络上引起热烈的讨论。"

萨姆的生活的确有我所不知道的一面，突然一个念头闪过，我稍微犹豫了一下就决定直接进攻，我的生活里有太多的疑问，如果其中一部分能够得到答案会更好。

"你怎么会决定在这里安顿下来呢?"我问道。

"我曾经路过这一带，"他说，"当时在军队里待了四年。"

"真的吗?"我竟然不知道这一点。

"是的，"他说，"十八岁时我找不到未来的方向，干脆去从军，妈妈伤心地大哭，爸爸不断地诅咒，因为我同时也申请到了大学的入学许可，我已经下定决心，简直就是天底下最顽固的青少年，他们怎么劝都不听。"

"你在哪里长大的?"

"一部分在得克萨斯州的莱特镇，"他说，"就在福特沃斯的外面，很郊区的地方，大致跟良辰镇没两样，不过童年时期因为父亲在军队当兵

186

的缘故，我们居无定所，到处搬家，直到我十四岁左右父亲才退役。母亲的家人都在莱特镇，后来就搬到那里去。"

"漂泊了这么久，之后会不会很难安顿下来呢？"除了良辰镇以外，我没到过其他的地方。

"感觉棒极了，"他说，"我非常乐意待在固定的地方，只是一开始没想到要顺利地融入一群从小一起长大的小孩中间真的有点困难，幸好我有能力照顾自己，因为从小打棒球和篮球的关系，我懂得如何找到自己的位置，后来就加入军队了，剩下的由你猜啰。"

我听得入迷。"你的父母亲还住在莱特镇吗？"我问道，"以他变形人的身份，要在军队里栖身肯定很困难。"因为萨姆是变形人，所以不用多说我已经知道，他是纯种变形人夫妇所生的长子。

"是啊，满月的时候简直糟糕透顶，幸好他的爱尔兰奶奶以前经常泡一种草药汁，他后来学会了，味道简直可怕到离谱的程度，不过每当满月时碰到要执勤或是整晚要站岗，他就泡来喝，用这种方式帮助他维持……不过第二天你绝对不想靠近他一步。我爸爸在六年前过世了，留给我一笔钱，我向来很喜欢这一带，又刚好碰到酒吧要出售，感觉似乎是个很不错的投资机会。"

"你妈妈现在呢？"

"她依旧住在莱特镇，大约在父亲过世两年之后又再婚，继父为人还不错，就是个普通人。"不是变形人也不是任何种类的超自然生物。"因此我跟他亲近的程度很有限。"萨姆说道。

"你母亲既然是纯种的变形人，他肯定会起疑心的。"

"我想他是故意睁一只眼闭一只眼，因为妈妈总是说晚上需要出去蹓跶蹓跶，或者假装说要去华柯镇的妹妹家过夜，或者要开车过来看我一下，或者找其他的借口。"

"不断找借口一定很难维持。"

"我自己绝对不会企图这样做，还在军中的时候，曾经有一度差点和普通的女孩子结婚，后来还是打消念头，因为我实在没办法带着这么大的秘密和某人结婚，能够对某人开诚布公地谈到这些事情，对我的精神压力而言是很大的解脱，苏琪。"他对着我微笑，我也很高兴萨姆如此信任我。"一旦狼人宣布了，我们大家一致决定公开身份，好卸下肩头上的重担，就此抛开沉重的压力。"

我们都知道未来有新的问题要面对，不过目前暂且不需要去忧虑未来的困扰，该来的麻烦自己会来的。

"你有弟弟和妹妹吗？"我提问。

"各有一位，我妹妹已婚有两个小孩，我弟弟目前依然单身，他人还不错，"萨姆微微一笑，表情看起来是前所未有的轻松。"克雷说他预备在明年春天结婚，"萨姆继续说下去，"或许你可以陪我一起去参加婚礼。"

刹那间我惊讶得不知如何应对，感觉受宠若惊而且非常高兴。"听起来似乎很有趣，等日期确定的时候再让我知道。"我说道，萨姆和我曾经出去约会过一次，感觉非常愉快，不过当时刚巧介于我和比尔的感情出状况的时候，后来就不曾再旧事重提了。

萨姆轻松自在地点头以对，刹那间在我心底涌起的紧张情绪就此消失无踪，他毕竟是萨姆，我的老板，而且仔细一想，就在过去一年内，嵌入我的生命变成最要好的朋友之一，并不是什么陌生人。我站起身来，拿了皮包并且套上夹克预备离开。

"你今年收到尖牙同盟酒吧举办万圣节派对的邀请卡了吗？"他问道。

"没有，自从去年那一次邀请我过后，他们很可能不愿意我再去参加了。"我说，"而且以最近发生这么多的纷纷扰扰来说，艾瑞克大概也没有庆祝的心情吧。"

"你觉得今年莫洛特酒吧要不要也办一场万圣节派对？"他又问。

"或许可以省略糖果那些东西，"我思索了一下才建议，"但是为每位顾客准备一小袋烤花生的福袋？或者每桌一碗爆米花？再用一些装饰品布置一下？"

萨姆凝视着酒吧里的方向，仿佛可以看穿墙壁一样。"听起来还不错，好像有那么一回事。"我们通常在萨姆的坚持之下，只有为感恩节之后的圣诞节做布置。

我跟他挥手道晚安径自离开酒吧，留下萨姆独自检查和上锁。

夜晚带着些微的寒意，这一次的万圣节真的会像我在儿童故事书上看到的那种万圣节。

在停车场中央，我的曾祖父独自伫立在那里，闭着眼睛，仰起脸庞迎向银色的月光，浅色的头发像厚厚的窗帘垂在背后，无数细小的纹路在月光下隐形了，否则他肯定要亲自抹除。他手里拿着拐杖，又一次黑色的西装打扮，右手戴着一枚大大的戒指。

他真的是我今生仅见的最美丽的生物。

只不过看起来完全不像一般凡人的祖父，普通的祖父穿戴的是宽松的工作裤和强鹿公司①致赠的棒球帽，带着你去钓鱼，让你坐上他们的拖拉机兜风，一边抱怨你被宠坏了，同时又给你买糖果吃，至于凡人的曾祖父呢，大多数的晚辈都没有亲眼见识的荣幸。

我察觉萨姆就站在旁边。

"那位是谁？"他低声问。

"那个是我的……呃，我的曾祖父。"我答道，他就站在我前面，总不能视而不见的不做介绍。

"噢。"萨姆的口气充满崇敬和惊奇。

"我自己也才刚发现而已。"我道歉地说。

奈尔停止吸收月亮的精华，径自睁开眼睛。"我的曾孙女，"他说道，似乎在莫洛特酒吧的停车场看到我纯粹是愉快的惊喜。"你这位朋友是谁？"

"奈尔，这位是萨姆·莫洛特，酒吧的老板。"我答道。

萨姆小心翼翼地伸出手来，奈尔仔细地看了好一阵子才轻轻地碰了一下，我可以感觉到萨姆轻微地震了一下，宛如奈尔手上通了电一样。

"曾孙女，"奈尔说道，"听说你陷入两派狼人争执纷扰的危机

---

① 强鹿公司，美国著名的农业机械大厂。

里面。"

"对,不过当时萨姆和我在一起,后来克劳汀娜也跑来救援,"我的语气防卫到有点奇怪。"一开始去的时候我不知道会发生你所谓的纷扰,当时我是去担任和事佬的,没有预料到会遭受突袭。"

"对,克劳汀娜也是这么跟我报告的,"他说道,"听说那个贱人死掉了?"

他指的应该是普莉希拉。"是的,先生,"我恭敬地回答,"她当场就死了。"

"随后隔一天晚上你又再度置身险境?"

这回我真的是充满罪恶感。"哎,我平常的生活模式真的不是这样,"我说道,"只不过路易斯安那州的吸血鬼王权刚巧被内华达州的推翻了。"

奈尔似乎只对其中某部分感兴趣而已。"不过你因此拨了我给你的电话号码求救。"

"啊,是的,先生,我当时非常害怕,可是艾瑞克一把拍掉我的手机,因为他认为如果你介入争端的话,肯定是一场两败俱伤的战争,后来情势逆转,他决定向维特·麦顿投降了,我猜这是最好的结果。"即使艾瑞克事后送了一只新手机当礼物弥补,我还是对他有点生气。

"啊啊。"

我不确定这不置可否的声音究竟代表什么含意,很可能这就是实际有一位曾祖父的不好一面,仿佛我被叫到跟前当场斥责一番,这种感觉已经很少有了,上一次是青少年时期因为偷懒没有把垃圾袋拿出去,忘了叠衣服而被奶奶发现,当时那种感觉很不愉快,现在还是一样。

"我很喜欢你的勇气,"奈尔突如其来地说,"但你非常脆弱——不过是个生命短暂、破了就无法恢复的凡人,当我终于有机会认识你和你说说话的时候,实在不想失去你。"

"我不知道要怎么说。"我咕哝地回答。

"你既不要我阻止你做任何的事情,又不肯改变,那要我怎样保护你呢?"

190

"我不认为你可以，至少不是百分之一百的程度。"

"那我对你又有什么用处可言？"

"你不需要对我有用处啊。"我惊讶地说，他似乎不像我这样的多愁善感，也不知道要怎么解释才好。"只要知道你存在——对我而言这样就够了，知道你关心我，无论距离多遥远，我们有多大的不同，知道我还有亲人活在世界上，而且你不觉得我怪异、疯疯癫癫，又不以我这个曾孙女为耻辱，这种感觉真的很棒。"

"耻辱？"他一脸的困惑不解，"你比大多数的人类有趣多了。"

"谢谢你不把我当成一个有缺陷的瑕疵品看待。"

"其他的人类认为你有缺陷？"奈尔真的有点愤愤不平。

"一旦知道她能透视别人脑中的思绪，"萨姆突如其来地打岔，"人们通常会不自在。"

"你呢，变形人？"

"我认为她很棒。"萨姆说道，表情非常的真诚。

我挺直背脊，骄傲感由衷而生，在这种温馨感觉洋溢的时刻里，我几乎跟曾祖父谈及今天才发现的大问题，借以证明我愿意分享自己的生活，不过心底又相当地笃定，关于珊卓拉·波特和坦雅·葛利森这个邪恶轴心所导致的问题，他所提供的解决方案肯定是用恐怖的死法做个了断，我的远亲克劳汀娜或许以变成和我认为与基督信仰有关的天使为目标，不过奈尔·布莱根的性格绝对是大异其趣，我高度怀疑他的原则是，"宁愿先挖掉你的眼睛，以防你未来对我下手。"呃，或许不一定是先发制人，但相差不远。

"难道我都不能为你做什么吗？"他近乎恳求地说。

"如果你有闲暇的时候，不时来我家坐一坐，让我为你煮一顿晚餐，如果你愿意的话？那我会非常高兴。"我说得非常腼腆，不确定他会看重这样的提议。

他以炯炯有神的眼睛看着我，即使外表像人类，事实却不然，也没办法辨别他的想法。对我而言，奈尔像个难解的谜题，我的提议也可能让他觉得气急败坏、无聊透顶或是嫌恶极了。

最后奈尔说道："好,就这么做吧,我当然会事先通知你时间,在此同时,如果你有任何的需要,随时拨那个电话号码,只要你认为我帮得上忙,千万别让任何人说服你不要。我要跟艾瑞克聊一聊,过去他对我很有帮助,但他不能怀疑我能给你的协助。"

"很久以来,他就知道我是你的亲戚吗?"我屏住呼吸地等待答案。

奈尔本来转身要走了,现在稍微回过身来,让我得以看到他侧面的轮廓。"不,"他说,"我当然要先对他有一些认识才行,就在带你来见我之前才知道的,因为如果我不告知要见你的原因,他坚持不肯帮忙。"

说完他就走掉了,感觉起来就好像穿过一道人眼看不见的大门,走进去随即不见人影。

"好吧,"萨姆过了好长一阵子才开口,"好吧,这真的……不太一样。"

"你能接受这一切吗?"我朝奈尔刚刚站的地方挥挥手,就是大致的位置,除非我们刚才目睹的纯然是灵魂的投影或类似的东西。

"我没有理由谈接不接受,这是你私人的事情。"萨姆说道。

"我想要爱他,"我说,"他是如此的美丽又如此关怀备至,不过真的,真的有点……"

"骇人听闻?"萨姆接下去说。

"对。"

"他通过艾瑞克跟你接触?"

既然我曾祖父认为让萨姆知情没关系,我就把跟奈尔第一次见面的事情叙述了一遍。

"嗯嗯,呃,我不知道该作何想法,吸血鬼和精灵从来不互动的,因为他们倾向于把精灵当食物一口吞下肚子里。"

"奈尔有办法掩盖他的味道。"我骄傲地解释。

萨姆似乎一时之间很难应付这么多的资讯。"这件事也是前所未闻,我想詹森不知道吧?"

"噢,天哪,当然不知道。"

"你知道他会嫉妒,接着对你发脾气。"

"因为我认识奈尔而他一无所知吗？"

"对,詹森会妒火中烧。"

"我明白詹森不是天底下最宽宏大量的类型,"我才开口,萨姆就哼的一声嗤之以鼻。

"好吧,"我说道,"他很自私,不过总是我的哥哥,这一点无法改变,但或许他永远都不要知道比较好,奈尔本来要我保守秘密,结果自己还大刺刺地现身在你面前。"

"我猜他事先做了背景调查。"萨姆温和地说,给了我一个拥抱,这个惊喜很受欢迎,尤其奈尔突然冒出来之后,更觉得有需要。我也拥抱萨姆,他显得温暖而且让人安心,非常有人情味。

但我们两个都不是百分之百的人类。

下一刻又想,我们也是人类啊,因为跟人类的相似处远远比另一个部分更多,我们活得像人类,死也像人类,而且以我对萨姆的了解,他想要成家立业,有相爱的人,期许一个普通人都会渴望的未来,包括拥有财富和健康,生儿育女和欢乐幸福的生活。没有野心的萨姆并不想当任何族群的领袖,就像我也无意做任何人的公主一样——任何血统纯正的精灵只会把我当成他们美好特质下一个卑微的副产品,这就是詹森和我大不相同的地方,詹森会终此一生期待自己比现在更具有超自然生物的特质,我则期待自己再少一点,如果心电感应术的确是一种超自然能力的话。

萨姆亲吻我的脸颊,迟疑了半晌之后转身往拖车走去,穿越小心修剪的矮树篱,跨上屋外小阳台的楼梯,直到把钥匙插进锁孔里才转身对我微微一笑。

"好个奇特的夜晚,嗯?"

"是啊,"我说道,"的确挺累人的。"

他目送我坐上车子,挥挥手示意我把车门上锁,一直等我乖乖地听话照做之后,才转身走进拖车里,我一路心不在焉地开车回家,心里充满各式各样的疑问,有深有浅,幸好路上车辆稀少,没有酿成大祸。

第十七章

第二天早上我走出来时,艾蜜莉亚和澳大薇亚已经坐在厨房的餐桌边,她把咖啡都喝光了,不过至少随手洗了咖啡壶,所以我只花了几分钟就煮好自己需要的分量,艾蜜莉亚和她的师傅无视于我笨拙地走来走去,拿玉米片、加糖、倒牛奶等等,再弯腰就着碗吃,因为不希望牛奶滴在小可爱上面,顺便说一下,气温已经冷到不适合穿小背心在屋里走来走去,所以我随便套了一件夹克,才得以舒适地吃完早餐和咖啡。

"有什么新的进展吗,两位女士?"我问道,表示自己已经预备好和其余的世界互动了。

"艾蜜莉亚跟我提到你的难题,"澳大薇亚说道,"还有你非常仁慈的提议。"

噢噢,这是怎么一回事?哪个提议?

我明智地点点头,一副了然于胸的模样。

"你一定不明白我是多么想要搬出外甥女的公寓,"老妇人说得很急切,"珍妮莎有三个小朋友,其中一个是刚学走路的小家伙,还有个男朋友来来去去,我就睡在客厅的沙发上,每天早上小朋友醒来时,就会跑进来看电视卡通,也不管我有没有起床,当然啦,那是他们的房子,而且我已经住了几个星期,所以他们几乎都忘记有我这个人的存在。"

我猜澳大薇亚打算睡在我房间对面的卧室或是二楼的空房间,如果可以投票的话,但愿她睡在楼上。

"你也知道我年纪大了,要靠近洗手间比较方便,"每当人们承认某种时不我待的老化状况时,通常会带着滑稽又想否认的表情,她就用那种神态看着我说,"所以楼下比较合适,再者我的膝盖又有关节炎,我有没有告诉你珍妮莎的公寓在二楼?"

"没有。"我透过麻痹的嘴唇回答,天哪,这一切发生得太快,根本来不及适应。

"现在说到你的难题,我不是黑女巫,不过你必须把那两个年轻女人逐出你的生活圈才有安宁的日子,包括波特小姐的间谍和她自己。"

我点头如捣蒜。

"嗯,"艾蜜莉亚终于撑不住,没办法再保持沉默。"我们想到一个办法。"

"我洗耳恭听。"我替自己倒了第二杯咖啡,出于迫切的需要。

"当然啦,摆脱坦雅最简单的办法,就是跟你的朋友凯温·诺瑞斯说明她真正的来意。"澳大薇亚说道。

我惊讶地张大嘴巴。"呃,那样似乎很可能造成坦雅的不幸。"

"你不是希望这样吗?"澳大薇亚一脸无辜地问,表情狡猾得很。

"呃,是啊,但我又不想害死她,我的意思是,不要她发生任何无法挽回的下场,只要她离开别再回来骚扰我就行了。"

艾蜜莉亚重复,"就此离开别再回来骚扰吗?听起来很像没有转圜的余地啊。"

感觉好像是这样。"让我重新说明一遍,我要她离开这里去过自己的生活,从此离我远远的,"我说,"这样说够清楚吗?"我不是故意要这么尖锐,只想表达清楚不致误会。

"是的,年轻的小姐,我想我们了解了。"澳大薇亚冷若冰霜地回答。

"我真的不希望有任何误解发生,"我说,"其中涉及太多人的利害

195

关系，我猜凯温有点喜欢坦雅，但是另一方面，他也可能用十分有效率的方法让她非常害怕。"

"足以吓得她永远离开不回来？"

"你必须证明自己说的是实话，"艾蜜莉亚说道，"关于她蓄意破坏你生活的企图。"

"你有什么想法呢？"我问道。

"好，我们的想法是这样——"艾蜜莉亚说道，第一方案就成形了，其实这个主意我自己也想得出来，不过有女巫的帮助应该可以进行得更加顺利。

我打电话找凯温，请他在午餐时间的空当来我家跑一趟，接到我的电话让他有点诧异，但还是同意了。

当他步入厨房时发现艾蜜莉亚和澳大薇亚双双在场，忍不住一脸讶异，凯温是豹人的领袖，整个族群都住在哈萨特社区里，他和艾蜜莉亚有过几面之缘，只有澳大薇亚是全新的面孔，不过他敏锐地察觉到老女巫身上散发出来的魔力，立刻毕恭毕敬，这一点对我们非常有利。

凯温大约四十来岁，肌肉结实而身强体壮，对自己很有自信心，虽然头发逐渐转灰，背脊依然挺直得像支箭一样，一副泰山崩于前而面不改色的冷静，让人印象深刻极了。有一阵子他对我深感兴趣，希望和我交往，可惜我没有同感对他很抱歉，他真的是个好对象。

"有什么事呢，苏琪？"他一一婉拒了咖啡、饼干、茶水和可乐的提议之后问道。

我做了个深呼吸，"我不想要当个长舌妇，凯温，只是目前有个难题。"

"跟坦雅有关系。"他一语中的。

"对。"我毫不掩藏自己如释重负的反应。

"她的确狡猾又诡秘。"他说，语气里有一丝欣赏的意味让我忍不住遗憾。

"她是个间谍。"艾蜜莉亚说道，直指问题的核心，从来不拐弯抹角。

"谁的间谍？"凯温的头歪向一边，好奇但并不觉得惊讶。

我非常精简地解释了一下，这个故事重述的次数让我厌烦到了极点,不过凯温需要了解我和波特家的过节,锲而不舍的珊卓拉会一路追逐我进坟墓,坦雅不过是她布下用来困扰我的暗桩。

凯温伸长双腿专注地聆听,手臂交叉地抱在胸前,身上穿着新牛仔裤和格子衬衫,气味就像刚砍下来的树木一样清新。

"你要对她下咒语吗?"听我说完以后,他转头问艾蜜莉亚。

"是的,"她直接承认,"但我们需要你把她带过来。"

"咒语有什么效果?她会不会受伤?"

"只会让她失去伤害苏琪和她家人的兴趣,仅此而已,并且不再服从珊卓拉·波特的意愿办事,对她个人或身体完全无害。"

"这会改变她的心智状态吗?"

"不会,"澳大薇亚解释,"但这个咒语的效果不像另一个那么确定,另一种方式是让她从此不想要再留在此地,那样一来,她会离开这里永远不回来。"

凯温考虑了一下。"我有点喜欢那个可爱的女孩,"他说,"整个人充满活力,不过她在克里丝塔和詹森之间造成的麻烦让我有些忧虑,逼得我不断思索要采取什么方法来制止克里丝塔这种疯狂而漫无节制的消费习惯,看来这的确凸显了一个很重要的问题。"

"你喜欢她?"我希望大家把牌摊个明白。

"我说了。"

"不,我的意思是,你真的喜欢她。"

"呃,她和我,我们偶尔在一起玩得很开心。"

"你不希望她离开,"我说道,"你希望尝试另一个方法。"

"差不多是这个意思,你说得对,她不能留在这里继续搞破坏,一则是改变她的观念,或者就此离开。"关于那个可能性他不太愿意考虑。"你今天要上班吗,苏琪?"

我看了墙壁上的日历。"不,今天休假,"我要休假两天。

"今天晚上我会去找她,负责带她过来,你们两位女士有足够的时间准备吗?"

两个女巫互看一眼,无声地询问对方。

"可以,没问题。"澳大薇亚开口。

"我七点带她过来。"凯温说道。

整件事情的进行竟出奇地顺利。

"谢谢你,凯温,"我说,"真的很感谢你的帮助。"

"如果有效的话,这是一石击中好几只鸟,同时解决诸多问题,"凯温说道,"当然啦,万一没有功效,你们两位女士就是不受我欢迎的人物了。"他的语气非常的务实。

两个女巫并不觉得有趣。

鲍伯恰巧在这时候晃进来,凯温瞄了猫咪一眼。"哈啰,兄弟。"他跟猫咪打招呼,然后眯着眼睛盯了艾蜜莉亚一眼。"在我看来,你的咒语似乎也有失效的时候。"

艾蜜莉亚一方面有罪恶感同时又觉得备受冒犯。"你等着瞧,"她咬牙切齿地说,"这回会有效的。"

"但愿如此。"

这一天剩下的时间我用来洗衣服、重擦指甲油、换床单等等——这种杂事你通常留到放假的时间才来一并处理。我还去图书馆还书,这回一切平安什么事都没有发生,芭芭拉·贝克的兼职助理负责站柜台,这样也好,反正我也不想再次经历那种恐怖的攻击,而且我确定未来遇见芭芭拉的好长一段时间里面,都不会再碰到类似的事情发生。我同时注意到地板上的血迹已经不见了。

走出图书馆,我去了一趟超市,没有狼人攻击,也没有吸血鬼现身,没有任何人企图杀我或是杀任何人,也没有神秘的亲戚突然现身,更没有哪个无聊的家伙试着把我扯进他自身的问题,不管是不是婚姻问题。

到家的时候,我全身都弥漫着正常人的气质,没有意外发生。

今天晚上由我负责掌厨,决定要做烤猪排,我拿出最喜爱的家常式自制面包粉,弄了一大堆,先把猪排浸在牛奶里面,再扑上面包粉,接着预备进烤箱。点心则是烤苹果,里面塞了葡萄干、肉桂粉和奶油,一样放入烤箱当中,最后开了一罐青豆和罐头玉米粒,先调味之后才以小火加热。过了一会儿,我掀开烤箱把猪排放进去,本来还想做一些烤面包,可是仔细盘算一下,卡路里似乎够高了。

我在厨房弄晚餐的时候,两个女巫在客厅准备必要的物品,她们似乎重拾往日美好的时光,我听见澳大薇亚的声音似乎带着教导的口吻,艾蜜莉亚不时会发问。

我一边煮晚餐一边自言自语,但愿这一次的魔法程序能够发挥功效,也非常感激两位女巫愿意鼎力相助,不过在住家这方面我觉得自己似乎受到侧面攻击,虽然曾经三言两语地跟艾蜜莉亚提及她的师傅可以暂时住在这里,不过那是一时口快,没有经过深思熟虑。(看得出来从此以后我跟室友讲话的时候必须谨言慎行,不要心直口快。)毕竟澳大薇亚并没有明确表示她要在我家住上一个周末或是一个月,或是不知道多长的时间,想到这里我就心惊胆跳。

我当然可以把艾蜜莉亚拉到角落去咬耳朵。"你没有当下先问我澳大薇亚可不可以借住在这里,别忘了这是我的房子。"可是想归想、怕归怕,我的确还有个空房间,而澳大薇亚也真的需要住的地方,现在才发现自己不高兴屋里住了第三者已经太迟了——况且对方又很陌生。

或许我可以帮澳大薇亚找一份工作,因为多一份收入可以帮助老妇人经济独立,有能力搬出这里,她位于新奥尔良房子的损坏状况不知道怎么样,大概是无法居住了吧,就算老女巫再有满身的法力也没办法让被风灾摧毁的房子恢复原状,听她提到楼梯和膀胱无力需要常上厕所的问题,我把她的年龄层往上提,不过她似乎不可能老于六十三岁,在这种时代来说,还是很年轻嘛。

我嚷嚷着告诉艾蜜莉亚和澳大薇亚,六点准时吃晚餐,摆好餐桌和餐具,倒了三杯冰红茶,然后就让她们自己到炉子上拿食物,这样不太优雅,但可以减少清洗的盘子。

用餐时我们没有多加交谈,心里想的都是今天晚上的事情,就算不喜欢坦雅这个女孩,我还是忍不住担心。

想到改变别人的念头似乎有些好笑,然而最低限度在于我希望坦雅不要如芒在背,能够远离我和周遭人的生活,或者她可以留在良辰镇但是改变对我的态度,这些事实真的没有转圜的余地,用崭新而实际的角度来说,如果叫我在继续让坦雅干扰我的生活,和坦雅改变态度而我继续生活这两项中间做选择的话,连比较都不用就知道答案了。

我负责清理盘子,平常的习惯是一个人掌厨,另一个人负责清洗,不过今天她们要做施展魔法前的准备,这样也好,我想保持忙碌。

七点零五分我们听见卡车的轮子碾过碎石车道的声音。

当我们请求凯温七点整把坦雅带来的时候,完全没想到他会把女孩当包裹运送。

凯温把坦雅扛在肩膀上,女孩虽然娇小却不是轻如羽毛,凯温像在工作,但是呼吸不疾不徐,也没有用力到汗水淋漓,坦雅的手和脚踝都被绳子绑住,不过我发现他在绳子底下先垫了一层围巾保护免得她受伤,而且(谢天谢地)她的嘴巴被一条色泽活泼的红色扎染印花手帕堵住,没错,豹人的头头肯定爱慕坦雅。

当然啦,她气得火冒三丈就像一条被惊扰的响尾蛇一样,不断地挣扎、扭动,杏眼圆睁,甚至企图要踢凯温,他举手拍她屁股。"你不要再挣扎了,"他说,语气并没有很懊恼。"是你自己做错事,需要吃药治疗。"

他从前门走进来,直接把坦雅抛在沙发上。

女巫们用粉笔在客厅的地板上画了一些东西,我对这个过程不太有好感,但是艾蜜莉亚向我保证,事后通通可以清洗干净没问题,既然她是一流的清洁人员,我就放任下去。

周围有很多不同的东西,摆在一个又一个的碗里(我实在不愿意看得太仔细),澳大薇亚点燃某一个碗中的东西,端到坦雅面前,并且用手把烟雾拨往坦雅的脸,我赶紧倒退一大步,站在沙发后面扶着坦雅肩膀的凯温跟着别开脸庞,坦雅只能尽力地闭气。

但她终究要呼吸的,一旦吸进烟雾之后随即放松下来。

"她必须坐在那里。"澳大薇亚指着粉笔图案所围成的圆圈,凯温把坦雅放在正中央的高背椅上,她动也不动地坐着,这一切都要归功于神秘烟雾的功用。

澳大薇亚开始用一种我听不懂的语言吟诵着,艾蜜莉亚的咒语向来是用拉丁文或至少是拉丁文的原始形式(这是她自己说的),但我认为澳大薇亚的能耐比较多元化，她吟诵的语言听起来完全不同。

我一直对这个仪式很紧张，结果却显得无聊透顶，除非你是参与者之一，或许看法会不一样，我真想打开窗户让这些气味赶快飘散出去，幸好艾蜜莉亚事先想到要取下烟雾侦测器的电池，否则就麻烦了。坦雅显然感受到一些东西，但我不确定那是因为波特的影响力被化解了。

"坦雅·葛利森，"澳大薇亚说道，"我要从你灵魂深处拔除邪恶的毒根，免除那些利用你图谋不轨的邪恶影响力。"澳大薇亚手里拿着一个奇怪的东西，感觉很像用藤蔓缠住的人类骨头，朝坦雅挥了好几个手势，我努力不去臆测那根骨头是从哪里来的。

坦雅隔着手帕嗯嗯啊啊，警戒地拱起背脊，随后又松懈下来。

艾蜜莉亚比了个手势，凯温弯腰解开红色的印花手帕，那让坦雅看起来像个小歹徒，接着再从坦雅嘴巴里拉出另一条雪白的手巾，显然他绑架女孩的过程不仅用心良苦而且充满爱意和体贴。

"我真不敢相信你对我做出这样的事情！"嘴巴一松开她就气得大叫大嚷。"你这个混蛋，竟然像原始人一样把我绑架来这里！"假如双手也松开的话，凯温大概逃不掉一顿花拳绣腿。"这些该死的烟雾又是怎么一回事？苏琪，你想烧掉自己的房子吗？嘿，女人，你可以把那个鬼东西从我脸上拿开吗？"坦雅用绑着的双手拍开那根绕着藤蔓的骨头。

"我是澳大薇亚·范特。"

"呃，好极了，澳大薇亚·范特，请把我的绳子解开！"

澳大薇亚和艾蜜莉亚相互对看了一眼。

坦雅转而恳求我的协助。"苏琪，你叫这些疯子放开我！凯温，我本来还对你颇有兴趣，谁知道你竟把我绑起来丢在这里！你这是做什么？"

"拯救你的性命，"凯温说，"你现在不会跑，对吗？我们需要谈一谈。"

"好吧，"坦雅慢慢地说，终于察觉到（我听见她的想法）这档事相当严肃。"这是怎么一回事？"

"珊卓拉·波特。"我率先说。

"对，我认识珊卓拉，她要怎样吗？"

"你们的关连是什么？"艾蜜莉亚发问。

"这跟你有什么关系,艾蜜?"坦雅反问。

"是艾蜜莉亚,"我更正,坐在坦雅正前方的绒脚垫上。"这个问题你必须回答。"

坦雅尖锐地看了我一眼——这一招她很擅长——说道:"以前我有一个亲戚被波特家收养,珊卓拉是她的继妹。"

"你和珊卓拉有很深的友谊吗?"我说。

"不,还好,我们已经好一阵子没见面了。"

"难道你最近和她没有任何的协议吗?"

"不,珊卓拉和我又不常见面。"

"你对她的看法怎样?"澳大薇亚问道。

"我认为她是双面人,但又有点欣赏她,"坦雅说,"无论珊卓拉想要什么,肯定会执意到底,"她耸耸肩膀。"对我而言她有点太极端了。"

"所以如果她要求你去破坏别人的生活,你不会答应吧?"澳大薇亚目不转睛地看着她。

"我还有更好的事做,干吗听她指挥,"坦雅说道,"如果她真那么想要破坏别人的生活,她可以自己做。"

"你不会跟她狼狈为奸吗?"

"不,"坦雅说道,看得出来这是真心话,事实上,她开始对我们一径的盘问感到焦躁不安。"啊,我做了什么对不起某人的坏事吗?"

"我想你只是有一点过头了,"凯温说道,"幸好有这两位好心的女士介入,艾蜜莉亚和范特女士都是……呃,很有智慧的女性,而你已经认识苏琪了。"

"对,我认识苏琪,"坦雅性情乖僻地瞥我一眼,"无论我怎么努力,她都不肯和我交朋友。"

对,没错,我不希望你靠得太近,以免背后捅我一刀,心里这么想,但是嘴巴没说出来。

"坦雅,你最近常常带我的嫂子去逛街买东西。"我说。

坦雅突然哈哈大笑。"怎么?我给怀孕的新娘太多采购疗法了?"她说,随即又一脸困惑的模样。"对啊,我自己也觉得去蒙罗市的百货

202

公司太多次,连支票簿都快要超支了。奇怪,我的钱是从哪里来的呢?其实我自己并不太喜欢大采购,为什么要那样做?"

"你要改掉坏习惯。"凯温说道。

"你别想命令我要怎么做,凯温·诺瑞斯!"坦雅立刻呛回去,"我不去采购是因为我自己不要,而不是因为你限制我!"

凯温看起来如释重负。

我们同时点点头,这才是坦雅的本性,现在的她似乎削除了珊卓拉那种毁灭性的影响力,我不确定珊卓拉是否也对坦雅使了一些巫术,或者就是用一大笔钱当诱饵,说服她相信黛比的死应该归咎于我,不过这两位女巫似乎成功地排除掉珊卓拉撒在坦雅个性上的毒药。

这么轻而易举的——在我眼中看来真是挺容易的——就移除旁边的一根刺,让我得以吐出郁积在胸口的闷气,但愿这一招也可以运用在珊卓拉·波特身上,把她绑架过来重新设定内部的程式,不过她应该没有那么容易就转变,我猜波特家族大概有一些奇怪的病变。

女巫们兴高采烈,凯温也心满意足,我则是大大地松了一口气,凯温跟坦雅说要送她返回哈萨特社区,至今依然有点困惑不解的她带着远比进门时更多的尊严离开,坦雅不明白为什么会在我家里,连女巫做的事情好像也忘得一干二净,不过混淆不清的记忆似乎没有造成她的困扰,也没有因此发脾气。

这无疑是各种可能性里面最好的结果。

或许现在少了坦雅邪恶的影响力,詹森和克里丝塔得以顺利解决他们之间的争执,毕竟克里丝塔是真心地想和詹森结婚,似乎也很高兴能再度怀孕,至于她现在为什么如此不知足……我也搞不清楚。

只能把她列入让我不解的人那一长串的名单里面。

女巫一面打开窗户——虽然夜晚充满寒意,我依旧希望能驱散药草的气味——一边清理客厅的器具,我则趴在床上看书,可惜心不在焉,无法专注于阅读,最后决定去屋外走一走,随便披了一件连帽的外套,跟艾蜜莉亚嚷嚷着告知一下,就坐在我和她一起买回来的木头椅子上,当时正好碰到沃尔玛在季末大清仓,价钱便宜得很。我坐在那里,重新把同系列附带遮阳伞的桌子欣赏一遍，一面提醒自己要记得把遮阳伞收起来过冬，并且遮住所有的家具，然后我往后躺开始胡思乱想。

单单在屋外享受大自然的感觉真好，闻着树木和泥土的香味，听着周围森林里传来三声夜莺那谜一般的鸣声，安全灯的照明给我一种安全感，不过那只是一种假象，有灯光只会让你对闯来的东西看得比较清晰而已。

比尔从树林里冒出来，悄无声息地走进院子里，坐在一张凉椅上。

我们好半晌都一语不发，过去几个月以来，每当他出现在附近，我心里就常有一股剧痛感，但此时已经不复存在，他的出现只会稍微搅扰到夜晚的宁静，虽然他似乎是夜色的一部分。

"席拉已经搬去小石城了。"他说。

"怎么会这样？"

"她在一家大企业里找到了好工作，"比尔说道，"那是她想要追寻的目标，因为那家企业专注于开发吸血鬼的房屋和地产。"

"她迷上吸血鬼了？"

"我想是吧，但不是我的缘故。"

"你不是她的第一位吗？"或许我的口气有点尖酸刻薄，但他在各方面都是我的第一个。

"不要这样。"他的脸庞转向我，看起来很苍白，"不，"他终于回答道，"我不是她的第一位，再者我一直心知肚明，吸引她的是我的吸血鬼身份，而不是我这个人本身的特质。"

我了解他话中的含意，就像一开始得知他为了服从命令来迎合我，感觉就像他真正感兴趣的是我心灵感应术的能耐，而不是作为读心人的这个女孩。"天理昭彰，自作自受啊。"我说。

"我向来不在乎她，"他说道，"顶多一点点而已，"他耸耸肩膀。"反正像她那样的人很多。"

"我不确定你认为这会给我什么样的感受。"

"我只是在跟你陈述一项事实，从来就只有你一个而已。"说完他就起身走回树林里，像人类般地缓步而行，让我目送他的离去。

　　显然比尔是处心积虑地运用某种计策来赢回我的心，不知道他是否还妄想我能够再爱他一遍，回想起得知被骗的那一夜，我的心依旧在隐隐作痛，我猜他顶多只能期望赢回我的关怀，这是最大的极限了。至于信任和爱情？我无法想象还有那一天。

　　我继续在屋外坐了好几分钟，回想这一夜的一切，拔掉一个敌人的帮手，还剩下敌人本身要对付，然后我想到警方还在搜寻的失踪人口，什里夫波特市的那些狼人，纳闷他们何时才会放弃努力。

　　照形势看起来应该有好一阵子不用再应付狼人的政治事件，幸存的胜利者大概得专心致志地处理家中的问题，让一切步入正轨。

　　但愿欧喜德享受做一个领袖的滋味，我忍不住纳闷在就任大位的那一天晚上，他是否成功地孕育了另一个纯种的狼人，至于佛南遗下的子女，不知道要由谁来照顾。

　　既然在胡思乱想，就放任思绪飞翔，不知道菲利普·迪·卡斯楚会把总部设在路易斯安那州或者继续坐镇在内华达掌管；我纳闷有没有人通知布巴关于路易斯安那已经换了新的统治者，以后还有再见面的一天吗？他有一张世界著名的脸孔，可惜在孟菲斯停尸间工作的吸血鬼没有成功地将他转化，以致他的脑袋受损很严重。布巴在卡特里娜飓风下的处境堪忧，甚至跟新奥尔良其他吸血鬼的联系也被断绝，只能仰赖老鼠和剩余的小动物维生（我猜也包括被主人遗弃的宠物猫），直到某一天晚上，一支由巴吞鲁日吸血鬼组成的搜救队伍发现他的踪迹，我最后听到的消息是他们必须把他送出路易斯安那州去休养生息，或许最后他会流落到内华达州，毕竟他生前在那里一直受到热烈的欢迎。

　　突然间我感觉到自己因为坐得太久而浑身僵硬，而且夜晚越来越冷得让人受不了，夹克又不够保暖，回屋里上床睡觉的时候到了。屋子里已经黑黢黢的，看来澳大薇亚和艾蜜莉亚都被今晚的魔法活动弄得精疲力竭，早早休息了。

　　我叹了一口气从椅子上起身，放下遮阳伞，打开工具屋的门，把遮阳伞斜靠在长板凳上，我猜这是爷爷用来修理工具的位置，再顺手把门关上，感觉就像把夏天关在其中。

第十八章

经过星期一平静而安宁的休息,星期二则是排在中午时段上班,出门的时候,艾蜜莉亚正在油漆一个柜子,那是她从本地旧货店挖出来的宝贝,澳大薇亚则利用时间修剪玫瑰花的残茎,她说玫瑰花在冬天时必须修剪,春天才会长得更好,我于是麻烦她帮忙,毕竟奶奶以前是家里栽培玫瑰的高手,除非要喷洒杀虫药剂,否则不准我的手指头碰她的宝贝玫瑰花,她说喷洒药剂是我负责的工作项目之一。

詹森带了一大群同事到莫洛特来吃午餐,他们把两张桌子并排在一起,形成一个快乐男子的小圈圈,凉爽的天气加上没有大的风暴袭击,让这群修路工人快乐无比,席间詹森似乎活泼得出奇,精力非常旺盛,脑袋里的思绪跳来跳去,或许排除坦雅那邪恶的影响力之后,他们夫妻的状况大有改善,但我还是异常努力地躲开他的脑袋,毕竟他是我哥哥,得给他留个隐私。

我端了一大盘可乐和红茶走向他们的桌子,詹森说道:"克里丝塔要我问候你。"

"她今天还好吗?"我提问借以表达适切的关怀,詹森用拇指和食指比了个圆圈意味着没问题，我送上最后一杯红茶，小心翼翼地平放在桌子上，以免茶水洒出来，接着询问贝克警探的堂兄弟多夫·贝克，要不要多一点柠檬。

"不用了，谢谢。"他答得彬彬有礼，一毕业就结婚的多夫，个性和艾尔西有如天壤之别，三十岁的他看起来很年轻，而且就我所知——了解得相当深入——他不像警探心里那样的愤世嫉俗，我和多夫的妹妹曾经是学校的同学。

"安琪拉近来好吗？"我问候，他微笑以对。

"她和莫瑞斯·柯萧结婚了，"他说道，"生了一个小孩，一等一的可爱，安琪拉简直变了一个人——不抽烟、不喝酒，只要教会的大门一开，她就在里面帮忙。"

"很高兴听到这样的消息，请转告我的问候。"我说道，开始登记客人点餐的内容，同时听见詹森告诉他的兄弟说要修建一个新的篱笆，但我没时间听详细的内容。

餐后其他人纷纷离开时，詹森依旧在后面流连。"苏琪，等你下班以后方便去探视一下克里丝塔的状况吗？"

"没问题，不过那时候你不也下班了吗？"

"我要去克莱斯买一些铁丝网围栏，克里丝塔希望我把一部分的后院围起来，以后宝宝在里面玩耍比较安全。"

听到克里丝塔展现母性的一面，看得这么远让我有些诧异，或许宝宝有助于改变她某部分的天性，我不禁联想到安琪拉·柯萧和她的小宝宝。

我不愿意花心思去计算有多少位比我年轻的女孩已经结婚多年而且生儿育女——还有那些未婚但有小孩的。我提醒自己嫉妒是一种罪，只要继续努力工作就好，面带微笑，对每个人点头致意。幸好这一天很忙碌，只有午后的生意稍微清淡一点，萨姆吩咐由霍莉负责招呼吧台和酒吧的客人，请我帮忙把存货搬进储藏室里面，毕竟这时候只有两个本地的酒鬼需要招呼，单单霍莉一个人就足以应付。因为萨姆的黑莓手机让我紧张兮兮，只好由我盘点而他负责加总计算，害我爬折叠梯上上下下至少五十遍，又要盘点又要掸灰尘，真是累死人。我们连清洁用品都是整箱整箱地进货，这些通通要计算，萨姆今天无所事事，只负责加总计算而已。

储藏室里面连一扇窗户都没有，只要在里面工作就会觉得温度越升越高，等萨姆终于心满意足之后，我才得以脱离那种闷热又束缚的空间，简直想大声欢呼，就在进浴室清理之前，我先帮萨姆拨掉他头顶的蜘蛛网，再刷洗双手，小心翼翼地擦掉脸上的污渍，顺便检查自己头上的马尾辫是否也粘到蜘蛛网（尽力而为啰）。

离开酒吧的时候，我非常期待能够洗个澡，几乎无法压抑左转开回家的冲动，但猛然想起自己已经答应詹森要去探望克里丝塔，只好暂时忍耐。

詹森目前住在我父母的房子里，屋子整理得有条不紊，哥哥是那种以家为傲的类型，一点都不介意把空闲的时间花在油漆、割草和基本维修的杂事上面，他这一面的特性常常让我很吃惊。最近他又把房子外面油漆成黄褐色，配上白色的边，把小房子装点得非常漂亮，屋子前方的车道形成 U 字形，他又加盖了另一条通往屋子后面的门廊，不过我决定停在前面的台阶旁边，顺手把钥匙塞入口袋。我走上阳台直接转动门把，预备探头进去招呼一下克里丝塔，毕竟这是自己家，结果大门跟一般的家庭一样白天都没锁，客厅也没有人影。

"嗨，克里丝塔，我是苏琪，来看你喔！"我嚷嚷着喊，但试着不要太大声，以防万一她在卧室小憩被我吓着了。

我隐约听到有声音，呻吟声似乎来自于大间的客房，那是以前爸妈住的房间，就在客厅对面，我的右手边。

噢，该死，她又流产了，我心想，匆匆跑向紧闭的卧房，猛然用力地推开，力道大得让房门撞到墙壁上，可是我丝毫没去看一眼，因为在床上蹦上蹦下的人竟然是克里丝塔和多夫·贝克。

我错愕到了极点，立即勃然大怒，他们瞪大了眼睛，顿时停住正在做的事情，我当下说了非常可怕的话："难怪你每次都流产。"我转过身头也不回地离开，气得浑身发抖甚至无法坐进车子里，而且最不幸的是凯温在我背后停下来,连卡车都还没有停好就一跃而下。

"我的天,发生什么事情了?"他说道,"克里丝塔还好吗?"

"你干吗不自己去问她?"我恶狠狠地回答,爬进车子里坐在那里气得发抖,凯温匆促地跑进屋里好像赶忙去灭火一样,看来眼前的状况果然像一场燎原大火。

"詹森,你真该死!"我大吼,猛然用拳头捶打方向盘,早知道应该花一点时间聆听他心里的鬼主意,他肯定心知肚明,知道自己既然要去克莱斯办事情,克里丝塔和多夫很可能逮住这个幽会的良机,而且还打我的主意,相信我会信守诺言过来探望克里丝塔。至于凯温凭空出现更是莫大的巧合,他一定也处心积虑地拜托凯温过来查看克里丝塔的情况,人证都有了,事实不容否认,也没办法遮盖——因为凯温和我都亲眼目睹这样的丑事。一开始我对这桩婚事的担忧就是正确的,现在又有一个崭新的状况要挂虑。

除此之外,我也深感羞愧,为每一个涉及者的行径感到羞愧,以自己的行为准则而论,当然啦,我不是一个很好的基督徒,不过单身的人要怎么处理他们的感情是他们自身的事情,就算男女关系很随便,只要双方彼此尊重,我也没有意见。但就一对公开承诺要对婚姻忠诚,对配偶忠贞的夫妇而言,他们在我的世界里面要遵守的行为准则大不相同。

显然克里丝塔和多夫所认定的行为准则和我的大相径庭。

凯温走下台阶的表情比刚才冲上去的时候仿佛老了好几十岁,他停在我的车子旁边,脸上的表情和我的一模一样——大梦初醒、失望和嫌恶全都交织在脸上,复杂得不得了。

"我会保持联络。"他说,"现在无可避免的又要举行仪式了。"

克里丝塔裹着一条豹纹浴袍走到阳台上,我根本无法忍受和她说上一句话,径自发动汽车迅速地离开现场,头昏脑涨地一路开车回家。从后门进去的时候,艾蜜莉亚正在旧的切菜砧板上剁东西,这个切菜板幸运地躲过大火的袭击,只留下些许烧焦痕迹。她转身和我说话,才张开嘴巴就发现我的表情不对劲,我摇头以对,警告她不要开口,直接走向卧室里。

如果这一天是我再次一个人独居的话就太棒了。

我坐在卧室角落里的小凳子上，最近有好几位访客都选择坐在这个位置上，鲍伯缩成一球窝在我的床铺上，那里是我一再明白表示列为禁区的地方，显然白天有人打开我的房门，我很想把艾蜜莉亚叫来骂一顿，一看见衣柜上面放了一叠干净而且折好的内衣裤，立刻让我打消骂人的念头。

"鲍伯。"我说道，猫咪松开身体，动作流畅地一跃而起，站在床铺上睁着圆圆的金色眼珠，眨也不眨地瞪着我看。"赶快滚出去。"我命令，猫咪带着傲然的尊严从床上一跃而下，施施然地走向门口，我开了一道几寸大的门缝，它离开时的态度勉强维持着这是出于个人自由意愿的选择，而不是被我驱赶，我径自关上房门。

我喜欢猫咪，但此时此刻只想一个人独处。

电话铃响起，我起身去接听。

"就是明天晚上，"凯温说道，"穿比较舒适的衣服就好，七点钟准时开始。"他的语气充满悲哀和倦怠感。

"好的。"我回答，两个人同时挂断电话，我又呆坐了好一阵子，无论这个仪式是什么，我一定要担任参与者吗？是啊，我别无选择，因为和克里丝塔不一样，我是信守诺言的人，身为詹森最近的亲属，我必须在他的婚礼上表达支持之意，万一他对新婚妻子不忠的话，我还得担任替罪羔羊代他承担惩罚，相对的凯温也表达他对克里丝塔的维护，现在看看我们两个落到怎样的下场。

我不知道接下来会发生什么事情，只知道肯定很恐怖，虽然豹人都了解每一个有生育力、纯种的雄性必须和每一位有生育力的雌性豹人结合一起繁衍后代（这是唯一孕育纯种小豹人的方法），他们同时也深信一旦有怀孕的可能性之后，任何形成的伴侣关系都必须是一夫一妻制，如果你不愿意许下那样的诺言，就不要形成伴侣关系，也不要结婚就好了。这就是他们社区里的行为准则，克里丝塔打从生下来以后就明白这样的规矩，詹森则是在结婚之前由凯温告诉他的。

我很高兴詹森没有打电话来找我，我有点麻木地纳闷他家里究竟发生了什么事情,克里丝塔是在何时认识多夫·贝克这个人的? 多夫的太太知道丈夫外遇这档事吗? 其实克里丝塔红杏出墙我并不觉得诧异,比较惊奇的反而是她所选择的对象。

我猜克里丝塔是刻意要强调自己对婚姻不忠的事实,连红杏出墙的对象都是精挑细选的,就为了要表示,"就算怀着你的孩子,我还是可以和别人上床,而且他要比你年长,和你不一样,甚至是你工作的下属。"她用每一个层面把刀子越插越深,假如说这该死的一招是为了要报复那天的乳酪汉堡之恨,我要说她报复得很狠,无疑是用牛排来对付汉堡。

我不想要一直在房里生闷气,只好出来吃晚餐,结果是最普通的鲔鱼面条炖菜配青豆和洋葱,餐后我把那叠盘子交由澳大薇亚去处理,又躲回卧室里去。两个女巫简直是踮着脚尖在走廊上来来去去,几乎不敢出声音,非常担心会打扰到我的宁静,当然啦,她们真的很想探问究竟发生什么问题。

感谢神,幸好她们没问,我实在说不出口,简直羞死人了。

那晚上床睡觉之前,我至少祷告了上百万遍,结果都没有让我感觉好受一点。

隔天早上我别无选择还是得去工作,反正窝在家里不出门也无法提振情绪,所幸詹森从头到尾都没有来莫洛特露脸,算他走运,万一他敢踏进来一步,我铁定拿马克杯砸得他脑袋开花。

萨姆一连儿次小心谨慎地瞄了我好几眼,最后终于忍不住把我拉到吧台后面。"告诉我究竟是怎么一回事。"

听到这一问,泪水立刻涌进眼眶,只差一步就要丢人现眼了,我匆忙蹲下身体,假装好像有东西掉在地上必须弯腰去捡,哽咽说道:"萨姆,求求你不要问我,我真的很沮丧,根本说不出口。"突然间我发现如果可以跟萨姆一吐心底的闷气,会有很大的安慰和舒解,可是我做不到,酒吧里人来人往,顾客那么多。

"嘿,你知道我在这里,只要有需要,随时来找我都可以。"他友善地拍拍我的肩膀,表情非常严肃。

能够有这么善良体贴的老板真是莫大的福气。

他的态度提醒了我，我依然有很多的朋友不会像克里丝塔那样无耻地做出羞辱自己的事情，当然詹森也不是好东西，处心积虑地强迫我和凯温亲眼目睹她那么卑鄙下流的背叛行径，不过我还有很多朋友不会做出如此低级的事情！命运真是捉弄人，没想到有这种行径的人竟然是我唯一的哥哥。

想到人性还有光明的一面让我感觉好多了，也比较坚强一些。

等我回家的时候，几乎已经可以挺直腰杆预备面对了，结果家里一个人影都没有，我迟疑了一下，纳闷要不要打电话找塔拉，或是哀求萨姆休假一个小时，甚至打电话找比尔陪我去哈萨特一趟……不过这些都是软弱的借口，这件事不能拖别人下水，必须我亲自去面对。凯温已经提醒我不要盛装打扮只要穿上舒适的衣服，莫洛特的制服刚好符合这个需要，但是穿工作服去这种场合又有点奇怪，可能会沾到血，到时候现场的状况会如何实在很难预料，我决定套上做瑜伽的长裤和灰色旧衬衫，确保头发梳到后面，这副打扮就像准备大扫除一样。

前往哈萨特的途中，我打开收音机，扯直嗓门大声唱歌，以免继续胡思乱想，一路跟着伊凡赛斯乐团[①]一起唱和音，同时非常赞同狄克西[②]曲中的歌词："我绝不退缩"……真是一首鼓舞人心、振奋精神的好歌。

早在七点之前我已经抵达哈萨特社区，上次来这里是为了参加詹森和克里丝塔的婚礼，和昆恩一起跳过舞。那一次是昆恩来访当中唯一一次和我有过亲密关系的一次，而今回想起来，我非常遗憾曾经跨出那一步，真是一个错误的决定，都怪我满心指望一个根本不会发生的未来，甚至性急到还没鸣枪就开跑，但愿以后不会重蹈覆辙，犯下同样的错误。

就像詹森结婚的那一天，我把车子停在路边，今晚的车子不像那天

---

① 伊凡赛斯，美国著名的摇滚乐队，1995 年成立于阿肯色州的小石城。

② 狄克西女子乐团，1989 年成立于得克萨斯州的女子乡村乐队。

那么多,当时有很多普通人类应邀来参加婚礼,现在只有少数几辆车子而已,我立刻认出詹森的卡车,其他车的车主应该是那些居住在哈萨特以外区域的豹人。

一小群观众已经聚集在凯温的后院里面,看到我他们纷纷让路,直到我来到圆圈的中间,那里有凯温、克里丝塔和詹森。现场有几张熟面孔,一位是中年妇女玛蕾莉莎白,她朝我点头致意,她的女儿也站在附近,名字我一时想不起来,这个女孩显然是现场唯一的未成年观众。每一次只要我试着去想象哈萨特日常生活的状况,常常会毛骨悚然全身起鸡皮疙瘩,连手臂都不例外。

凯温一径低头瞪着自己的靴子,不发一语,詹森也不敢直视我的眼睛,只有克里丝塔抬头挺胸,一副目中无人的模样,深色的眼珠瞪着我,寻思我不敢瞪回去。我当然不肯示弱,毕竟做错事的人又不是我,过了一会儿,她终于垂下目光望向遥远的某个地方。

玛蕾莉莎白手里拿着一本破烂的旧书,翻开到她用撕下来的报纸当书签的那一页,整个社区的居民顿时鸦雀无声、静止不动,这正是他们聚集在这里的目的。

"我们尖牙利爪一族今天聚集在这里,是因为有人违背誓言坏了大家的规矩,"玛蕾莉莎白大声朗读,"这个社区的豹人詹森和克里丝塔决定结婚,保证遵守婚姻的誓约,无论就猫科或人类的标准而言,要彼此忠诚,克里丝塔的顶罪羔羊是她叔叔凯温,詹森的代理人是他妹妹苏琪。"

在场所有观众的视线都从凯温转到我身上,很多双眼珠都是金黄色的,哈萨特社区近亲繁衍的结果造就出有点令人担忧的现象。

"现在克里丝塔破坏誓约,两位代理人都亲眼目睹了事实的现场,既然克里丝塔有孕在身,她叔叔甘愿代替她接受惩罚。"

眼前的形势发展比我怀疑的更加严峻。

"既然凯温甘愿代替克里丝塔的位置,苏琪,你决定代理詹森执行吗?"

噢,见鬼了!我望着凯温,他知道我用表情在问他有没有其余脱身的办法,他整张脸都告诉我没有,甚至为我感觉很抱歉。

为了这件事,我永远不会原谅我哥哥——和克里丝塔。

"苏琪。"玛蕾莉莎白催促道。

"究竟要我干什么?"如果我的口气听起来很乖僻,既懊恼又充满怨恨,背后的理由应该不难理解才对。

玛蕾莉莎白再度翻开那本破旧的书,大声朗诵答案:"脑袋瓜和锐利的爪子是我们赖以生存的部分,一旦破坏誓言,一只爪子就不能保全。"

我瞪着她的脸,试图弄懂字面上的含意。

"必须由你或詹森来打断凯温的手指。"她干脆说白话。"事实上,由于克里丝塔完全违背忠贞的誓言,你至少必须打断两根才行,打断越多当然是越好,我猜詹森可以有选择的权利。"

打断越多当然是越好?我的神啊!我试着保持冷静平和的态度,谁会对我的朋友凯温造成最大的伤害?毫无疑问的肯定是我哥哥詹森,如果我真的把凯温当朋友,就必须由我来执行,然而我忍心下得了手吗?接下来的形势完全由不得我来决定。

詹森开口了:"我不知道会发生这种事情,苏琪。"他的语气既困惑又生气,还很保护自己。"既然凯温代替克里丝塔受过,我也要苏琪代理我。"他竟然有脸跟玛蕾莉莎白这么说,我从来没想过有痛恨自己哥哥的一天,然而在这一刻,这样的可能性油然而生。

"就这样决定吧。"玛蕾莉莎白说道。

我试在心底给自己打气,毕竟这或许没有我所预料的那么糟糕,因为幻想当中是凯温被鞭笞或者由他鞭打克里丝塔,或者更恐怖的画面是包含了刀光剑影,那样一来肯定会凄惨得难以忍受。

我一直努力要让自己相信不会很糟糕,直到两个大男人扛了水泥块走过来,砰的一声放在野餐桌子上。

然后玛蕾莉莎白的手中似乎凭空多了一个砖头,直接递过来给我。

我不由自主地猛摇头,胃里突然一阵沉重的剧痛,接下来是强烈的翻搅和反胃,看着那一块稀松平常的红砖头,我开始明白这一切将会对我产生怎样的影响。

凯温向前一步握住我的手，倾身靠过来几乎贴着我的耳朵低语。"亲爱的，"他说，"你必须这么做，她结婚那一天我站起来表示支持的时候，就已经预备接受这种状况，我了解她是怎样的人，一如你也了解詹森。眼前的情况也很有可能使你我的立场逆转，我也会被迫对你做出类似的事情，而你还不见得能够全然康复，这样不但比较好，也必须如此，这是居民所要求的。"他抬头挺胸地直视我的眼睛，他的眼珠是金色的，感觉很怪异，却相当的平静镇定。

我紧紧地咬住嘴唇，强迫自己点头同意，凯温鼓励地看了我一眼，站在桌子旁边，一只手放在水泥块上，玛蕾莉莎白没有多加拖延，直接把砖头交给我，其余的豹人充满耐心地等待我执行处罚，如果现场换成是吸血鬼，他们会盛装打扮，披上特别的袍子，很可能还会从古老的神庙或什么地方搬来一块稀奇古怪又特殊的砖头，但是豹人不会这么做，就是一块该死的砖头而已，我抓住两端用双手举起来。

我盯着砖块看了良久良久，对着詹森说了一句："我再也不要跟你说话，永远都不要。"然后面对克里丝塔，"但愿你真的很享受，贱女人。"接着就极其快速地转过身去，把砖头朝凯温的手砸下去。

第十九章

　　艾蜜莉亚和澳大薇亚在我旁边徘徊了整整两天，最后终于决定不要搭理我才是最好的策略，然而感应到她们焦虑的思绪反而加重我的坏脾气和乖戾的态度，完全不想接受安慰，因为这是我自作孽，活该自己受苦，也意味着不可以接受安抚来缓和自己的悲惨处境。所以我继续阴郁，臭着一张脸，整天愁云惨雾的把恶劣情绪散布在整间屋子里。

　　我哥哥只来过酒吧一次，他人一出现我就转身背对他，连一眼都不肯看。多夫·贝克从此不敢来莫洛特喝酒，这倒是一件好事，只不过就我来看，他根本是一堆罪犯当中罪行最轻微的一位——当然啦，这并不是说他的基因就比较干净。艾尔西·贝克走进来时的模样意味着堂兄弟已经把这件事情告诉他了，因为他脸上的怒容和火气比平常更大，而且只要逮着机会就和我正面四目相对，执意传递出他和我棋逢对手的信息。

　　谢天谢地，幸好凯温一直没有露脸，否则我肯定受不了，因为在酒吧里已经听够了他的钠克洛司的同事，不住地讨论凯温在家里修理卡车时不幸发生意外的事情。

最最出人意外的是第三天晚上,艾瑞克竟然走进莫洛特酒吧,才看了他一眼,我紧绷的喉咙就突然放松下来,泪水随即涌入眼眶,可是艾瑞克一副目中无人的模样,仿佛他是酒吧的老板,径自穿过大厅走向萨姆的办公室,不久之后萨姆探头出来对我招招手。

我一走进去,完全没有预料萨姆会关上办公室的房门。

"究竟有什么不对劲?"萨姆问我,好几天以来他一直试着要挖掘出真相,但我不断回避他出于善意的探询。

艾瑞克就站在一边,双手抱在胸前,伸手挥了一下,言下之意就是,"说吧,我们都在等你。"即使有些傲慢无礼,单单他的存在就让我心底纠缠的死结松脱开来,就是这个心结逼我把话语都锁在肚子里。

"我用一块砖头砸碎了凯温的手指。"

"那是因为他……在婚礼上宣誓替你的嫂嫂担任代理人。"萨姆迅速地推敲出其中的端倪,艾瑞克则是一脸茫然的表情,吸血鬼对变形动物有些许的了解——就形势而言这是必然的——但因为他们自视很高,认为远优于其他超自然生物,所以向来不肯花心思去了解变形人的仪式和生活的节奏。

"她不得不打断他的手,那代表豹形外观时候的爪子,"萨姆不耐烦地解释。"她挺身当詹森的代理人。"接下来萨姆和艾瑞克对看一眼,其中隐含了两人的看法完全一致,让我非常害怕,他们都不喜欢詹森。

萨姆从我身上望向艾瑞克,仿佛期待他做些什么来提振我的情绪似的,"我又不属于他!"我语气尖锐地宣布,感觉他们用一种异常大男人的态度来处理我的问题。"你以为只要艾瑞克来到这里,就会让我变得兴高采烈又无忧无虑吗?"

"不是,"萨姆说道,听起来似乎有点气他自己。"但我希望能够帮助你一吐心里的闷气,说出来是怎么一回事。"

"你要我说,"我静静地开口,"好吧,不对劲的事情是我哥哥故意安排我和凯温分别去探望大约怀孕了四个月的克里丝塔,而且还蓄意把时间凑在一起,让我们几乎同时抵达,没想到竟然当场撞见克里丝塔和多夫·贝克一起在床上,完全符合詹森的期望。"

艾瑞克说道："为了这档事，你被迫拿砖头砸断豹人的手指头。"他说话的口吻好像我不过是拿着鸡骨头转三圈似的，这对艾瑞克而言显然只是一个原始民族古怪而有趣的风俗。

"对，艾瑞克，这就是我被迫要做的，"我脸色阴沉地回答，"我必须在一堆观众面前拿砖头砸断朋友的手指头。"

这似乎是艾瑞克第一次察觉到自己采用的态度是错误的，萨姆简直是气急败坏地瞪着他。"我还以为你可以提供很大的帮助。"他说。

"什里夫波特市最近发生的事情让我忙翻了，"艾瑞克的口气带着防卫。"还得负责招待新任的国王。"

萨姆低声地嘟哝，内容不太清楚，听起来很像"该死的吸血鬼"。

这真的太不公平了，当我终于压抑不住、倾倒出自己心情恶劣的原因，以为会招来很多的同情和安慰，结果萨姆和艾瑞克竟然忙着彼此怪罪，根本没有时间顾及到我的需要。

"嗳，老兄，谢谢你们喔，"我说道，"这实在太有趣了，艾瑞克，你果然提供了莫大的帮助——我好感激你的仁慈和安慰。"接下来我一脸不高兴，带着奶奶所谓的大臭脸走出办公室，脚步砰砰砰地走回酒吧里，脸色阴沉到极点地服务客人，以致有些顾客噤若寒蝉，根本不敢招我过去加点任何饮料。

我决定把时间花在清理吧台后面的空间上，因为萨姆仍然和艾瑞克关在办公室里面商谈……不过也有可能已经从后门离开了。我刷刷洗洗，开了好几罐啤酒交给霍莉，再把所有的东西排得整整齐齐，一丝不苟的程度可能害得萨姆到时候（搞不好有一两个星期之久）找不到东西。

随后萨姆出来接手原来的工作，一脸懊恼地看着柜台，气得无言以对，仅仅朝我摆个头示意我赶快滚出吧台，我恶劣的情绪更加恶化。

你知道吗，有时候当某人非常努力地想要帮你振作起来，偏偏你就是死心塌地地认定世界上再也没有任何东西能够提振你的情绪？就像萨姆这时候好像塞一颗快乐丸似的把艾瑞克丢给我，结果因为我不肯乖乖地吞下去而大发雷霆，反过来说，我也没有感谢萨姆的挂念和关怀,甚至煞费周章地把艾瑞克招来,反而不知感恩地责怪他胡乱做推论。

我的心情真是坏透了。

昆恩离开了,无疑是被我驱逐出境的,这是愚蠢的错误还是明智的决定?至今依然难以骤下定论。

因为普莉希拉的缘故,什里夫波特市死了很多位狼人,我甚至亲眼目睹其中几位的死亡,相信我,那一幕会永远纠缠着你不放。

此外还有好几个吸血鬼也死掉了,包括一些我很熟悉的。

我哥哥詹森是个狡诈又工于心计的混球。

曾祖父永远不可能和其他人的爷爷一样带我去钓鱼。

好吧,我明白自己的确有点傻里傻气,突然之间,我心里开始想象精灵王子穿着磨损的牛仔衣,戴着良辰镇老鹰队的棒球帽,拿着一罐蚯蚓和几根钓竿的模样,那幅景象让我忍俊不禁地笑出来。

我一边清理桌上的空盘子,发现萨姆盯着我看,冲动地对他眨眨眼睛。

他转开身去,不住地摇头,但已经被我瞥见他嘴角的笑意。

就是这么简单,我恶劣的情绪正式画上了句点。理智的一面再度冒出头来,明白继续为了哈萨特发生的不幸事件而鞭笞自己并没有太多的益处,该做的事情我已经尽力了,凯温对这件事甚至比我更清楚。我哥哥是混蛋,克里丝塔是娼妓,两个人都不是好东西,这些事实我只能面对但无法改变,没错,他们因为找错结婚对象以致生活过得愁云惨雾,不过按照岁数他们都是成年人,我无法帮忙修补他们的婚姻,如同当初无力制止他们结婚一样。

狼人也只能靠他们自己的方式解决自身的问题,我已然尽了全力,吸血鬼的问题也类似……至少就某种程度。

好吧,虽然不是完全好很多,至少好一些了。

下班的时候发现艾瑞克斜靠在车子上等候,我并没有觉得很懊恼,他似乎很享受夜晚的宁静,享受独自一个人迎风而立的感觉。我自己冷得全身发抖,因为忘记带一件厚外套,身上的风衣实在不够保暖。

"独自一个人安静的感觉还挺好的。"艾瑞克突如其来地说。

"我猜你在尖牙同盟总是被众人围绕。"我说道。

"对啊，那些围着我的人永远有所求。"

"但是你喜欢那种被需要的感觉，不是吗？当个有求必应的大王？"

艾瑞克一脸深思，似乎在考虑这个问题。"没错，我喜欢，喜欢当老板，讨厌被……监督，是这个字眼没错吧？一旦菲利普·迪·卡斯楚和他的代表珊蒂离开这里的时候，我会乐不可支，届时维特会留下来掌控新奥尔良。"

艾瑞克竟然在分享他的心情，这简直毫无前例可循，感觉很像平起平坐的朋友，十分正常的一来一往地闲聊。

"新上任的国王是怎样的一个人？"虽然冷得发抖，我依旧忍不住想和他继续聊下去。

"他那个人英俊挺拔，残酷无情，脑袋很聪明。"艾瑞克说道。

"跟你很像。"我差点赏自己一耳光。

艾瑞克过了半晌才点点头。"但比我更胜一筹，"艾瑞克严肃地说下去。"我必须十分警觉，而且随时戒备才能够超前他一步。"

"你这样的夸奖真让我心满意足。"一个口音很重的家伙突然插嘴说道。

这绝对是那种"噢，真是见鬼了！"的一刻（我自己发明的形容词）。一位英俊潇洒的男士从树林里走出来，我眨眨眼睛仔细地盯着他看，趁着艾瑞克弯腰鞠躬，我把菲利普·迪·卡斯楚从光亮的皮鞋一路打量到脸上显著突出的五官，晚了一步跟着鞠躬，发现艾瑞克的确没有夸大其辞，新上任的国王果然英俊潇洒。菲利普是一位拉丁裔的男性，和他相较之下，吉米·史密兹①黯然失色许多，而我可是史密兹先生长久以来的大粉丝。卡斯楚或许只有五英尺十英寸高左右，但他那种抬头挺胸宛如重要大人物的架势，让人不敢小觑或认为他矮小——也许换一种方式说，是其他人看起来太高了。他理了小平头，浓密的深色头发，

---

① 吉米·史密兹，美国著名演员，以演出《洛城法网》而闻名。

嘴上留了小胡子,焦糖般的肤色,深色的眼珠,高耸的眉毛,挺直的鼻梁,身上披了一件斗篷——我不是开玩笑,是真正的黑色斗篷,看起来真是气宇非凡,架势十足,让我连傻笑的想法都没有。除了斗篷以外,他的打扮好像要去跳弗朗明戈舞,白衬衫,黑色背心,黑西装裤,一边穿了耳洞,耳环好像一颗黑色的石头,可惜上方安全灯的亮度不足以让我判断出那究竟是什么东西,是红宝石吗?还是翡翠?

我挺直身体又一次瞪大眼睛,但是当我望向艾瑞克时,发现他依然毕恭毕敬地弯着腰,噢……喔,呃,反正我又不是他的部属,不需要再一次打恭作揖,即便只鞠躬一次也已经违反我的美国式作风了。

"嗨,我是苏琪·斯塔克豪斯。"气氛沉默到有点接近尴尬的程度,我干脆自我介绍,主动伸出手去,随即想到吸血鬼不握手,赶紧把手抽回来。"对不起。"我说。

国王点点头。"斯塔克豪斯小姐。"他的口音让我的名字听起来很轻快悦耳。

"是,先生,很遗憾一看到你就要落跑了,不过外面真的很冷,我需要赶紧回家。"我对他眉开眼笑,每当笑得像傻瓜的时候就意味着我的情绪处于紧张不安的状态。"再见,艾瑞克,"我说得结结巴巴,踮起脚尖亲吻他的脸颊。"等你有空的时候记得给我个电话,除非你为了某个疯狂的理由需要我一起留下来?"

"不,爱人,你需要回家,屋里会比较温暖,"艾瑞克说道,双手包住我的手。"等我工作状况允许的时候再打电话给你。"

当他松开手的时候,我有点笨拙的朝国王的方向草草点个头(这就是美国人!没有鞠躬的习惯!),随即赶在两个吸血鬼改变主意不希望我离开之前,匆匆跳进车子,倒出车位驶出停车场时,心里觉得自己像懦夫一样——一个松了一口气的胆小鬼。然而当我转上蜂雀路的时候,心底开始有些挣扎,不确定离开是不是正确的。

我有点担心艾瑞克的安危,这是个史无前例的现象,让我非常不自在,就像在政变的那一天晚上一样。可是操心艾瑞克的安危就像在担忧一颗大石头或是一场飓风,无疑是杞人忧天,以前我几曾为他担心得坐立难安？他是我今生所认识的最强而有力的吸血鬼之一，不过苏菲安妮比他更强而有力，还有体形庞大的战士赛伯特随时在旁边保护，结果看看她现在落到怎样的下场。我突如其来的感觉很悲惨，究竟有什么不对劲？

我心底突然浮起一个可怕的念头，或许我之所以担心是因为艾瑞克在担心的缘故？心里愁云惨雾也是艾瑞克情绪的反映？即使隔着如此遥远的距离，我依然能够强劲清晰地接收到他的情绪？我该不该把车子掉头回去看看究竟是怎么一回事？但万一新国王对艾瑞克残酷地痛下毒手，我就算去也帮不上忙；最后我不得不把车子停靠在路边，实在没办法再往前开回家。

我从来没罹患过恐慌症，但现在的感觉就像这样，犹豫不决地僵持在那里，身体似乎麻痹了。再说一遍，这不像我平常的个性。我心底不住地挣扎，试着想个究竟，最后发现无论我愿不愿意，都必须回头，这是个不容忽视的责任和义务，不是因为我和艾瑞克以血液相连，而是因为我喜欢他这个人。

我掉转头，在蜂雀路的马路正中央直接回转，反正自从离开酒吧之后，一路上只碰到两辆车子，所以这样的回转应该算不上严重的交通违规，往回开的速度远比我刚刚的车速更快，不一会儿就来到酒吧的停车场，发现顾客停车场几乎完全空旷，我把车子停在前面，从座位底下抽出旧的垒球球棒，这是奶奶送给我的十六岁生日礼物，球棒的材质很好，只是用了很久有点旧。我悄悄地绕过建筑物本身，利用周遭的矮树丛当掩护……南天竹，噢，我最痛恨南天竹，它们的树茎很长，到处蔓延，而且外观丑陋，还会导致我过敏症发作，虽然我身上裹着风衣，穿着长裤和袜子，然而一旦在树丛里迂回穿梭，我就开始不住地流鼻涕。

我小心翼翼地绕过酒吧的转角处，探头一看。

眼前的景象让我震惊到根本不敢相信自己的眼睛。

原来女王的贴身保镖赛伯特并没有在政变过程中被杀，不，各位，他仍然行走在活死人的行列中，此时此刻就出现在莫洛特酒吧的停车场，兴高采烈地戏弄新任的国王菲利普·迪·卡斯楚以及艾瑞克和我可怜的老板萨姆，他很可能才刚跨出酒吧预备回拖车的住家时，就被赛伯特撒出来的网给套住了。

我做了一个深呼吸——深入而无声的呼吸——开始绞尽脑汁分析眼前的情况，赛伯特魁梧得像一座山，几百年来都在担任女王的打手，他弟弟魏伯特甚至为了保护女王而殉职。我确信赛伯特一定也是内华达州吸血鬼要拔除的目标，至今伤痕还留在身上做纪念，即使吸血鬼的伤势向来痊愈得很快，但赛伯特肯定受了重伤，以致已经过了这多天了，缺损的伤口还清晰可见，包括额头上那一道深可见骨的伤痕，更恐怖的记号就在胸口，应该是他心脏的正上方。他的衣服破烂不堪，血迹斑斑而且脏兮兮的，或许内华达州的吸血鬼以为他已经分解了，结果他是逃离现场躲了起来。总之这些已经不重要了，我赶紧提醒自己。

重点在于他的银链突袭术非常成功，艾瑞克和菲利普都被链子绑住动弹不得，怎么会这样？这依旧不是重点，我又一次提醒自己，或许这种胡思乱想的倾向是从艾瑞克身上传递过来的，因为他神情憔悴、伤痕累累，看起来比国王还凄惨，这是想当然尔，因为在赛伯特的眼中，艾瑞克肯定被当成叛徒。

他头上的伤口血流不止，手臂显然有骨折，卡斯楚则是嘴角有血，缓缓地往下流，大概是被赛伯特踢了一脚。他们两个人都躺在地上，在安全灯的照明下，脸色似乎比冬天的雪还要苍白，萨姆则被捆在他自己卡车的保险杠上，看起来似乎没有受伤，至少目前是这样，真是谢天谢地。

我试着思考要怎么用手中这支铝制的垒球棒征服一身肌肉的赛伯特，结果一点好主意都没有，单单这样冲过去，只会被他嘲笑而已，就算伤势很严重，他还是个不折不扣的吸血鬼，除非有更好的主意，我这个平凡的人类哪里是他的对手。所以我在那里看了又看、等了又等，到最后再也不忍心眼睁睁地看着他再伤害艾瑞克，相信我，如果吸血鬼踢你一脚，肯定是痛得不得了，况且赛伯特还拿着一把大刀玩得不亦乐乎。

我手上最大的武器是什么？好吧，应该是车子，只是心里忍不住觉得遗憾，因为这是我有生以来拥有的最好的车，是塔拉买了新车以后用一块钱卖给我的礼物,也是我唯一想得到能够把赛伯特撞瘪的武器。

我悄悄地溜回去,祈祷赛伯特完全陶醉在折磨敌人的游戏里,无暇注意车门关上的响声。我的头靠在方向盘上,非常努力地思考分析停车场和它的地形,盘算两个被绑住的吸血鬼所在的位置,接下来再一次深呼吸,伸手转动车钥匙,开始绕过建筑物,满心希望车子能够和我刚刚一样悄悄地穿过该死的南天竹树丛。我转了一个大圈,给车子加速的空间,直到车灯照着赛伯特的身影,我立即用力踩下油门,狠狠的朝他撞过去;他当然试图闪躲,只可惜脑袋瓜的反应有点迟钝,而且刚好被我逮着他脱下裤子的良机(裤子就掉在脚踝上——我当然不愿意去想象他下一步的折磨计划),这一撞的力道非常惊人,把他整个人撞飞到半空中,咚的一声重重落在车顶上。

我大声尖叫死命踩下刹车,因为计划的步骤就到此为止,他从车子后方往下滑落,留下一大片可怕的深色鲜血,接着就从视线里消失无踪,我很害怕他会突然从后视镜里冒出来,就把操纵杆转进倒车挡,再度踩下油门——砰砰两声,我停住车子一跃而出,手中拿着球棒,发现赛伯特的两只脚和大部分的身体都卡在车子的底盘下方。我冲向艾瑞克,努力松开捆住他的银链子,他双目圆睁,呆呆地瞪着我看,卡斯楚不住地用西班牙语大声诅咒,骂得又快又流利,萨姆着急地大喊大叫:"快一点,苏琪!快一点!"其实他的嚷嚷对我的专注力毫无助益。

我抛下那该死的银链子,赶忙去拿那一把大刀,预备割断萨姆的网子好让他可以帮忙,下刀的过程当中非常逼近他的肌肤,痛得他叫了一两次,但我真的已经尽力不要伤到皮肤,况且他也没有流血,不过他果然是个好帮手,用破纪录的快速度赶到卡斯楚身旁开始解链子。我则回到艾瑞克旁边,把刀子放在地上,继续跟银链子奋斗。这一次多了一位四肢可用的帮手,让我得以集中注意力,首先松开艾瑞克的双脚(我猜自己的想法是万一有需要,至少他有脚可以跑),然后再转向他的双手,这回速度慢很多,因为链子捆了好多圈,而且确实地缠住艾瑞克的双手,看起来很触目惊心,不过卡斯楚的情况更凄惨,因为赛伯特脱掉他漂亮的斗篷和大部分的衬衫,银链直接缠在皮肤上。

就在我解到最后一圈的时候,艾瑞克突然使出全身的力气把我推开,猛然抓住刀子跳起来,速度快到人眼根本看不清楚,只觉得影子一闪,他已经扑了过去,赛伯特竟然还有力气抬高汽车的底盘,移开被困住的双脚,慢慢把自己从车子底下挪出来,顶多再过一分钟,他或许就能够起来走动。

我说过那是一把很大的刀子吗?刀刃应该很锋利,因为艾瑞克落在赛伯特身上说道:"去见你的老娘吧!"大刀一挥直接砍下吸血鬼战士的脑袋。

"噢!"我不住地颤抖,突然虚脱地跌坐在停车场冰冷的碎石地上,"噢……哇。"我们各自留在原地气喘吁吁,整整五分钟之久都没有移动,最后萨姆从菲利普旁边站起身来,朝他伸出一只手,吸血鬼接受萨姆的帮助站起来,开始自我介绍,萨姆也自动介绍自己的身份。

"斯塔克豪斯小姐,"国王说道,"我欠你一份大恩情。"

该死的说对了。

"没有关系。"我的声音欠缺平常的平稳和冷静。

"谢谢你,"他说道,"如果你的车子因为受损严重而无法修复的话,我非常乐意为你再买一辆新的。"

"噢,谢谢你。"我站起身来,说得真心诚意,毫无客套的意味。"今天晚上我会试着开回家,只是不知道要如何解释这么严重的车损状况,如果说我撞到一只大鳄鱼,你想汽车修理厂会相信吗?"这一带的确听到过类似的意外状况,我开始担心汽车保险费的问题,这种想法很怪异吗?

"道森会替你处理。"萨姆说道,口气和我一样的怪异,显然在刚刚那千钧一发之间,他也认为自己必死无疑。"我知道他的专长是修理摩托车,想必也能够修理你的车子,他的车子也都是靠自己处理的。"

"举凡必要的处理就尽力做吧,"卡斯楚说得很慷慨,"我会支付所有的费用。艾瑞克,你可以解释一下刚刚发生的一切吗?"他问话的口气相当尖酸刻薄。

"应该请你自己的手下解释才对。"艾瑞克立刻反驳,提出一个非常合逻辑的论点，"他们不是跟你报告，说女王的贴身保镖赛伯特已经死了吗？结果却出现在这里。"

"你说得有道理。"卡斯楚低头看着逐渐分解的尸体。"原来这位就是充满传奇的赛伯特，终于去跟他兄弟会合了。"他的语气近乎兴高采烈。

我不知道这对双胞胎兄弟在吸血鬼当中名声如此响亮，不过他们的确独一无二，那雄壮威武的体格，操着一口原始的破烂英语，忠心耿耿地伺候几百年前转化两兄弟的女人——当然啦，举凡头脑正常的吸血鬼都爱死这样的故事。我站起来的时候脚步跟跄摇晃，艾瑞克用快得让人看不清楚的速度一把抱住我，就像电影《乱世佳人》里面的白瑞德抱着郝思嘉，可惜现场还有另外两个家伙，而且这里是无聊乏味的停车场，再加上爱车受损严重让我很心疼，当然人也受到不算小的惊吓，这些都破坏了浪漫的气氛。

"他是怎么逮到机会，同时摞倒你们三位这么强壮的男人？"我好奇地问道，一点都不担忧艾瑞克会有抱不动的问题，反而给我一种自己很娇小的感觉，毕竟如此美好的享受不是经常都有。

一时之间，现场笼罩着一股尴尬的气氛。

"我站着背对树林，"卡斯楚率先解释，"他事先就把银链预备好直接一抛……跟你们某一个说词很类似，就是套野马的套缩。"

"是套索。"萨姆更正。

"啊，对，叫做套索，他朝我抛出第一个套索，直接圈住，当然啦，我太震惊根本来不及反应，艾瑞克还没来得及扑过去，就跟着中镖了，银链让我们痛不欲生……很快就只能束手就擒了。后来这一位——"他朝萨姆点点头，"跑过来帮忙，赛伯特一拳就把他打昏了，还从萨姆的卡车后面拿出绳索把他捆起来。"

"我们非常专心地交换意见，一时之间缺少防备。"艾瑞克的脸色很阴沉，我虽然不会怪他，但还是闭上嘴巴才是聪明的决定。

"真是讽刺啊，呃，我们竟然需要一个人类女孩来搭救。"国王轻快地说，他说的就是我刚刚闪过心底但绝口不提的念头。

"对,的确很好笑。"艾瑞克的口气冷冰冰的,一点也不觉得好笑。"你为什么回来呢,苏琪?"

"我感觉你……呃,愤怒的情绪,因为遭到攻击。"我把"绝望"说成是"愤怒"。

新任的国王听了,表情兴致盎然。"血液的联系,真有趣。"

"不,不尽然是那样,"我说道,"萨姆,你介意开车送我回家吗?我不确定诸位绅士的汽车停在哪里,或是直接飞行来这里,总而言之,我的确很纳闷赛伯特怎么会找来这里。"

菲利普和艾瑞克几乎流露出一模一样的神情,两人同时陷入了沉思。

"我们会查清楚。"艾瑞克说着把我放下来。"又可以滚某人的脑袋瓜了。"艾瑞克很擅长把人头当成保龄球,这是他热爱的消遣之一,我愿意拿钱赌卡斯楚也有类似的嗜好,因为国王一听便面露喜色、充满期待。

萨姆一言不发地掏出口袋里的钥匙,我跟着他一起爬上卡车,留下两位吸血鬼在那里陷入热烈的讨论。赛伯特的尸体有一大部分已经分解,只有少部分仍然卡在汽车的底盘底下,仅仅在停车场的碎石地上留下一摊黑色的油污,这就是吸血鬼的优点之一——没有弃尸的麻烦。

"今天晚上我就打电话给道森。"萨姆突然开口。

"噢,萨姆,谢谢你。"我说,"很高兴你出现在那里。"

"那里是我酒吧的停车场。"他说道。这或许是自己的愧疚感作祟,但我似乎意识到萨姆的言语当中带着些微的责备,突然间我恍然大悟,察觉到萨姆走进自家的后院却碰上一个棘手的处境,这个处境不仅和他没有利害关系,他也毫无兴趣,结果差一点就赔上一条命。至于艾瑞克为什么会出现在莫洛特的酒吧里?为了和我说话……然后菲利普又尾随来和他交谈……至于背后的原因我无法确定。不过重点在于,他们会出现在那里都怪我。

"噢,萨姆,"我难过得几乎掉眼泪。"很抱歉,我不知道艾瑞克会在那里等我,也不知道国王为什么要一路尾随来到停车场,真的很抱歉。"

我再一次道歉,如果能够让萨姆改变责备的语气,我愿意道歉一百遍。

"那不是你的错,"他说,"一开始是我邀请艾瑞克来的,错的是他们,我不知道要怎样让你脱离他们的掌握。"

"这样很糟糕,而且你的反应似乎和我以为的差很多。"

"我只想安安静静地过日子,"他突如其来地强调。"不愿意卷入超自然生物的政治风暴圈,不想在狼人的家务事里面选边站,我又不是他们的一份子,而是变形人,变形人从来不组织小圈圈,彼此间的差异太大了,至于吸血鬼的政治垃圾更让我痛恨不已。"

"你在生我的气。"

"不!"他似乎跟自己想说的话有一番剧烈的挣扎。"我也不希望你遭遇那样的处境! 难道以前你不会比较快乐吗?"

"你指的是在我认识任何吸血鬼之前吗? 对常态社会以外的世界一无所知的时候?"

萨姆点点头。

"在某些方面而言,对自己前面的道路有所了解其实很不错,"我说,"我是很厌倦那些政治和战争,然而我的生活毕竟不是很好过,萨姆,每一天都要表现得跟常人一样实在有很大的挣扎,假装我不知道其他人类心底的想法,不知道那些欺骗和外遇、不诚实的小事件、无情的人性面等等,还有人们对彼此那种严苛的批评,完全没有慈悲可言。一旦你知道这一切,真的很难佯装无知地过日子。后来我发现超自然世界的存在,所有的一切开始产生不同的观点,原因我也不了解,其实人类不会比超物优越,也不会差一截,但就是人上有人,天外有天。"

"我大概明白你的意思。"嘴巴这么说,萨姆的口气依然带着怀疑。

"此外,"我非常安静地说,"常人把我当成疯狂的特质反而被超物看得很宝贝,这样的感觉真好。"

"这一点我肯定了解,"萨姆说道,"但得付出代价。"

"噢,毋庸置疑。"

"你愿意付出代价?"

"截至目前为止。"

228

萨姆已经驶入我家的车道,屋子里暗暗的没开灯,女巫二人组大概上床睡觉了,否则就是出去开派对狂欢或者到处下咒语。

"明天一早我就打电话给道森,"萨姆说道,"他会帮你检查,确认车子能够开回家,要不然就拖去他的修理厂。你能找人顺道送你来上班吗?"

"应该没问题,"我说道,"艾蜜莉亚可以送我过去。"

萨姆陪我走向后门,仿佛约会结束之后送我回家一样。门廊的灯亮着,艾蜜莉亚在这方面很体贴,萨姆突然出其不意地伸手环住我,低头靠过来,我们相互依偎地站在那里好半晌,享受彼此温暖的怀抱。

"我们安然度过了狼人的战争,"他说,"后来碰上吸血鬼的夺权政变,你也幸运地全身而退,虽然又遇上狂暴吸血鬼保镖的攻击,所幸我们仍然活了下来,但愿这样的纪录可以一直保持下去。"

"你说话吓我。"这一点让我回想起之前所经历过的其他灾难,一次比一次惊险,能够活到现在实在是一种奇迹。

他温暖的嘴唇轻轻拂过我的脸颊。"或许这样比较好。"他转身走回自己的卡车。

我目送他爬上驾驶座开始倒车,才推开后门走向自己的卧房。比起在莫洛特酒吧停车场所经历的肾上腺素的刺激、诸多的恐惧和生命(与死亡)之间加速的步调,我的卧室相对显得安静、干净和安全。今天晚上我拼了命地了断某人的性命,两次蓄意地开车冲撞,赛伯特还能存活的几率其实非常低,然而我发现自己竟然一点懊悔都没有,这肯定是一种缺陷,然而在这一刻我毫不在意。的确,我有某部分的个性连自己都不赞同,甚至有时候也会不太喜欢自己,但至少我安然地度过每一天,截至目前为止,都顺利地通过每一次生命的考验,也只能期待活着的价值远超过我所背负的代价。

第二十章

　　第二天醒来的时候屋里一个人都没有，让我着实松了一口气，屋顶底下少了艾蜜莉亚和澳大薇亚跃动的脑波，安静的感觉舒服极了，或许下次休假的时候，也会有一整天完全独处的机会，虽然发生的几率似乎不太高，至少做做梦也好。完成这一天的计划之后（打电话询问萨姆关于车子的状况，付账单和上班），我冲进浴室洗洗刷刷，真的很用力地刷，把热水用得随心所欲，接下来分别涂手指甲和脚趾甲，随手套上 T 恤和运动裤，走进厨房煮咖啡，厨房里亮晶晶的，刷得干干净净，愿神祝福艾蜜莉亚。

　　咖啡棒极了，吐司抹上蓝莓酱更是美味可口，连我的味蕾都感觉很幸福，餐后我收拾干净，独处的宁静让人快乐得忍不住想要高声欢唱，接着就是回头去整理房间、铺床和化妆。

　　当后门传来敲门声打破屋内的宁静时，我吓得整个人跳了起来，赶紧穿上鞋子匆匆去开门。

　　敲门的人是崔·道森，脸上堆满笑容。"苏琪，你的车子没问题了，"他说，"只做了一些必要的零件更换，虽然这是我破天荒第一遭要从车子的底盘刮下吸血鬼分解的残骸，除此以外，车子已经预备上路了。"

"噢，谢天谢地！你要进来坐一会儿吗？"

"只能呆一分钟，"他说，"你有冰的可乐吗？"

"当然有。"我给了他一罐可乐，随后问他要不要来一点饼干或花生酱三明治，他礼貌地婉拒了，我告退回房间继续化妆。我以为道森来载我去开车，没想到他是亲自把车子开过来，所以我反而需要送他回家。

我在他对面的椅子里就座，拿出支票簿和笔，询问修车的费用总共是多少。

"一毛都不用，"他回答，"新来的家伙已经付清了。"

"新上任的国王吗？"

"对，他昨天深夜打电话给我，多多少少跟我叙述了大致的经过，然后问我可不可以隔天一大早就去修理，既然他打电话的时候我已经醒了，也就没有被吵醒的问题，今天早上我就跑去莫洛特，跟萨姆说他浪费了一通电话钱，因为我已经知道全盘的经过，我开车尾随他把车子开回修理厂，放在架子上好好地检查一番。"

就话不多的道森而言，这算是破纪录的长篇大论，我把支票簿收回皮包里面凝神细听，伸手指一指他的杯子，用无声的方式询问他还要不要再喝一罐，他摇摇头，表示已经心满意足了。"总之我们拴紧了一些零件，换掉挡风玻璃清洗液的储存槽，同时我刚好知道罗帝旧车回收场有一辆跟你一模一样的车子，所以换起来轻松愉快，一点都不费工夫。"

我只能再一次感谢他的协助，开车送他返回修理厂。从上一次路过到现在，他已经把前面的院子精心整理过一遍，道森的家就位于店面的隔壁，相对于修理厂的规模，屋子小很多，不过他应该把一些摩托车的零件收拾到某个地方去，并没有只求方便地到处乱放导致杂乱不堪，而且他的卡车也显得很干净很整齐。

道森下车的时候，我说道："我真的很感激你，虽然汽车修理不是你的专长，还是谢谢你花时间替我整理。"崔·道森的实际身份应该是隐秘的超自然生物界的修理工。

"呃，我做得很高兴，别客气。"道森说道，犹豫了一下才接下去，"不过要是你方便的话,希望可以在你的朋友艾蜜莉亚面前为我美言几句。"

"我对艾蜜莉亚并不具有影响力,"我回答,"不过我非常乐意告诉她,你具有让人信赖的特质。"

他高兴得眉开眼笑,没有一丝丝的压抑,我从来不曾目睹道森笑得这么开心过。"她看起来真的很健康。"虽然我对道森喜欢的意中人标准一无所知,听到他这样的形容词,心里立刻有比较清楚的概念。

"你打电话给她,我一定替你说好话。"

"一言为定喔。"

我们愉快地分手,他从刚刚整理过的院子里一跃而过,走向修理厂,虽然我不确定道森这个男人是否能够符合艾蜜莉亚的品位,但我肯定要尽全力说服室友给他一个机会。

开车回家的途中,我仔细聆听车子是否发出任何奇怪的响声,结果似乎挺正常的。

正当我准备上班的时候,艾蜜莉亚和澳大薇亚双双走进屋里。

"你还好吗?"艾蜜莉亚心知肚明地问道。

"还不错。"我自动回答,随后才察觉到她以为我昨天晚上没回家,在外面跟某人狂欢了一整夜。"嘿,你还记得崔·道森那个人吗?你们曾经在玛莉小星的公寓有一面之缘。"

"当然记得。"

"他会打电话给你,请你好好地善待他。"

我径自离开,留下咧着嘴巴微笑的她。

今天的酒吧工作枯燥,但至少一切正常,萨姆向来讨厌在星期天下午工作,所以找泰瑞来代班,我在莫洛特过了平静的一天,酒吧很晚才营业,早早就打烊了,大约七点就预备走人。停车场空空如也,没有不速之客冒出来,让我得以不受打扰直接走向车子,也没有被人拦住搭讪,来一段冗长又诡异的对话,更没有突如其来的攻击事件。

第二天早上我必须到镇上跑一趟处理琐事,身上的现金不够,先开车去提款,途中碰到塔拉·桑顿,我朝她挥手致意,塔拉微笑地挥手回应,显然很适应婚后的生活,但愿她和吉比的婚姻能够比我哥哥和克里丝塔过得更幸福。开车离开银行的时候,途中的一幕让我诧异极了,欧喜德·哈韦亚斯刚巧离开著名的律师西德尼·马修·兰卡斯特的办公室,我把车子拐进西德尼的停车场,欧喜德走过来和我打招呼。

其实我应该继续往前开,假装没有看到。

我们尴尬地聊了几句,平心而论,眼前他要应付很多的事情,不仅女朋友死得很凄惨,连狼群里的成员都有好几位无法幸免,又得费心遮掩所有的事件,不过他现在顺利当上族群的领袖,有机会用传统方式大肆庆祝来之不易的胜利。事后回顾起来,我猜他对于当众和年轻女孩性交的过程感到很羞愧,况且就在女朋友遇害之后不久。我立刻察觉到他心里五味杂陈,情绪纠葛不清,几乎是面红耳赤地站在我的车窗旁边。

"苏琪,我一直没有机会谢谢你那天晚上的帮助,幸好你的老板临时决定陪着你一起,算我们幸运。"

是啊,因为你连救我都不肯,而是他费心保护,所以我更高兴。"不客气,欧喜德。"我回答的语气出奇地平静和稳定,该死,无论如何这一天我都要过得很愉快。"什里夫波特市所有的风波都平静下来了吗?"

"目前警方似乎一点头绪都没有,"他说,左顾右盼地确认在听力范围内没有闲杂人等。"他们至今连现场都还没有找到,况且最近阴雨绵绵,我们只希望他们越早停止调查越好。"

"你们——大家都在计划宣布的时间点吗?"

"事情不能再拖了,本地其他族群的领袖最近跟我频繁地接触,毕竟我们不像吸血鬼有一个各方巨头的集会,这主要是因为他们在各州只有一个头头,而我们是小族群各有领袖,看起来最后的决议是在族群领袖当中选出一个代表,每州一名,再由这些人去参加全国性的会议。"

"听起来似乎是往正确的方向迈出一大步。"

"此外,我们还打算征询其他的变形动物要不要一起行动,就以萨姆为例,他虽然不是狼人,但可以加入我这里,还有像道森那样特立独行的狼人,如果也能够加入某一个族群……就更棒了。他可以跟我们一起出去狼嚎,或参加类似的活动。"

"道森似乎比较倾向于维持现有的生活模式，"我说，"不过萨姆是否要正式加入你们——大家一齐行动，你必须问他而不是问我。"

"当然，不过你似乎具有左右他决定的影响力，所以我就顺便提一下。"

这一点我无法苟同，其实应该是萨姆对我有举足轻重的影响力，至于反过来我对他是否有影响……老实说，我自己相当怀疑。接下来欧喜德开始轻微地变换姿势，无论就姿态或是就脑波而言，都清楚地表明他想离开去处理他专程来良辰镇的待办事项。

"欧喜德，"我抵不过心底的冲动，临时起意地说，"我有一个疑问。"

他说："问吧。"

"佛南遗留的子女由谁来照顾？"

他看了我一眼，随即移开视线。"莉比的妹妹，虽然已经有三名子女，不过她说很乐意接纳他们，至于抚养的生活费完全没问题，一旦到了上大学的年纪，我们会针对男孩子再看要怎么处理。"

"只有男孩子？"

"他是族群的一份子。"

如果手中刚好有砖块，我会毫不犹豫地朝欧喜德砸过去，天哪，我不得不做个深呼吸，因为对欧喜德而言，重点不在于孩子本身的性别，血统的纯正与否才是真正的重点。

"或许到最后，保险的理赔金很多，也够女孩子们将来念大学的费用。"欧喜德当然不是傻瓜，赶紧补充说："莉比的妹妹对这一点没有说得很清楚，但她知道我们愿意提供协助。"

"她知道所谓的'我们'是谁吗？"

欧喜德摇摇头。"我们只告诉她是类似共济会那样的秘密组织，因为佛南加入的缘故。"

接下来似乎已经到了无话可说的地步。

"那就祝你好运啰。"我说，无论你对他相继两任女朋友都死于非命的事情有什么看法，欧喜德本身都算很幸运，毕竟他不仅幸存到现在，还顺利完成了父亲的遗志，坐上领袖的宝座。

"谢谢,我也要再一次感谢你为我带来的运气,你依然是我们的族群之友。"他说得非常严肃,美丽的绿眼睛在我的脸上流连了一阵子。"也是我在这个世界上最喜欢的女孩子之一。"他突如其来地补充了一句。

"这样的赞美很窝心,欧喜德。"我开车离去,很高兴自己和他有这样的一番交谈。单单在过去几个星期当中,欧喜德长大了很多,总括来说,他已经超越了以前的自己,逐渐变成了一个让我钦佩的男子汉。

我永远忘不掉自己在什里夫波特市那一个废弃办公楼经历的一个充满血腥和恐怖尖叫声的夜晚。然而也开始觉得在那一场不幸当中,总算发生了一些好事情。

回到家的时候,我发现澳大薇亚和艾蜜莉亚一起在院子里耙落叶,真是惊喜无比的发现,因为这无疑是我在这世界上最痛恨的一件工作,偏偏在秋天如果不进行个一两次的话,地上累积的松针简直恐怖到吓死人。

这是充满感恩的一天,我几乎是到处跟别人说谢谢,连回家都不例外。我把车子停在屋后,再走到前面的院子里。

"你要把这些东西装进塑料袋,还是直接放火烧掉?"艾蜜莉亚大声问。

"噢,只要没有不准燃烧的禁令,我通常放火烧掉,省得麻烦。"我答道,"谢谢你们两位的贴心,想到要这么做。"我不是故意滔滔不绝,只是若有人细心帮忙处理你生平最讨厌的杂事,你真的会感激涕零。

"我需要活动一下筋骨,"澳大薇亚说道,"昨天去逛蒙罗市的购物商场,总算走了一些路当运动。"

我觉得艾蜜莉亚把澳大薇亚当成奶奶更甚于当老师看待。

"崔打过电话来吗?"我提问。

"当然。"艾蜜莉亚笑得合不拢嘴巴。

"他说你长得很漂亮。"

澳大薇亚也跟着笑。"艾蜜莉亚,你简直是女妖嘛。"

她喜滋滋地回答:"我觉得他是一个很风趣的家伙。"

"可惜年纪比你大很多。"我特意提醒一下。

艾蜜莉亚耸了耸肩膀。"我不介意,已经预备要另谋发展了,因为帕梅拉和我比较像姐妹淘而不是甜心,而且自从发现那一窝小猫咪以后,我就决定取消对男性的禁令了。"

"你真的认为鲍伯有选择权吗?难道那不像是一种……呃,本能吗?"我说。

正当这时候,我们所讨论的那只猫咪摇摇摆摆地越过院子,好奇地出来看看我们究竟站在屋外做什么,毕竟家里有一张舒适的沙发,还有好儿张床铺。

澳大薇亚突然大声叹了一口气:"哎,真是见鬼了!"她嘟哝着,猛地抬头挺胸,伸手一指。"波提他司米提英……"叽叽咕咕地念了一大串咒语。

猫咪惊讶地睁大眼睛望着澳大薇亚,接着突然发出奇特的叫声,完全不像平常的猫会发出来的声音,刹那间周围的空气变得浓浊稠密,有如浓雾笼罩让人看不清楚,并且不断地冒出火星,猫咪再度发出尖叫声,艾蜜莉亚看得瞠目结舌,嘴巴几乎无法合拢,澳大薇亚则露出遗憾又感伤的神情。

猫咪在逐渐枯黄的草地上蠕动不已,突然冒出一只人脚。

"我的天哪!"我惊愕地伸手捂住嘴巴。

现在已经变成两只脚,而且是毛茸茸的脚,然后是性器官,接下来是整个人体,中间都不断地发出尖叫声。过了那惊悚的两分钟以后,巫师鲍伯·洁士普躺在草地上,身体不住地发抖,但完全是人模人样。又过了一分钟以后他才停住尖叫声,只剩抽搐而已,虽然不算大有改善,但至少我们可以耳根清净一点。

然后他跳起身来猛然扑向艾蜜莉亚,一心想要掐死她。

我攫住他的肩膀,将他往后拉开,澳大薇亚说道:"你不希望我再对你施魔法,对吧?"

这个威胁果然很有效,鲍伯松开艾蜜莉亚,站在寒风中气喘吁吁。"我无法相信你对我做出那样的事情!"他指控,"更无法相信自己当猫当了好儿个月!"

"你感觉怎样?"我问道,"会不会浑身无力?你需要我帮忙扶你进屋里去吗？要不要我拿衣服给你？"

鲍伯茫然地低头看了自己一眼，已经有好一阵子没有穿衣服的习惯了，他突然面红耳赤，红潮几乎是遍及全身。"是的，"他说，"是的，我要一些衣服。"

"请跟我来。"我带着鲍伯走进屋里的时候，暮色已经聚拢过来，以鲍伯算不上魁梧的体格，我的运动服应该可以勉强凑合，不对，艾蜜莉亚的身材虽然比较高，但由她来捐献衣服才公平，我一眼就瞄到楼梯上摆了一篮折叠整齐的衣服，是她预备稍后上楼时才拿回房间的东西，啊哈，你看，还真是凑巧！里面刚好有一件旧的蓝色运动衫和黑色运动裤，我一言不发把衣服递给鲍伯，他的手指不住地发抖，但还是勉强套上，我在衣服堆里翻翻找找，掏出一双白色的袜子，他在沙发上坐下来穿，关于蔽体的衣服显然只能帮到这个程度，因为他脚的尺寸比我和艾蜜莉亚的都大，所以我们的鞋子不可能派上用场。

鲍伯用双手环抱着自己，仿佛担心身体会再一次消失一样，深色的头发贴在头皮上，他眨一眨眼睛，我忍不住想到他原先配戴着的眼镜，但愿艾蜜莉亚把东西收起来了。

"鲍伯，你要饮料吗？"我问道。

"是的，谢谢。"他说道，一时之间似乎还不太习惯用嘴巴说话，接下来一只手伸向嘴唇，这个动作感觉很奇怪，随后我想到自己以前饲养的猫咪蒂娜，每次要用爪子梳理猫毛的时候，它就会举起前爪来舔一舔，鲍伯察觉自己的动作，突兀地放了下来。

我本来想端一碗牛奶给他，随即想到这像是蓄意的侮辱，决定还是让他喝冰红茶，他喝了一口，当下做了个鬼脸。

"对不起，"我说，"应该先问你要不要喝茶才对。"

"我以前喜欢喝。"他瞪着杯子看了一会儿，似乎试着把红茶和口中的液体联想在一起。"现在有点不习惯红茶的味道。"

好吧，我知道这实在是糟糕透顶，但真的张开嘴巴想问他要不要来一点猫食，因为艾蜜莉亚买了一大袋九命猫的食物，就摆在后面阳台的架子上。我死命地咬住嘴巴，免得说错话。"三明治好吗？"我问道，实在不知道要跟鲍伯聊什么,总不能讨论老鼠吧?

"当然。"他说,似乎也不大清楚自己下一步要做什么。

所以我替他做了一个花生酱加果酱的三明治,另一个火腿夹酸黄瓜搭芥末酱,用的是全麦面包,他把两份都吃了,吃得很小心翼翼、细嚼慢咽,然后突然说道:"对不起。"随即起身往浴室冲过去,随手关上房门,在里面待了很久很久。

直到鲍伯出现的时候,艾蜜莉亚和澳大薇亚才走回屋里。

"我很抱歉。"艾蜜莉亚道歉。

"我也要说对不起。"澳大薇亚看起来更老更瘦小。

"你一直都知道要怎样把他变回原状吗?"我试着保持平稳和中立的语气,不要妄加论断。"所以那一天的失败是伪装的?"

澳大薇亚点头证实。"我很害怕如果你们不需要我的话,就不会再邀请我过来,自己被迫整天关在外甥女家里,哪里都不能去,而且这里比那边好太多了。自从我住下来以后,一直想要开口,因为良心不住地嘀咕,实在没办法再继续袖手旁观。"她不住地摇头。"我很坏心肠,任由鲍伯多当了好几天的猫。"

艾蜜莉亚错愕极了,显然老师铸下的错误对她而言变成一个惊奇的转折点,就此掩盖了她一开始对鲍伯犯错所引发的愧疚感,艾蜜莉亚果然是那种只活在当下,不管过去如何的类型。

鲍伯跨出浴室,大步朝我们走过来,"我要回自己位于新奥尔良的家。"鲍伯说道,"这究竟是哪里? 我是怎么来这里的?"

艾蜜莉亚的脸庞顿时丧失所有的活力和神采,澳大薇亚也跟着凝重下来,我安静地离开,留下两个女人跟鲍伯解释卡特里娜飓风所造成的灾害,那种场景肯定非常的不愉快,我不想要留在现场目睹鲍伯除了要应付所有的事物之外,还得承受那个可怕的新闻。

我不确定鲍伯住的地方,也不知道他的公寓或房子是否依然伫立在原地,他个人的财物是否安然无恙、没有毁损。也不知道他的家人是死是活,只听到澳大薇亚的嗓音忽高忽低,然后是一阵可怕的沉默,就此没有声息。

第二十一章

第二天早上我带鲍伯去沃尔玛买衣服，出门前艾蜜莉亚塞了一些钱给他，男孩别无选择只能接受这样的好意，而且他简直等不及要远离这个女巫，我当然无法怪罪于他。

我们开车进城，鲍伯对周遭的景象惊讶得不住眨眼睛，一进商场，立刻走向最近的走道，低头抵着置物架的角落磨蹭，我赶紧对玛西亚·奥伯尼露出灿烂的笑容，身为学校老师的她生活得相当富裕，自从她为荷蕾举行婚前派对之后，我们就不曾再见过面。

"你这位朋友怎么称呼呢?"玛西亚问道，这句话出于社交礼仪，同时也带着好奇，不过她没有询问鲍伯为什么要抵着置物架磨蹭，单单这一点就让我对她非常有好感。

"玛西亚，这一位是鲍伯·洁士普，最近刚到镇上来拜访我。"我真希望自己事先预备了一份说词，鲍伯睁着圆圆的大眼睛朝玛西亚点点头，接着伸出手，幸好他没有用头去顶玛西亚，要求女老师为他搔耳朵。他们两个握手致意，玛西亚跟鲍伯说很高兴认识他。

"谢谢，我也很高兴认识你。"鲍伯回应，噢，太棒了，他的反应似乎接近正常人。

"你会在良辰镇待很久吗,鲍伯?"玛西亚问道。

"噢,老天,当然不,"他说,"对不起,我要去买鞋子。"他直接走向男鞋区(走得很平稳但是弯弯曲曲的),脚上穿着艾蜜莉亚贡献的夹脚拖,一路啪嗒啪嗒响,颜色绿得很鲜艳,但是尺寸小了一点。

玛西亚几乎一脸错愕,但我实在想不出更好的理由来解释。"改天见啰。"我赶紧跟在鲍伯后面开溜。他买了几双运动鞋、袜子、两件长裤、两件T恤,一件夹克外套和一些内衣。我问鲍伯想吃些什么,他问我能不能做一些炸鲑鱼可乐饼。

"当然没问题。"听到这么简单的要求真是让我松了一口气,当下就买了几罐必要的鲑鱼罐头,同时他也想吃巧克力布丁,这个作法也是易如反掌,至于其他的菜单选项,就交由我来决定。

那天晚上,我们赶在我上班之前提早用晚餐,鲍伯似乎对炸可乐饼和布丁很满意,吃得津津有味,自从洗过澡并且穿上新衣服之后,他的脸色看起来好多了,甚至肯和艾蜜莉亚说话。从对话当中,我发现艾蜜莉亚带他上网搜寻卡特里娜飓风的灾情和存活者名单,并且和红十字会联络,他从小在亲戚家长大,他们住在密西西比州南部的圣路易斯湾市,那里所遭受的灾情我们大家心知肚明。

"你现在打算怎么办?"我问道,心想他应该已经考虑过下一步要怎么做。

"我必须亲自去看一看,"他说,"当然啦,我也想查出新奥尔良那栋公寓的现况,只是家人更重要,我必须先想出一些说词,才能跟他们解释自己身在何处以及为什么音讯全无的原因。"

我们都陷入了沉默,因为这一点的确是让人头大的难题。

"你可以说自己被一个邪恶的女巫迷昏了头。"艾蜜莉亚的表情很阴郁。

鲍伯嗤之以鼻。"他们或许会相信,"他说,"但就算知道我不像个正常人,却不太可能相信我的迷恋会持续这么久,或许干脆说自己丧失了记忆,或者说我跑去拉斯维加斯结婚了。"

"在卡特里娜飓风之前,你都定期和他们联系吗?"我问道。

他耸了耸肩膀。"每隔一两周吧,"他说。"之前我和他们不算亲近,然而历经这样的灾变,我肯定要试试看,毕竟我爱他们。"他别开目光,至少过了一分钟之久。

我们开始脑力激荡,提供各样主意,但实在想不出什么可信的好理由足以解释他失去联络这么久。艾蜜莉亚愿意付钱替鲍伯买一张通往哈提斯堡的车票,再从那里搭便车深入受灾最严重的区域,追踪失去联络的家人。

艾蜜莉亚借由在鲍伯身上花钱来填补良心的亏欠,我当然没有意见,这是她应该做的事。但愿鲍伯能够找到他的亲人,或是得知他们最后发生的事情,以及目前居住的地方等等。

出门上班之前,我在厨房门口伫立了一两分钟,看他们三个人对谈,试着从艾蜜莉亚的角度来看她在鲍伯身上所看见的,找出她深受吸引的要素。鲍伯长得很瘦,普通高度,漆黑的头发自然而然的很服贴,艾蜜莉亚已经找出他那厚厚的黑框眼镜,根据我亲眼看到的鲍伯,发现大地之母对他的男性部分非常慷慨,但那应该不足以解释艾蜜莉亚和这个家伙大玩性冒险游戏的原因。

接着鲍伯突然哈哈大笑,这是他恢复人类的外观以来第一次这样笑,终于让我恍然大悟,他的牙齿又白又整齐,嘴唇很漂亮,尤其笑的时候,脸上流露出某种带着嘲讽但又充满知性美的性感。

谜底自此揭晓了。

等我回家的时候,他可能已经离开了,因此我预先和鲍伯告别,心想以后应该没有再见面的机会,除非他决定跑回良辰镇来找艾蜜莉亚实施报复。

我开车进城,心里犹豫着要不要养一只猫来当宠物,毕竟养猫的碗盘器具和食物应有尽有,然而我决定等几天之后再问艾蜜莉亚和澳大薇亚的意见,这样应该可以给她们足够调适的时间,不再对鲍伯猫咪阁下的事情焦虑不安。

当我步入酒吧预备上班的时候,欧喜德·哈韦亚斯坐在吧台上和萨姆交谈,真奇怪,他又来干什么。我愕然地愣了一秒钟才继续往前走,勉强点头招呼,就朝霍莉挥挥手示意她可以离开由我来接手。她举起手指表示要先处理一个顾客的账单,随后就会离开,在场有一男一女分别和我打招呼,我立刻感觉很自在,毕竟这里是我的地盘,是我的另一个家。

杰士伯·华司再加点一杯朗姆酒加可乐,鲶鱼帮自己和妻子以及另一对夫妇点了一扎啤酒,至于平常酗酒的老顾客之一珍·波德豪斯想点些东西充饥,她说不论什么都可以,因此我帮她点了一篮炸鸡柳,老实说要珍吃东西还真是不简单,但愿她至少能够吃掉半篮,珍就坐在欧喜德对面的吧台上,萨姆朝我歪头示意,暗示我应该靠过去加入交谈,我把珍的订单交给厨房准备,才十分勉强地走过去靠在吧台的边缘。

“苏琪,”欧喜德对我点个头,“我来跟萨姆说谢谢。”

“好极了。”我直率地回答。

欧喜德再次点个头,不敢直视我的眼睛。

过了一会儿,新上任的狼人领袖才开口说道:“现在再也没有人敢来找碴或入侵了,幸好当时普莉希拉挑了那个时机发动攻击,再加上我们所有的人都在场,团结一致地面对外来的危险;否则她也可以继续隐身在幕后使出离间计让我们内部分裂,再一个一个分别对付,让我们自相残杀到死光为止。”

“幸好她当时太狂妄,你们很幸运。”我说。

“因为你的天赋我们才得以团结在一起,”欧喜德说道,“你永远都是狼族之友,萨姆也不例外,无论何时何地,你们都可以要求我们的报答和服务,我们肯定配合到底。”他朝萨姆点点头,放了一些钱在吧台上,就此转身离去。

萨姆说道:“账户里多了一笔随时可运用的存款,感觉很棒,对吧?”

我忍不住微笑。“对,好极了。”事实上,突然之间我的心情豁然开朗,抬头望向门口,立刻发现背后的原因——艾瑞克大步走进来,帕梅拉跟在一边,他们坐在我负责的区域,我过去招呼,不只满心好奇也忍不住懊恼,难道他们不能够放我一马、少来打扰吗?

他们一起点了真血牌人造血,我先把一篮鸡柳送到珍·波德豪斯桌上,等萨姆把人造血加温之后,才端着饮料走向他们。如果不是今天晚上艾琳她们那伙人也在场的话,艾瑞克的出现根本不会掀起风浪。

他们两个一起窃笑的表情简直就是此地无银三百两,让我很难维持身为女招待应有的冷静,勉强问他们要不要用杯子喝饮料。

"用瓶子就好。"艾瑞克说道,"或许等一下还可以拿来敲别人的脑袋。"

如果我可以感受到艾瑞克愉快的心情,他一定也能察觉到我的焦虑。

"不、不,不可以。"我压低嗓门近乎耳语,不怕他们听不见。"还是和平相处吧,我们已经受够了战争和杀戮。"

"对,"帕梅拉同意,"杀戮的部分留待以后再说吧。"

"看到你们二位我当然很开心,只是今天晚上忙得不可开交,"我说,"你们是出来逛酒吧寻找经营尖牙同盟的新点子,还是需要我为你们做什么?"

"我们专程为你而来。"帕梅拉说道,笑嘻嘻地看着两个穿太阳兄弟会 T 恤的家伙,因为心里有气,尖牙当然伸了出来。我真希望这一幕能够让那两个家伙有所收敛,偏偏那两个混蛋一点常识都没有,反而流露出更多的敌视。帕梅拉一口喝下人造血,蓄意地舔舔嘴唇。

"帕梅拉,"我气得咬牙切齿,"看在老天的份上,请你克制一下,不要越弄越糟。"

她给我一个十分俏皮的微笑,简直是火上加油。

艾瑞克喊了一声,"帕梅拉。"突然间所有挑衅的火药味消失无踪,帕梅拉的表情有些微的失望,但还是正襟危坐,双手交叠地放在腿上,脚踝交叉,一副无邪又天真,乖巧的模样谁都比不上。

"谢谢你,"艾瑞克说道,"亲爱的——我指的是你,苏琪——菲利普·迪·卡斯楚对你留下深刻的印象,提议要给你正式的保护,这是专属于国王的权力命令,是一种具有拘束力的契约,你的帮助让他认定唯有这样的方式才足够回报。"

"喔,所以这是一件大事?"

"对,我的爱人,这是惊天动地的大事,表示当你要求帮助时,我们有义务过去为你冒上生命的危险。吸血鬼通常不做这样的承诺,因为活得越久我们就越渴望长寿,一般人都认为状况正好相反。"

"是啊,偶尔也有吸血鬼活了很久以后想要迎向太阳。"帕梅拉说道,仿佛要做记录订正似的。

"对,"艾瑞克皱着眉头,"很久才发生一次。总之他的决定是无上的荣耀,苏琪。"

"我真的很感谢你带来这样的消息,艾瑞克,帕梅拉。"

"当然,我本来希望你美丽的室友也在这里。"帕梅拉对我抛媚眼,看来她跟艾蜜莉亚挂在一起也不尽然是艾瑞克的主意。

我哈哈大笑。"呃,她今天晚上还有很多事情要忙。"

我一直在想关于吸血鬼保护令的事,以致完全没注意到太阳兄弟会拥护者的其中一名矮个子,横冲直撞地走过来撞我的肩膀,故意把我撞向一边。我脚步踉踉跄跄,勉强恢复平衡,但不是大家都发现了,唯有几个酒吧的常客看在眼里,其间萨姆刚要绕过吧台,艾瑞克也站起身来,我则已经转过身去,举起手中的托盘用力砸向那家伙的脑袋,那人身形立即一晃,脚步跌跌撞撞。

好些看在眼里很不爽的顾客纷纷鼓掌。"做得好! 苏琪,"鲶鱼大声地嚷嚷,"嘿,滚吧,不要骚扰女招待!"

艾琳气得面红耳赤几乎当场爆发,萨姆走过去对着她耳朵喃喃说了几句话,她的脸涨得更红,睁大眼睛气冲冲地瞪着他看,但是没有说话。太阳兄弟会的另一个家伙走过去扶了同伴一把,一起离开酒吧,两个人都一言不发(我不确定矮个子还能说话),不过他们的神情等同于撂下一句:"咱们后会有期!"这句话就像刻在额头上的刺青。

看来吸血鬼的保护和身为狼群之友的身份,未来的确很有帮助。

艾瑞克和帕梅拉喝完饮料之后还多坐了一阵子,借以证明他们没有因为不受欢迎就落荒而逃,也没有急着去追赶太阳兄弟会的粉丝。

离开前艾瑞克留了二十美元当小费,同时给我一个飞吻(帕梅拉也不落人后地照着做)赢来太阳兄弟会走狗,同时是我的前友人艾琳狠狠瞪了一眼。

当晚接下来的时间我工作得非常努力,忙得没闲暇去回想当天发生的众多趣事。顾客都离开之后,连珍·波德豪斯都被儿子接回家,我们才开始万圣节的布置活动,萨姆在每张桌子上放了一颗画着鬼脸的小南瓜,让我佩服得五体投地,因为每张脸都画得很可爱,有些很像酒吧的常客,事实上,其中一张活脱脱的就像我亲爱的哥哥。

"我不知道你这么会画画。"我惊讶地说,萨姆看起来很得意。

"很有趣喔。"他在酒吧的窗户和一些酒瓶上挂了一排长长的落叶——当然,叶子是用布料做成的。我把真人大小的硬纸板骷髅悬挂在墙壁上,膝盖的位置还钉了铆钉,便于调整方向。我把骷髅安排得好像在跳舞,酒吧里面不能有哭丧脸或是情绪沮丧的骷髅,总要笑嘻嘻的才行。

连艾琳都稍微放松了一些,毕竟这跟往年不一样,又很有趣,虽然要加班来完成。

我累得只想回家去睡大觉,急忙和萨姆及艾琳道别,她没有回应,也不像以前那样充满嫌恶地瞥我一眼。

很自然的,这一天还不能画上句点。

当我到家的时候,曾祖父就坐在前面的院子里,慢慢地荡着秋千。那种感觉很奇怪,尤其夜深人静,漆黑的屋外只有安全灯照明,两者的组合带着一种奇特的气氛,那一瞬间我真希望自己就像他那样的俊美,接着又笑自己太傻气。

我把车子停在屋子前方,试着静静地走上前面的台阶,以免吵醒沉睡的艾蜜莉亚,她的卧室俯瞰前方的院子。屋里一片漆黑,我确信她们都睡了,除非送鲍伯去车站的回程有所延误。

"你好,曾祖父,"我招呼,"很高兴看到你。"

"你看起来很累,苏琪。"

"呃,刚刚下班的缘故。"我纳闷他有没有疲惫的时候,因为我无法想象精灵王子有需要劈木头或是搜寻水管漏水的问题。

"我想来看看你，"他说，"你想到什么我可以为你做的事情了吗？"他的语气充满了期盼。

好个奇妙的夜晚，有这么多人来给我正面的回馈。为什么这样的夜晚不能再多一点？

我想了一分钟，狼人就他们自己的状况来说正处于太平时期，昆恩也找到了，吸血鬼进入一个新的统治期，太阳兄弟会的狂暴分子几乎没有惹麻烦地离开酒吧，鲍伯又变回男人的身份，我想奈尔一定不可能邀请澳大薇亚去住他家——无论他家在哪里。以我的猜想，他的房子很可能坐落在潺潺的小溪里面，或者位于树林深处的大橡树底下。

"我的确想到一件事。"我很惊讶自己之前竟然没想到。

"是什么？"他问道，充满高兴的口吻。

"我想查出某个人的下落，他名叫雷米·萨沃，可能在卡特里娜飓风之后就离开新奥尔良，身边还带着一个小朋友。"我将雷米·萨沃最后所知的地址告诉曾祖父。

奈尔一副信心满满的模样："我会替你找到他的，苏琪。"

"我会非常感激。"

"就这样？还有没有其他的？"

"我必须这么说……虽然是一副不知感激的模样……但我忍不住纳闷你为什么一直急着要为我做一些事情才行。"

"为什么不呢？你是我硕果仅存的人类后裔。"

"但在我过去这二十七年的生命当中，你似乎也不急于认识我啊。"

"那是因为儿子不许我靠近。"

"你提过这一点，但我不太明白，究竟为什么？他从来没有现身让我知道他关心我的任何事情，也没有露脸，或是……"跟我玩拼字游戏，送我毕业贺礼，租一辆加长型的轿车送我去参加毕业舞会，或送我漂亮的礼服，在我伤心痛哭的时候抱着我安慰一番（读心人的成长过程真是充满艰辛）。他没有及时救我脱离舅公的侵犯，也没有及时从泛滥的洪水当中救回我被溺毙的父母亲，何况其中一位还是他的亲生儿子，更没有在我沉睡的时候,阻止吸血鬼放火烧我的家。这些守护和照顾是号称祖父的人该做的,然而号称是我祖父的芬坦对我却毫无实质上的帮助,不过如果他在无形当中有贡献的话,我就不知情了。

难道还会发生更糟糕的事情吗?不知道,很难去想象。

我猜祖父也可能每天晚上在我卧室的窗户外面,一一击退那些淌着口水想入侵的恶魔,但是对自己一无所知的事情,我很难做到感激涕零。

奈尔一脸沮丧,我从来没看过他这样的表情。"有些事情我不便说,"他终于开口,"一旦可以说的时候我一定告诉你。"

"好吧,"我淡淡地说。"虽然这种相互迁就式的关系不太符合我对自己和曾祖父之间相处的期待,这比较像我对你毫无隐瞒,而你却全盘保密。"

"这或许不是你想要的,却是我仅能给的,"奈尔说得有些僵硬,"我真的很爱你,但愿这才是重点所在。"

"很高兴听见你爱我。"我说得慢条斯理,不希望当个"要求太多的苏琪",以致他就此离开。"如果能够进一步用行为来表现会更棒。"

"我的行动不像我爱你吗?"

"你总是随心所欲地来来去去,即使不断地提议要帮助我,方式又不够实际,不像大多数的爷爷或曾祖父会用的方法。他们通常都是亲自帮助孙女修车子,或是提议帮她支付大学的学费,或者替她割草坪,省得她自己费事,或者带她去打猎等等,可是你会做的都不是这些。"

"不,"他说,"我不是那种爷爷,"他脸上浮起一抹淡淡的笑意。"你不会想要和我一起去打猎的。"

算了,我不要针对这一点想太多。"所以,我真的不知道我们要如何在一起,你完全不在我认知的框架里。"

"我了解,"他严肃地回答,"因为你认识的曾祖父都是人类,而我不是,正如你也跟我期待的不一样。"

"没错,我明白。"我曾经见过其他当曾祖父的人吗?多数和我同年龄的朋友连祖父的脸孔都不确定,曾祖父就更少见了。不过这些都是百分之百的人类。"但愿我没有让你很失望。"

"不,"他慢慢地说,"是一个惊喜,而不是失望,我跟你一样茫然,我们都预测不到对方的行为和反应,只能一步一步地慢慢了解。"我发现自己再一次地纳闷,曾祖父为什么对詹森毫无兴趣。想到哥哥,我的心一阵痛,总有一天我还是得和他说话,那一天应该快来了,只是我现在不想去面对。我差一点就想要求奈尔查看詹森的状况,随即又改变主意,绝口不提。

奈尔盯着我看。"你有一些心事不想让我知道,苏琪,这样我会担心,不过我是真心诚意,而且深深地爱你,一定替你找到雷米·萨沃的下落。"他亲吻我的脸颊。"你的味道跟我的亲人一样。"他赞许地说。

噗的一瞬间他消失得无影无踪。

好吧,今晚这一番跟神秘曾祖父的神秘对话,又一次按照他的模式来结束。我再次发出叹息声,从皮包掏出钥匙,打开前门的锁,屋子里漆黑安静,我悄悄地穿过起居室到走廊,尽可能不要发出声音,打开床头的灯,进行夜晚例行的仪式,拉上窗帘遮住早晨的阳光,避免短短几个小时之后就被阳光唤醒。

我这样算不算不知好歹,对曾祖父的提议不知感恩?回想自己刚刚说的话,仿佛充满了要求和无病呻吟,不过用一种比较乐观的方面来诠释,我认为自己像个抬头挺胸、勇于表现的女性,就是那种不让须眉、别人不敢小觑的类型,勇于表达自己的想法。

上床之前我先打开暖气,澳大薇亚和艾蜜莉亚并没有抱怨,然而过去这几个星期以来的早晨充满了寒意。每当第一次使用暖气时产生的陈腐气味就弥漫在空气中,我忍不住皱皱鼻子,缩进被单和毛毯里面,在咻咻的杂音当中酣然入梦。

对话的声音持续了好一阵子之后,我才发现来源就在房门外,我眨眨眼睛,看到是大白天随即又闭上眼睛,继续倒头大睡,但是声音没有停,两个人依然争论不休。我睁开一道细缝瞄向摆在床头的数位时钟,不过九点半而已,唉,既然她们不知道要闭嘴也不肯走开,我只好勉强睁开两只眼睛,注意到天空并没有很明亮的事实,推开被子起身走到床铺左侧的窗户旁边往外眺望,灰濛濛的下雨天,我伫立在那里,看着雨滴落在草地上,看来是个阴雨绵绵的天气。

我走向浴室预备梳洗,门外争执的声音安静下来,显然是听见我起床走动的声响,我打开房门,发现两位室友就站在外面,一点也不惊奇。

"我们不知道是否应该唤醒你。"澳大薇亚率先开口,表情焦躁不安。

"但我认为应该要让你知道,因为从神秘来源送来的信息肯定很重要。"艾蜜莉亚表示,然而从澳大薇亚的表情就知道这些话在过去几分钟里,显然是强调过很多次。

"什么信息?"我问道,蓄意忽略她们争执的部分。

"就是这个。"澳大薇亚把一个浅黄色的大信封递给我,纸质厚重,就像超时髦的结婚邀请卡一样。信封上面是我的名字,完全没有地址,而且是用蜡封缄,封蜡上盖了一个独角兽头的印。

"好。"看来这的确是一封超乎寻常的信。

我走进厨房按着顺序先倒了一杯咖啡再拿出刀子,两个女巫简直想跟我融为一体似的亦步亦趋,看着我拉出椅子在桌边坐下来,再用刀子轻轻地从封印底下划开,信封里有一张卡片,上面是手写的地址:"路易斯安那州,红沟镇宾恩韦尔路 1245 号",就这样,没有其他的只字片语。

"这是什么意思?"澳大薇亚问道,她和艾蜜莉亚自然而然地站在我的正后方,得以看得很清楚。

"这是我想找的人的家庭地址。"这样的解释已经很逼近事实了。

"红沟镇在哪里?"澳大薇亚说道,"从来没听过这个地方。"眼明手快的艾蜜莉亚已经从电话下方的抽屉拿出路易斯安那州的地图,沿着一排一排的名称往下寻找镇名。

"距离不太远呢,"她说,"看到了吗? 就在这里。"她的手指指着距离良辰镇东南方,大约一个半小时车程的小点。

我尽快喝完咖啡,草草套上牛仔裤和上衣,稍稍化个妆和梳头发,就带着地图冲出大门上车了。

澳大薇亚和艾蜜莉亚一路跟着我出门,好奇地想要知道究竟以及那封信对我的重要性,然而她们只能继续纳闷下去,至少就目前而言,我也不明白自己为什么急于做这件事,毕竟他又不可能凭空消失,除非雷米·萨沃本身也是精灵一族,但这个几率应该很低。

我必须赶回家上今天的晚班,不过时间很充裕。

开车时我打开收音机,感觉今早的心情是属于乡村和西部的曲风,一路上都有崔维斯·崔特①和凯莉·安德伍德的歌声作陪,抵达红沟镇的时候,环境看起来异常的熟悉,因为红沟镇比良辰镇更加的乏善可陈,这样说你就明白我的意思。

我猜要找宾恩韦尔路肯定不难,果然被我猜中,这样的街道在美国各地随处可见,附近的屋子又小又整齐,宛如方方正正的盒子,车棚的空间只容得下一辆汽车,有个小庭院。1245 号的那栋房子,后院围了篱笆,有一只活蹦乱跳的小黑狗在那里跑来跑去,院子里没有狗屋,显然小杂种狗是室内兼户外的宠物,屋子周围的一切显得井然有序,但又不至于过度苛求,矮树丛剪得很整齐,院子也耙过落叶。我开着车子来来回回地经过好几趟,心里一直在考虑下一步要怎样,究竟要如何挖掘出我想知道的事情?

车库里停了一辆货卡车,看来萨沃可能在家里,我做个深呼吸,决定在屋子的对面停车,试图通过自己的能力先做探索和搜寻,然而在这种住满人类的社区里,充满各种活生生的思绪,要做判断很困难。感觉对面的屋子好像只有两个大脑的印记,但是很难有十足的把握和确定。

"管他呢。"我跨出车子,顺手把钥匙丢进夹克的口袋,从人行道走到前面去敲门。

"等一下,儿子。"屋内的男人说道,然后是个小孩的声音:"爹地,我! 我去开门!"

"不,杭特。"男子说道,门应声而开,屋主隔着纱门盯着我看,看到

---

① 崔维斯·崔特,美国著名的乡村音乐歌手,曾两次获得格莱美奖。

是女孩，才放心地打开大门。"嗨，"他问，"有什么事吗？"

我俯视着挤到他前方来看我的小孩，大约四岁左右，深色的头发深色的眼睛，活生生是海莉的再版，然后我再一次抬头看着眼前的男子，就在延长的沉默当中，他的表情起了些微变化。

"你是谁？"他问话的声音突然大不相同。

"我是苏琪·斯塔克豪斯。"眼前我实在想不出什么更婉转的方式来表达。"海莉的表妹，最近才得知你们的地址。"

"你对他没有任何权利。"男子用充满克制的语气大声宣布。

"那是当然，"我听了非常惊讶，"只是来看看他，毕竟我没有太多亲戚。"

又一阵明显的犹豫，他似乎在我说的话和我的态度之间做权衡，徘徊在让我进去和摔上大门的决定之间。

"爹地，她很漂亮。"小男孩说道，这一句话让天秤朝对我有利的一方倾斜。

"进来坐吧。"海莉的前夫做了决定。

我环顾小巧的客厅，有沙发和扶手椅、电视机，一个大书架摆满DVD和儿童书籍，还有散落在地上的玩具。

"我星期六要上班，所以今天休假。"他解释，以防我认定他在失业中。"喔，我是雷米·萨沃，想必你已经知道了。"

我点点头。

"这是杭特。"他介绍，小男孩突然害羞起来，躲在父亲的大腿后面，隔着缝隙盯着我瞧。"请坐。"雷米招呼着。

我把沙发上的报纸推向一边径自坐下来，试着不要睁大眼睛瞪着男人和他的小孩猛瞧，表姊海莉本来就长得很漂亮，又嫁了一个英俊帅气的男人，在这个印象之外整体很难一一地形容，他的鼻子很大，下巴微微凸出，眼睛距离有点宽，这样的五官加总起来就是会吸引女人再看第二眼，他的发色介于金黄和棕色之间，浓密且有层次感，后面的长度到领口，敞开的法兰绒衬衫底下套了一件白色T恤，搭牛仔裤，光着脚丫子，下巴有个小酒窝。

杭特穿着条纹花布的长裤和一件胸前印着足球的运动衫,衣服显然是全新的,跟他父亲不大一样。

在我打量完毕的时候,雷米也盯着我看,他认为我和海莉之间没有相似的地方,我的身材比较圆润,皮肤白皙,也不像她那么难缠,他认为我不像很有钱的样子,也跟他儿子一样认为我长得很漂亮,唯独不可信任。

"你最后一次听到她的消息,是多久以前的事情?"我问道。

"自从儿子出生几个月以后,我就完全没有海莉的消息。"雷米说道,虽然是习以为常,但是他的心头依然有感伤。

杭特就坐在地板上玩着卡车,先把一些得宝幼儿积木装上大砂石车,然后慢慢地倒退,无视于后面那辆消防车的存在,接着整辆卡车的货物就完全倾卸在消防车上,杭特看了哈哈大笑,嚷嚷道:"爹地,你看!"

"我看到了,儿子。"雷米专心地盯着我。"你为什么来这里?"他决定采用直捣黄龙的策略,不想拐弯抹角。

"直到几个星期前,我才发现可能有孩子的存在,"我说,"在那之前当然没理由追踪你们的下落。"

"我从来没有见过她的家人,"他说,"你怎么知道她结婚的事情?是她亲口告诉你的吗?"然后他十分勉强地补充了一句:"她还好吗?"

"不。"我安静地回应,不希望突然引发杭特的兴趣,小男孩再一次把所有的得宝积木装上大卡车。"早在卡特里娜飓风袭击之前,她就过世了。"

这个消息宛如晴天霹雳,就像小炸弹一样在他脑中爆炸开来。"我听说她已经变成吸血鬼,"他犹豫不决地说,语气充满不确定。"你所谓的死亡是这种意思吗?"

"不,我指的是真正离开人世间。"

"究竟发生什么事?"

"她遭到另一个吸血鬼的攻击,"我答道,"对方非常嫉妒海莉和她,呃,她的……"

"女朋友?"海莉前夫的语气充满了苦涩,心底满是怨恨。

252

"是的。"

"真是让人震惊。"他的嘴巴这么说，但心底的震惊已经逐渐磨损，唯一残留的是一种自暴自弃的认命和失丧的尊严。

"我原本对这些消息一无所知，直到她突然过世。"

"你是她的表妹？我记得她曾经说过有两个亲人……你还有一个哥哥，对吧？"

"是的。"我说。

"你知道她曾经和我有过婚姻关系？"

"本来不知情，直到几周以前去替她处理保管箱的时候才发现，我当时并不知道她有个儿子，为此我很抱歉。"我不确定自己为什么要抱歉，老实说我并没有理由得知他们的事情，但的确很遗憾自己竟然没有考虑到海莉和她丈夫或许有孩子的可能性，虽然海莉的年纪不会比我大很多，我猜雷米大约三十岁左右。

"你看起来还好。"他唐突地说，我立刻涨红了脸，明白他的含意是什么。

"海莉跟你提过我的缺陷。"我从他身上别开目光，看着小男孩，他突然跳起身来，大声嚷嚷说要去洗手间，接着就冲出去，让我忍俊不禁地笑出来。

"对，她的确说过……你当时在学校的时候为此吃了很多苦头。"他说得很婉转，其实海莉说我疯狂的程度跟疯子没两样。但雷米想着他看不出那样的迹象，也搞不懂海莉为何会如此形容我，然而他望着孩子的背影，心里在想既然屋里有小孩，最好还是谨慎防范，防备任何意外状况——因为海莉一直没有明确指出我究竟是哪一类型的疯子。

"的确，"我说，"当时真的很难过，海莉也不是好帮手，但是她妈妈……我的姑姑琳达，在癌症过世之前是个好女人，有着慈悲的心肠，对我照顾有加，陪我度过某些美好的时光。"

"我也有同感，我们的确有过一些美好的时刻。"雷米说道，手臂撑在膝盖上，伤痕累累的双手自然下垂，证明这个男人非常了解工作的辛苦。

前门突然有声响，一个女人自行推门进入，"嘿，宝贝。"她对着雷米微笑,直到发现我在场,笑容变得有点犹豫,接着消失得无影无踪。

"凯丝汀,这位是我前妻的亲戚。"雷米不慌不忙地说,语气里没有一丝歉意。

凯丝汀留了一头棕色长发,棕色大眼睛,大约二十五岁,穿着卡其裤配 POLO 衫,胸前印着一只笑嘻嘻的小鸭子商标,上方有一排字,"杰瑞汽车美容"。

"很高兴认识你,"凯丝汀说得虚情假意,"我是凯丝汀·达斯恩,雷米的女朋友。"

"很高兴认识你,"我比较诚实。"我是苏琪·斯塔克豪斯。"

"雷米! 你竟然没招呼客人喝饮料,苏琪,你要喝可乐还是雪碧?"

她很清楚冰箱里有什么东西,不知道是否就住在这里,哎,我何必多管闲事,只要她肯善待海莉的儿子就好。

"不用,谢谢你,"我说,"再过一分钟我就得离开。"我还故意惺惺作态地看一下手表。"今天晚上还要去工作。"

"噢,你在哪里工作?"凯丝汀问道,情绪放松了很多。

"莫洛特酒吧,就在良辰镇上。"我回答,"距离这里大约八十英里。"

"噢,就是你太太的家乡。"凯丝汀望着雷米。

雷米说道:"苏琪刚刚带来了一些消息,"他双手扭绞在一起,声音倒是很平稳。"海莉过世了。"

凯丝汀尖锐地倒抽一口气,但没有机会发表个人的评论,因为杭特在这时候跑回客厅。"爹地,我洗过手了!"他大叫着,他父亲看着他微笑。

"好极了,儿子,"他伸手揉乱儿子的头发,"跟凯丝汀说哈啰。"

"嗨,凯丝汀。"杭特兴趣不大地说。

我站起身来,想留下名片做为联络,因为就这样离开似乎很奇怪也不太对劲,但是凯丝汀在场传达出抑制的作用,她一把抱起杭特甩在臀部上,虽然男孩的重量不轻,她却故意装得很轻松,好像平常就有抱小孩的习惯,其实不然。不过她的确喜欢这孩子,这是我从她脑中发现的。

"凯丝汀喜欢我。"杭特说道,我敏锐地看了他一眼。

"没错,我很喜欢你啊。"凯丝汀笑嘻嘻地说。

雷米不安地看着杭特又望着我,开始流露出苦恼的表情。

我心底还在纳闷要怎么跟杭特解释自己跟他的关系,仔细说起来,我应该算是他的阿姨,然而小孩哪搞得清楚这些亲戚关系。

"苏琪阿姨,"杭特试探性地重复这个字眼。"我有阿姨啊?"

我做个深呼吸——对,你有阿姨,杭特。我心想。

"以前没有过耶。"

"现在有了。"我跟小孩说话,眼睛却直视着孩子的爸爸,雷米的眼神充满惊骇,他还不敢直接承认,但已经知道不对劲。

看来有些话我一定要说出来,不管凯丝汀是不是在场,我可以察觉到她的困惑,明知道有些事情在酝酿,她却不知情。然而此时此刻我没有空闲去担忧凯丝汀的反应,杭特才是我关注的重心。

"你肯定需要我的帮忙,"我告诉雷米,"等他越来越大的时候,你必须找人商量,你只要查电话簿就可以找到我的电话号码,我会一直住在良辰镇,你明白吗?"

凯丝汀说道:"这是怎么一回事?为什么突然变得如此严肃?"

"别担心,凯丝汀,"雷米温柔地说,"不过就是家务事罢了。"

凯丝汀把蠕动不已的杭特放在地板上,"啊哈。"她的口气就是那种明知道自己被蒙在鼓里的人。

"我姓斯塔克豪斯,"我再度提醒雷米,"你不要一再地拖延,直到难以收拾的地步,免得他吃足苦头,凄惨到了极点。"

"我明白。"他的表情已经显得很凄惨,这点我不怪他。

"我得离开了。"为了安慰凯丝汀,我再一次强调。

"苏琪阿姨,你要走了?"杭特问道,他还没做好给我一个拥抱的心理准备,不过这个念头曾经闪过他心底,他还挺喜欢我的。"以后还来吗?"

"改天吧,杭特。"我说,"或许有一天你爸爸可以带你来拜访我。"

我一一和凯丝汀以及雷米握手道别,他们同时认为这个动作很奇怪。我推开大门,一只脚跨到台阶上的时候,杭特无声地说,拜拜,苏琪阿姨。

拜拜,杭特。我无声地回应。